Jacques MINIER

ERQUY ON THE ROCKS

Collection

ENQUÊTES & SUSPENSE

Quadri Signe - Editions Alain Bargain
125, Vieille Route de Rosporden - 29000 Quimper
E-mail : contact@editionsalainbargain.fr
Site Internet : www.editionsalainbargain.fr
Facebook : https://www.facebook.com/editionsalainbargain

Aux Éditions Alain Bargain

Dans la collection
ENQUÊTES ET SUSPENSE :

Marie Vaillant
- Chantage Bigouden
- Les corps mourants de Plozévet *(épuisé)*
- Vague blanche au Pouldu
- Malaise sur la côte lorientaise
- Vie de château à Pont-L'Abbé
- Locronan a la gueule de bois *(épuisé)*

Vincent Cabioch
- 5 Diables Verts à Huelgoat

Christophe Chaplais
- Pâté de Corbeau aux amandes amères *(épuisé)*
- Le calisson jusqu'à la lie
- Farz aux herbes de Portsall
- Addition salée au Croisic
- Salade russe aux noix de Grenoble *(épuisé)*
- Fourchette mortelle à Chinon *(épuisé)*
- Soupe de Crabes à Brest
- La face cachée des Étoiles *(épuisé)*
- Mélodie gourmande à Guérande

Solenn Colléter
- Lettres de sang sur la Côte Sauvage

Jean-Pierre Farines
- Brume sur la Presqu'île
- La route de Rocamadour
- Le Phénix est mort à Camaret
- Cercueil vide en Mer d'Iroise

Patrick Bent
- Erquy profite le crime *(épuisé)*
- Le macchabée du Val-André *(épuisé)*
- Saint-Cast priez pour eux ! *(épuisé)*
- Hécatombe à Saint-Malo *(épuisé)*
- Nuit noire à Dinard *(épuisé)*
- Algues fatales à Erquy *(épuisé)*
- Rock'n'Roll à Lamballe
- Pluie de fiel sur Fréhel
- Arnaque à Erquy

Aux Éditions Alain Bargain

Dans la collection ***POL'ART :***

Serge Le Gall
- Sombre dessein à Pont-Aven
- Meurtres du côté de chez Proust *(épuisé)*
- Eaux-fortes à Ste-Marine *(épuisé)*
- Ciel rouge au Pouldu *(épuisé)*

Loïc Gourvennec
- Le râle du basson *(épuisé)*

Yves Horeau
- Monsieur Butterfly *(épuisé)*

Renée Bonneau
- Nature morte à Giverny *(épuisé)*
- Séquence fatale à Dinard *(épuisé)*
- Sanguine sur la Butte *(épuisé)*

Stéphane Jaffrézic
- Toiles de fond à Concarneau
- Le Rubis de Châteauneuf-du-Faou

REMERCIEMENTS

Une nouvelle fois, je souhaite remercier ici mes lecteurs, les fidèles de la première heure, qui suivent les aventures de Jo et Audrey depuis *Traque mafieuse à Saint-Malo*, comme ceux qui les ont rejoints par la suite et qui remontent la chronologie des volumes. J'espère que ce nouvel épisode ne les décevra pas.

Je veux exprimer aussi mes profonds remerciements à toute l'équipe des Éditions Alain Bargain pour sa confiance à mon égard et son travail.

Ma reconnaissance va également à ma femme Michèle pour ses relectures, ses corrections et ses conseils avisés, mais aussi pour sa patience à me supporter dans ma bulle hors du temps, durant cette longue période d'écriture.

PROLOGUE

Dimanche 16 août 2020, vers 15 heures

Le voilier se mit à gîter plus fortement ; cette rafale soudaine était un avertissement. Au loin, un éclair zébra le ciel. L'orage était encore très éloigné mais serait sur eux bien plus tôt que le prévoyait la météo.

À bord de leur bon vieux *Maïdal*, Gwendal Souder et sa fille Maïwen avaient quitté le port de Saint-Malo le matin même pour une croisière de deux semaines le long des côtes bretonnes. Ils avaient doublé le Cap Fréhel et naviguaient vers l'ouest avec l'intention de rallier le port de Saint-Quay-Portrieux dans la baie de Saint-Brieuc. Pour l'heure, ils croisaient au large de la grande plage des Sables-d'Or-les-Pins en direction du Cap d'Erquy.

Une rafale encore plus marquée décida le skipper à anticiper la dégradation de la météo ; ils réduisirent la toile en prenant un ris dans la grand-voile et en enroulant le génois de quelques tours. De lourds nuages noirs venus des terres couraient maintenant vers eux ; les éclairs se succédaient à un rythme s'accélérant. Quelques grosses gouttes éparses s'écrasèrent sur le roof.

— On peut se préparer à du lourd d'ici peu ! commenta Gwendal, les yeux tournés vers le ciel de plus en plus menaçant. On va prendre par le chenal d'Erquy qui fait passer juste sous le cap, plutôt qu'aller plus au large pour contourner les hauts-fonds. Comme ça, on gardera l'abri de la falaise.

Sa fille opina de la tête. Elle ne s'inquiétait pas outre mesure du mauvais temps qui se préparait. Elle avait une totale confiance en son père, ancien coureur au large qui en avait vu bien d'autres.

Gwendal et Maïwen furent bientôt contraints de rabattre sur leur tête la capuche de leur combinaison cirée. La pluie redoublait d'intensité, crépitant à la surface de l'eau devenue grise. La visibilité s'était considérablement réduite ; on ne distinguait plus le Cap d'Erquy devant l'étrave, ce qui obligeait à suivre rigoureusement le cap au compas. Le vent de secteur sud soufflait de plus en plus fort, venant de trois-quarts face. Il fallut encore prendre un nouveau ris et quelques tours d'enrouleur pour soulager le bateau.

Un éclair vint illuminer la falaise et permit aux navigateurs de contrôler leur progression vers le chenal. Ils repérèrent la bouée marquant la limite de l'avancée des rochers à la pointe du cap. Ils étaient tout proches et allaient bientôt la dépasser. Gwendal corrigea légèrement sa direction pour s'écarter quelque peu.

Soudain, un nouvel éclair embrasa le ciel au-dessus de la falaise. Maïwen, qui finissait juste de régler le génois, tourna la tête vers la vive lueur. L'air hagard, elle cria en montrant la paroi.

— Papa, regarde !

Son père porta son regard dans la direction indiquée et, comme sa fille, fut frappé de stupeur. Il saisit les jumelles pendant à son cou et les braqua vers la falaise.

— Nom de D… C'est pas possible ! Vite, la radio !

*

Une heure plus tard

Le *Maïdal* peinait en raison du vent, mais à présent, ils finissaient de dépasser les récifs des Comtesses par le sud. Les deux marins avaient dû tirer un bord vers la côte pour s'écarter de ce plateau rocheux vers lequel le vent et la mer les faisaient dériver. Puis ils avaient de nouveau viré de bord pour piquer vers l'ouest en direction du port de Saint-Quay.

L'orage redoublait de violence. Les rafales étaient de plus en plus fortes. Soudain, le voilier se coucha très dangereusement sous un coup de boutoir inattendu. Les barres de flèches effleurèrent la surface de l'eau. Le cockpit était quasi-vertical, transformé en un véritable toboggan. La jeune fille glissa, tomba vers la voile, fut retenue par le filin de son harnais. Gwendal, cramponné à la barre, s'arc-bouta pour tenir assis sur son siège. Il jeta un coup d'œil inquiet vers les récifs des Comtesses qui n'étaient plus qu'à quelques encablures et laissa filer l'écoute de grand-voile pour tenter de soulager le bateau, puis se retourna pour faire face à l'extrême menace qui surgissait sur bâbord. Mais les contraintes sur le mât étaient bien trop fortes. Par-dessus le fracas de la tempête, un claquement suivi d'un sifflement se fit entendre : le hauban rompu balaya le pont, attrapa le skipper à hauteur de la gorge. Un flot de sang jaillit. Il tomba à son tour vers sa fille au fond du cockpit, alors que le mât basculait. Pleurant et hurlant son désespoir et sa rage impuissante, elle attrapa son père, l'attira contre elle, tenta de comprimer en vain la blessure, toute barbouillée du sang du mourant.

Elle releva la tête et cria de plus belle, épouvantée, lorsqu'elle entrevit en une infime fraction de seconde le danger mortel qui s'abattait sur elle.

Les récifs étaient maintenant tout proches. Déjà, les déferlantes drossaient le voilier sur les premiers écueils. Quelques secondes plus tard, la coque se déchirait sur les rocs acérés.

I

Lundi 17 août 2020, 6 h 45

Au domicile rennais des Fauvel, c'était le moment du petit déjeuner. Jo versait le café dans les tasses, tout en écoutant distraitement les nouvelles à la radio. Il était surtout question du coronavirus et de ses conséquences sur la population. Le médecin qu'il était, même s'il n'exerçait plus, savait que les gens se leurraient en pensant qu'ils allaient bientôt en finir avec ce satané virus. L'été, les vacances amenaient une agréable atmosphère de détente après les longues semaines de confinement du printemps. Mais Jo se doutait que l'automne verrait la pandémie reprendre de plus belle et espérait que des vaccins puissent rapidement être mis au point et administrés aux individus.

Ses pensées dérivèrent vers leur petite fille Nora, maintenant âgée de trois ans et demi, actuellement en vacances avec les parents d'Audrey. Ceux-ci avaient pris une location pour la deuxième quinzaine d'août à Damgan, sur la côte morbihannaise. Audrey et lui avaient emmené la petite seulement avant-hier chez ses grands-parents, mais elle lui manquait déjà cruellement. Il s'interrogeait sur l'avenir de son enfant, ainsi que de tous les autres, dans un monde où ce genre de pandémie risquait de se produire plus souvent…

Audrey apparut dans la cuisine, serrant la ceinture de son peignoir. Elle se dressa sur la pointe des pieds pour déposer un baiser sur les lèvres de son mari.

— Rien de tel qu'une bonne douche pour se réveiller ! Avec cet orage la nuit dernière, j'ai vraiment mal dormi…

— Chut ! Écoute ! coupa soudain Jo, tendant l'oreille à un flash diffusé sur les ondes :

« — …les secours ont été déployés depuis hier au soir pour tenter de retrouver le navigateur Gwendal Souder et sa fille Maïwen disparus à bord de leur voilier. C'est à la suite de l'appel lancé par l'épouse du skipper que les recherches ont été lancées vers 21 h 30. Son mari devait la contacter à leur arrivée au port de Saint-Quay-Portrieux prévue vers 19 heures. Ne recevant pas l'appel attendu, elle a téléphoné à la capitainerie du port, où il lui a été répondu que son mari et sa fille ne s'étaient pas présentés. Elle a alors lancé l'alerte et le CROSS Corsen a déclenché les opérations de secours. D'importants moyens ont été mis en place pour quadriller la baie de Saint-Brieuc. Au petit jour, l'hélicoptère de la sécurité civile a repéré l'épave du bateau échouée sur les récifs des Comtesses, un plateau rocheux situé à l'ouest du Cap d'Erquy. Le mauvais temps s'étant calmé, des spécialistes du secours en mer ont pu être hélitreuillés sur le rocher, mais n'ont hélas pu que constater le décès des deux malheureux occupants du voilier. Une enquête a été ouverte par les autorités ; il semblerait toutefois que la cause de ce naufrage soit accidentelle vu les très difficiles conditions météorologiques d'hier après-midi sur la zone… »

La nouvelle avait frappé Jo de plein fouet ; son visage était décomposé, livide. Il éteignit la radio d'une main tremblante et se laissa tomber lourdement sur sa chaise.

— Gwendal ! Non ! Et Maïwen ! Morts, tous les deux… C'est pas possible…

Il enfouit son visage dans ses mains. Audrey posa la main sur l'épaule de son mari ; elle connaissait l'attachement des deux hommes l'un pour l'autre.

Jo frotta sa figure marquée par le chagrin, posa son menton sur ses doigts entrecroisés, méditant douloureusement la sombre nouvelle. Ses yeux se voilèrent, tandis que les souvenirs remontaient à la surface.

*

*   *

Le flot de leurs années d'adolescence le happa en une fulgurance d'écume et d'embruns, de fracas des vagues, de claquements des voiles et, dominant toute cette sarabande nautique, des éclats de rire, de voix et de joie de Gwendal. Leur amitié s'était forgée au contact des éléments, lorsqu'ils s'étaient rencontrés au centre nautique de Rothéneuf, près de Saint-Malo.

Au tout début, ce fut un peu comme la rencontre de l'eau et du feu : le calme et taciturne Jo face au bouillant et tonitruant Gwendal. Celui-ci avait fréquenté le centre de voile depuis ses huit ans, Jo n'y avait été inscrit par ses parents qu'à l'âge de quinze ans. Après des débuts sur un dériveur d'initiation collective avec un moniteur à bord où il avait acquis les premières bases, Jo avait pris place sur Newcat 16, un de ces petits catamarans rapides, en compagnie de Gwendal. C'était l'encadrement qui composait les équipages et ce n'était pas du tout du goût de Gwendal de se retrouver avec un équipier aussi novice. La première sortie ne s'était pas vraiment bien passée ! Dès le début de la séance, Gwendal s'était mis à houspiller Jo. Après un premier virement de bord catastrophique que Gwendal qui barrait, avait rattrapé de justesse en évitant in extremis le dessalage, le flot des injures et des remontrances ne se tarissait plus. Pour lui, Jo n'était qu'un « gros lourdingue plus lent qu'un escargot qui n'avait rien à faire sur un bateau. » Au bout d'un moment, Jo, lassé de ce déluge de railleries, avait volontairement fait chavirer le catamaran. Tous deux s'étaient retrouvés à l'eau. Jo avait pataugé jusqu'à Gwendal qui s'époumonait de plus belle, avait dit au braillard qu'il en avait marre de l'entendre, puis l'avait attrapé par la nuque, lui avait plongé et maintenu la tête dans l'eau pendant une vingtaine de secondes. L'autre s'était débattu comme un beau diable, mais s'était révélé bien incapable de se libérer de cette poigne de fer. Quand Jo avait relâché son étreinte et enfin permis à Gwendal de respirer, il avait dit simplement :

— Bon ! On le relève, ce bateau ? Et puis après, tu pourras peut-être commencer à m'apprendre au lieu de me gueuler dessus tout le temps !

Stupéfait, Gwendal avait lu dans le regard déterminé du grand gaillard que l'offre de paix était à saisir de suite et sans arrière-pensée. Il serra la main que lui tendait Jo.

— OK ! Ça marche ! Je vais t'apprendre ! Et… euh… excuse-moi pour t'avoir crié dessus… J'ai été vraiment con, je crois.

— Ouais, un peu. Bon… excuse-moi pour t'avoir fait boire la tasse.

Les explications techniques de Gwendal et la grande force physique de Jo avaient permis de remettre le bateau à l'endroit en un rien de temps. Les deux garçons avaient repris leur poste et, dès les bords suivants, avaient établi une réelle connivence, le novice suivant avec application les conseils avisés de l'expert.

Ils étaient devenus rapidement inséparables ; Jo était reconnaissant envers le spécialiste de lui faire découvrir son art, et Gwendal était fier de noter les progrès fulgurants de son élève. Ils avaient tant progressé ensemble, leur équipage était si bien rodé qu'ils remportaient dans leur catégorie toutes les régates locales auxquelles leur club les inscrivait.

Durant les trois étés suivants, ils s'étaient retrouvés au club pour naviguer. Toujours ensemble sur le même bateau. Puis Jo avait entrepris des études de médecine, Gwendal avait envoyé promener les études et tout le reste, et choisi de faire de la compétition à la voile : équipier sur le Tour de France à la voile, Mini Transat sur son 6,50, participation à la Solitaire du Figaro sur un bateau déjà ancien qu'il avait loué, épreuve sur laquelle il avait montré toutes ses capacités grâce à des options tactiques audacieuses, équipier sur un multicoque du trophée Jules Verne, puis sur tous supports chassant les records sur toutes les mers du globe. Il avait ensuite voulu avoir un Figaro bien à lui, avait conclu un contrat avec un sponsor qui l'avait lâché avant le départ de la course. Plus de sponsor, plus de participation… Et une montagne de dettes à régler. Pour les éponger, il avait dû vendre le Figaro, puis avait à nouveau embarqué comme équipier de luxe sur des bêtes de record. Il avait ensuite rencontré Maud, celle qui allait devenir sa compagne, et avait renoncé à courir les mers. Ils avaient ouvert un magasin de vêtements marins à Saint-Malo.

L'année suivante avait vu la naissance d'une petite fille, Maïwen. Le bébé ne savait pas encore marcher lorsqu'il avait embarqué pour la première fois sur le *Maïdal*, un voilier d'occasion qu'il avait acheté pour naviguer en famille dans le coin de Saint-Malo. Sa femme les avait accompagnés pendant les premières sorties, mais un mal de mer récurrent l'empêchait de goûter aux plaisirs nautiques et elle avait dû se résigner à rester sur la terre ferme. Au fil des années, la fillette, devenue adolescente, avait appris l'art de la navigation au côté de son père et bourlingué autour de la Bretagne, le long des côtes anglaises ou espagnoles.

*

Le père et la fille connaissaient parfaitement leur affaire, se complétaient merveilleusement bien… Comment avaient-ils pu se laisser surprendre ainsi au point de faire naufrage ? pensa Jo.

Après les premiers instants de vide incommensurable, il sentit monter en lui un sentiment de révolte et d'indignation. Comment croire à un accident ?

II

Lundi 17 août, 7 h 15

Assis à la table de l'espace cuisine, Jo ruminait de sombres pensées, imaginant toutes sortes de scénarios mettant en scène Gwendal et sa fille face aux éléments déchaînés. Mais décidément non : ça ne cadrait pas ! Il ne parvenait pas à admettre l'idée que l'orage seul en fût venu à bout. Il leva les yeux vers Audrey. Elle capta une lueur farouche dans son regard. Il se leva brusquement, la dominant de sa haute taille.

— Dans un naufrage ? Ça n'est pas possible ! Pas possible ! martela-t-il. Même dans du gros temps comme hier soir, ils auraient dû s'en sortir.

— Jo… Je sais que c'est difficile. Mais l'orage a été très violent dans les Côtes d'Armor. Ils ont pu avoir une grave avarie ; leur bateau était loin d'être neuf, dit doucement Audrey.

— Non ! Enfin, je veux dire qu'une avarie, une panne est toujours possible, bien sûr, mais Gwendal aurait toujours trouvé une solution pour s'en sortir. Il avait trop l'habitude des situations extrêmes.

Un pli soucieux barrait le front d'Audrey. Elle connaissait bien son mari : il n'aurait de cesse de trouver une autre explication. Elle se mordit les lèvres, cherchant ses mots, pour expliquer qu'elle ne pensait pas pouvoir le suivre sur ce terrain-là. Il la devança :

— Je sais ce que tu vas me dire ! Mais je le connais bien mieux que toi. Gwendal n'était pas seulement un très bon navigateur. Comment te dire ? Il faisait partie de l'élément marin ; il était parfaitement adapté. Il n'a pas pu se laisser surprendre !

Le téléphone sonna.

Audrey alla répondre. Jo, plongé dans ses pensées, l'entendit bredouiller quelques vagues mots de condoléances. Il comprit aussitôt qu'il s'agissait de Maud, la femme de Gwendal. Il saisit le combiné que lui tendait Audrey.

— Maud ! C'est terrible ! Je suis désolé ! balbutia-t-il, la gorge nouée.

À l'autre bout de la ligne, les pleurs redoublèrent. Durant de longues minutes, Jo tenta d'apporter un peu de réconfort à l'infortunée jeune femme. Dans ses propos déchirants et décousus, elle évoquait l'appel qu'elle avait reçu des autorités et qui faisait état d'un démâtage au cours duquel la chute des espars aurait provoqué la mort de Gwendal et Maïwen.

Quand elle se fut un peu apaisée, il lui proposa d'aller la voir chez elle. Toutefois, elle déclina l'offre.

— Jo… Merci de ton attention, mais ce n'est pas la peine ! Mes parents sont à la maison ; je suis bien entourée. Ne t'inquiète pas… En fait, je t'appelais parce que… voilà… Parce que je suis certaine que Gwendal et Maïwen n'ont pas pu mourir comme ça de leur seule faute. Il y a certainement eu une cause extérieure…

— À quoi penses-tu ? questionna Jo.

— Peut-être à une collision avec un autre bateau… quelque chose comme ça. Si c'est une collision, ça veut dire que ce bateau s'est enfui, sans porter assistance à…

Sa voix se perdit à nouveau dans les sanglots.

— S'il y a eu une collision, reprit Jo lorsqu'elle se fut reprise, il devrait y avoir des traces visibles sur la coque du *Maïdal*, comme de la peinture de l'autre bateau, par exemple.

— Oui, il devrait y en avoir, mais apparemment, il n'y en a pas… J'ai eu tout à l'heure au téléphone un responsable de la sécurité civile qui m'a dit que les gendarmes maritimes s'étaient déjà rendus auprès de l'épave. Ils ont fait un premier examen rapide de la coque, en vue de lancer des recherches d'un éventuel tiers. Il y a une éventration, des enfoncements et des éraflures, dus aux heurts de la coque sur les rochers, mais ils n'ont pas observé de marques de peinture ou autres traces laissées par un autre bateau.

— Je suppose qu'ils vont mener une inspection plus approfondie quand le *Maïdal* aura été ramené à terre.

— C'est ce qu'on m'a dit. Il doit être envoyé au port de Saint-Quay-Portrieux. Les opérations de récupération de l'épave doivent être déjà lancées… Mais on m'a laissé entendre qu'il ne fallait pas que je me mette en tête l'idée d'une collision ou quelque chose du genre.

La voix de Maud se brisa. Elle laissa passer la vague de chagrin qui la submergeait à nouveau, puis reprit :

— Jo, au cas où l'enquête serait conclue de cette façon, je voudrais te demander de la reprendre et d'essayer d'éclaircir ce qui a bien pu arriver. D'après ce que je sais, tu as déjà pris part à des affaires avec Audrey qui est policière. Peut-être qu'à vous deux, vous pourriez trouver des réponses.

Jo se donna un temps de réflexion avant de répondre. Sa propre conviction sur le naufrage rejoignait celle de Maud, mais il ne pouvait pas d'emblée impliquer Audrey là-dedans.

— Je suis de ton avis, approuva-t-il. Jamais Gwendal n'aurait pu se laisser surprendre et emporter comme ça ; il aurait su réagir et trouvé le moyen de s'en sortir.

— Oui, et Maïwen avait le même sens marin que son père. En supposant que l'un des deux a été blessé dans la chute du mât, l'autre aurait trouvé la ressource de réagir !

— Je le pense aussi. Et, promis : je chercherai à en apprendre davantage si l'enquête conclut à un accident maritime ne concernant que Gwendal et Maïwen. Mais attendons quand même les résultats des investigations. Quant à Audrey, je ne pense pas l'impliquer sans réelle certitude dans des recherches que sa hiérarchie pourrait ne pas apprécier.

— Je comprends. Merci pour ton soutien, Jo. Je te tiens au courant de la suite.

Jo raccrocha sur une dernière parole de réconfort.

Audrey attendait que Jo ait terminé sa conversation. Elle avait à peu près compris la teneur des propos échangés et s'inquiétait des suites que Jo ne manquerait pas de donner à cette discussion. Maud et lui s'étaient déjà convaincus l'un l'autre que ce drame tragique recelait un mystère.

Elle devait lui parler, trouver les mots simples et sensés qui l'amèneraient à observer les faits avec davantage d'objectivité.

La policière avait rencontré l'homme qui allait devenir son mari au cours d'une affaire hors du commun et avait affronté par la suite avec lui des situations extrêmement délicates voire périlleuses ; il avait vécu des moments de tensions extrêmes, auxquels il avait su résister envers et contre tout. Il y avait l'image que les gens en avaient : un roc que rien ne peut ébranler, au caractère discret et pondéré, doté d'une assurance tranquille et d'une détermination sans faille. Mais il y avait aussi l'autre aspect de sa personnalité, plus secret et tourmenté, qu'Audrey avait appris à connaître : le mensonge sur sa naissance, ses origines entourées de ténèbres, son adolescence solitaire. Quelques vagues camarades d'école certes, mais pas de véritables amis, jusqu'à sa rencontre avec Gwendal. Audrey savait que, pour Jo, la peine était incommensurable et que cela pourrait l'amener à une interprétation surréaliste et erronée des événements.

— J'ai entendu ce que tu disais, dit-elle doucement. C'est absolument atroce pour Maud d'avoir perdu ses deux êtres les plus chers et je compatis sincèrement à sa douleur. Mais peut-être que toute sa détresse la pousse à réagir en recherchant immédiatement une autre explication à ce drame. Je pense qu'il faut essayer de l'apaiser, plutôt que de l'accompagner dans la recherche d'un tiers responsable, et prendre le temps de la réflexion…

— J'ai dit à Maud qu'il fallait attendre les conclusions du rapport d'enquête, coupa Jo qui avait compris qu'Audrey essayait de l'alerter sur les dérives possibles de sa réflexion.

— Oui, j'ai entendu. Mais si ce rapport conclut à un naufrage purement accidentel, est-ce que tu accepteras cette décision ? Et tu comptes t'y prendre comment pour mener une enquête ?

— Écoute ! On n'en est pas là ! esquiva Jo.

— En tout cas, je te remercie de me laisser en dehors de vos plans, dit Audrey d'un air pincé.

— Mais il n'est pas question que je t'entraîne là-dedans !

— Eh bien, on verra… Bon, je file au boulot ! Tiens-moi quand même au courant de l'évolution des choses ! dit Audrey en déposant un rapide baiser sur les lèvres de Jo.

Après le départ d'Audrey, Jo s'abîma dans ses

pensées. La mort de Gwendal et Maïwen l'affectait en profondeur ; il ressentait un immense chagrin, confronté déjà au vide de l'absence, mais aussi de la colère devant l'injustice du sort. La réticence d'Audrey le perturbait aussi. Elle était comme une autre partie de lui-même et il était bien contrarié de savoir qu'elle ne l'approuvait pas vraiment. Il expira longuement, se sentant triste et amer.

Tant pis, se dit-il, il fallait faire quelque chose. Il appela Jean Berthonnier, le directeur administratif de son groupe.

— Jo, dit Berthonnier, anticipant déjà ce que Jo pensait lui apprendre. J'ai appris la terrible nouvelle pour Gwendal Souder et sa fille. Je connaissais votre grande amitié, et leur disparition doit vous causer un grand choc. J'en suis très peiné pour vous.

— Merci pour votre sollicitude, Jean. Je dois reporter notre réunion habituelle de l'exécutif restreint prévue ce matin.

— Je m'y attendais. Il n'y a rien de très urgent à l'ordre du jour de toute manière. Avec la crise sanitaire et la période des vacances d'été, tout fonctionne au ralenti. Et je peux gérer l'ordinaire, vous savez, si vous avez besoin de temps pour vous occuper des affaires de Gwendal.

— Je vous remercie, Jean. Je vous rappelle plus tard pour préciser mes intentions.

Ce brave Jean ! pensa Jo. Il avait déjà envisagé que Jo puisse avoir la tête à autre chose qu'à la bonne marche de son groupe industriel et ce dernier savait qu'il pouvait entièrement se reposer sur son ami pour diriger les affaires.

Après avoir raccroché, Jo alluma son ordinateur portable et rechercha sur le web les infos sur le naufrage dans les matinales en ligne des journaux régionaux. Une manchette du quotidien *Bretagne-Matin* annonçait : « *Deux drames de la mer dus à la fureur de l'orage ; naufrage en baie de Saint-Brieuc et chute mortelle au Cap d'Erquy.* »

Deux drames ? se dit Jo, surpris. Totalement accaparé par la disparition de ses amis, il n'avait pas eu connaissance de la deuxième tragédie.

III

Lundi 17 août, 8 heures

Jo lut l'article intitulé : « *Tragique naufrage en baie de Saint-Brieuc : mort d'un skipper malouin et de sa fille.* » La première partie exposait les circonstances de l'accident : le lancement de l'alerte par Maud, suivie du détail des opérations de recherche et d'assistance. D'après le journaliste, les premières constatations effectuées par la gendarmerie maritime concluaient à un très brutal échouage sur des récifs, consécutif à un dématage. Les observations du corps des victimes faisaient état de graves lésions apparentes, ayant certainement causé leur mort. Le skipper et sa fille auraient été grièvement blessés ou bien tués lors de la chute du gréement ou du violent choc de l'échouage. L'examen initial de l'épave ne montrait aucune trace d'une éventuelle collision.

La suite de l'article éveilla la curiosité de Jo. Le sémaphore de Saint-Cast avait reçu un appel radio provenant du *Maïdal* dimanche vers 16 heures. Malheureusement, le message avait été brusquement interrompu, certainement à cause d'une défaillance du matériel radio du bord. La géolocalisation effectuée par le sémaphore avait situé la position du voilier au moment de l'appel : il était dans le chenal juste devant la pointe du Cap d'Erquy. Les autorités maritimes précisaient qu'il ne s'agissait pas d'un « Mayday » ; le voilier n'était donc apparemment pas en difficulté, mais le skipper n'avait pas eu le temps d'exposer l'objet de son appel.

Bizarre, cet appel ! se dit Jo. Il aurait donné cher pour en connaître la raison ; ce n'était pas dans les habitudes de son ami de lancer des messages radio sans un motif important. Peut-être voulait-il signaler quelque chose qu'ils avaient vu, lui et sa fille ?

Son regard tomba sur le deuxième titre : « *Le corps d'un homme retrouvé dans les rochers du Cap d'Erquy.* » Jo parcourut rapidement l'article. On supposait que l'homme, dénommé Antoine Trobert, avait fait une chute accidentelle du haut de la falaise. Hier, dimanche après-midi, il participait à une course d'orientation sur le Cap d'Erquy. L'activité était organisée par le Centre Altaméga, une structure proposant aux entreprises des stages de remise en forme et de conditionnement pour leurs cadres. Une des balises était placée au bord de la falaise à l'aplomb de l'endroit où le corps avait été retrouvé. La victime avait probablement voulu atteindre la balise pour poinçonner sa feuille de route ; les très mauvaises conditions météo étaient sans doute à l'origine d'une perte d'équilibre qui avait précédé sa chute.

Jo se dit que les organisateurs devaient se sentir responsables d'avoir laissé se dérouler cette épreuve par un temps aussi épouvantable. Même s'il s'agissait d'une activité faisant partie d'un programme visant à endurcir le caractère des cadres d'entreprises et de les amener au “dépassement de soi”, ils devaient sérieusement regretter de ne pas l'avoir stoppée avant que l'accident fatal se produise.

L'article précisait cependant que le directeur du Centre Altaméga avait donné l'instruction de suspendre l'épreuve dès qu'il s'était aperçu que l'orage redoublait de violence. Les animateurs avaient arpenté le terrain pour prévenir les concurrents, mais la visibilité très réduite sous les fortes rafales et la pluie abondante avaient rendu la chose extrêmement difficile. Ils avaient finalement réussi à rassembler tous les stagiaires, sauf Antoine Trobert. Ils avaient poursuivi en vain les recherches pour tenter de le retrouver. Vers 19 h 30, le directeur du centre avait contacté la Gendarmerie pour signaler la disparition d'Antoine Trobert. Le corps avait été retrouvé vers 21 heures par les gendarmes envoyés sur le Cap d'Erquy. L'orage s'étant atténué, la visibilité en partie revenue dans le soir couchant leur avait permis d'apercevoir le corps de la victime sur les rochers en contrebas d'une des balises de la course d'orientation. Une enquête était en cours afin de préciser les causes ayant entraîné la chute de l'infortuné Antoine Trobert.

Sa lecture achevée, Jo plongea dans sa réflexion, tournant et retournant les circonstances des deux drames dans sa tête : proximité des deux lieux, même tranche horaire. Pour avoir navigué maintes fois dans les parages, Jo avait une bonne connaissance de cette zone maritime. Il se remémora la configuration des abords du Cap d'Erquy, prolongé d'un chapelet de plateaux rocheux s'orientant vers le centre de la baie. Il alla chercher une carte marine du secteur dans son bureau, l'étala sur la table du séjour.

D'après l'article de presse, le voilier de Gwendal s'était échoué sur les récifs des Comtesses, situés à un peu plus de trois milles (environ 6,5 km) dans l'ouest du Cap d'Erquy. Le corps d'Antoine Trobert avait été découvert dans les rochers du cap, à gauche de l'avancée rocheuse, face au chenal. Un navigateur empruntant cette passe balisée entre le cap et les hauts-fonds plus au large, se trouve vraiment proche de la falaise à ce moment-là. Et si ? Jo hésitait à franchir le pas vers lequel le guidaient ses pensées. Et pourtant : si le bateau de Gwendal et Maïwen progressait dans le chenal au moment de la chute d'Antoine Trobert, ses amis avaient peut-être vu le drame se dérouler. Mais cela faisait beaucoup de suppositions se dit-il ! À peine envisagée, cette hypothèse lui parut totalement fantaisiste, un pur produit de son imagination. Il commença à replier la carte, mais suspendit son geste.

L'appel radio… Gwendal avait lancé cet appel juste au moment du passage du Cap d'Erquy, appel brusquement interrompu, malheureusement. Peut-être était-ce la chute d'Antoine Trobert qu'il voulait signaler. Alerter pour qu'on porte secours au malheureux. Possible. Très possible…

D'accord, mais après : quel lien avec le naufrage ? Allez, autant poursuivre l'hypothèse jusqu'au bout, se convainquit Jo. Si la chute dans la falaise n'était pas un accident, mais un meurtre ? Ses amis devenaient alors des témoins gênants que le meurtrier devait éliminer. Possible en théorie ; réalisable, nettement moins… Comment penser qu'un tueur aurait pu les poursuivre et les harceler au point de les amener à se fracasser sur les rochers ? L'hypothèse était complètement folle, totalement absurde ! Jo s'en voulait presque d'avoir pu imaginer un tel scénario plus que rocambolesque.

Pourtant, cette idée qu'il tentait de repousser s'enkystait de plus en plus dans son esprit. Il retourna en maugréant à son ordi, lança une recherche sur le centre de remise en forme et de reconditionnement Altaméga. Sur l'écran défilèrent alors des images d'hommes ou de femmes en tenue sportive, pratiquant la voile, la natation, la plongée ou encore l'escalade, confrontés à des risques bien réels, parfois à la limite de la rupture physique ou mentale. Jo s'arrêta sur un visage de femme, à bord d'un kayak, visiblement épuisée, qui éclatait en sanglots. En arrière-plan sur la photo, on voyait un homme musclé dans un Zodiac gris qui paraissait l'encourager.

Jo cliqua sur l'onglet « Situation géographique ». Une carte du secteur d'Erquy s'afficha : le Centre

Altaméga était implanté au nord de la ville, entre le lieu-dit Tu-ès-Roc et la plage du Portuais, sur une parcelle apparemment très boisée, ainsi que le montrait la vue satellite. Tout proche du Cap d'Erquy : moins de deux kilomètres entre le Centre Altaméga et le bout du cap. Et tout proche du port aussi : à peine un kilomètre. Un périmètre très restreint donc…

Le Centre Altaméga possédait un Zodiac. Jo continuait d'extrapoler : le supposé meurtrier d'Antoine Trobert avait pu matériellement disposer d'un bateau pour se lancer à la poursuite du voilier de Gwendal et Maïwen. Idée folle mais que Jo était bien décidé à creuser !

Audrey n'allait pas être contente.

Il prit son téléphone.

IV

Lundi 17 août, 8 h 45

Jo appela Jean Berthonnier, lui fit part en deux mots du fruit de ses réflexions. Celui-ci n'émit aucun avis sur le bien-fondé des hypothèses de Jo et se borna simplement à lui demander ce qu'il attendait de lui.

— J'ai l'intention d'aller mener mon enquête dans ce centre, expliqua Jo. Si je suis dans le vrai, le meurtrier est certainement une des personnes présentes là-bas : un des cadres d'entreprises inscrits au stage ou un des membres de l'encadrement. Pour voir de quoi il retourne, il faudrait que je puisse y aller sous couverture en tant que stagiaire. Peut-être pour remplacer l'homme qui est mort. Je ne veux pas être cynique, mais il laisse une place vacante et ça peut être gênant pour l'encadrement pour organiser les activités.

— Euh… oui, répliqua Berthonnier d'une voix incertaine. Je crois comprendre ce que vous voulez faire, mais qu'est-ce que je viens faire là-dedans, moi ?

— Vous contactez le Centre Altaméga en jouant votre propre rôle de directeur exécutif du groupe Celarbrobreizh. Vous proposez au directeur du centre la candidature d'un de vos nouveaux cadres pour remplacer le stagiaire décédé accidentellement. Je ne m'attends pas à ce qu'ils acceptent aussi facilement. Vous expliquez que votre cadre est un type imbuvable, grande gueule, qui fait tout mieux que les autres. À partir de la rentrée, ce type odieux doit piloter une équipe de cadres qu'il a déjà affolée lors des quelques jours de mise en route déjà effectués avec eux. Il a donc besoin d'un petit reconditionnement physique et mental qui lui fera le plus grand bien. Puis vous assénez au directeur l'argument-massue qui doit le convaincre : une grosse somme d'argent dépassant très largement le montant du séjour.

— Je vois ! De la corruption…

— Je n'aime pas le procédé, mais il faut que je puisse être accepté là-bas. Je n'ai pas le choix ! Et puis, le directeur peut affecter cet argent à la gestion de son centre, et pas l'accepter comme pot-de-vin !

— Hum ! Pourquoi pas, après tout ! répondit le vertueux Berthonnier d'un ton dubitatif.

— Je paierai la dépense moi-même sur mon compte personnel, bien entendu. Et vous avez carte blanche pour négocier le montant avec le directeur d'Altaméga. Peu importe ce que ça me coûtera, il faut que je sois accepté là-bas !

— Très bien, Jo. Si vous êtes accepté, vous vous présenterez sous votre vrai nom ?

— Non, bien sûr ! J'ai des faux papiers plus vrais que nature. J'ai conservé ceux que je m'étais procurés il y a quelques années lorsque j'avais été contraint de changer d'identité pour échapper aux malfrats qui me traquaient à Saint-Malo. Ces papiers sont au nom de Jordan Toutain. Il faudra que vous fassiez entrer ce nom dans nos fichiers des employés au cas où le directeur d'Altaméga vérifierait.

— Très bien. Je contacte Altaméga et je vous tiens au courant.

Jo raccrocha, pensa un instant appeler Audrey, mais finalement décida d'attendre de savoir s'il allait être inscrit au stage. En attendant, il s'occupa de rassembler l'équipement dont il aurait besoin.

*

* *

Lundi 17 août, 9 heures

À l'hôtel de police de Rennes, le briefing pour la semaine à venir s'achevait. Le commissaire, qui dirigeait la séance, libéra ses équipes d'enquêteurs sur quelques paroles d'encouragement. Alors qu'Audrey s'apprêtait à quitter la salle, son chef la retint.

— Capitaine Fauvel, j'aurais à vous parler. Allons dans mon bureau, si vous le voulez bien.

Audrey suivit le commissaire dans les couloirs.

Elle était plutôt surprise par cette invitation impromptue : il n'y avait pas de grosse affaire à traiter justifiant une telle convocation et elle se demandait avec une certaine appréhension à quelle sauce elle allait être mangée. Il l'invita à s'asseoir, passa derrière son vaste bureau.

— Audrey, si je voulais vous voir en aparté, c'est parce que l'affaire dont je veux vous entretenir a un aspect particulier vous concernant indirectement.

Audrey souleva un sourcil interrogateur, attendant la suite.

— Il s'agit de la mort tragique de Gwendal Souder et de sa fille, qui étaient de vos amis, surtout de votre mari, je crois.

— Oui, Gwendal était un grand ami de jeunesse de Jo. Nous nous rencontrions à l'occasion autour d'un repas, par exemple ; Jo et lui évoquaient leurs souvenirs communs et j'avais sympathisé avec sa femme Maud.

La jeune policière s'interrogeait : une enquête criminelle avait-elle été ouverte sur le naufrage ?

— Voyez-vous, Audrey, nos hautes instances sont un peu ennuyées par cette tragique affaire. Sans préjuger du résultat des investigations en cours, les premières constatations laissent penser qu'il s'agit d'un malheureux accident maritime n'impliquant que vos amis. Les conditions météorologiques étaient dantesques et ils n'ont pas pu en réchapper.

« Donc pas d'enquête criminelle, se dit Audrey. Il est où, le problème ? »

— Gwendal Souder était quelqu'un de très connu dans le domaine de la voile professionnelle, reprit le commissaire. Sa femme n'a pas perdu de temps ; depuis très tôt ce matin, elle a fait jouer ses relations dans ce petit monde et aussi parmi les journalistes sportifs spécialisés dans la voile. Résultat : elle a beaucoup de gens derrière elle pour clamer que son mari et sa fille n'ont pas pu se laisser piéger par la tempête et exiger une enquête « en vue de rechercher d'autres acteurs du naufrage », c'est l'expression utilisée dans une sorte d'ultimatum adressé au procureur de la République.

« En effet, elle n'a pas perdu de temps ! se dit Audrey. Il vaut mieux que je le mette au courant du coup de fil à Jo. »

— Elle a même appelé mon mari, l'informa-t-elle.

— Je m'en doutais. Qu'en dit-il, lui ?

— Il est d'accord avec elle. Pour lui, Gwendal et sa fille auraient dû s'en sortir ; ils avaient de la ressource pour faire face.

Le commissaire hocha la tête lentement, l'air un peu contrarié. Il soupira.

— C'est bien ce que je craignais ! lâcha-t-il avec agacement. Qu'est-ce qu'il compte faire ?

— Eh bien… Il a dit à Maud qu'il l'aiderait si l'enquête concluait à un simple accident sans tiers.

— C'est pourtant ce qui va se passer. Le procureur risque d'aller dans ce sens… Écoutez, Audrey… La haute hiérarchie m'a fait passer le message par des canaux détournés qu'il fallait trouver un moyen de calmer le jeu. En gros, connaissant la grande amitié entre votre mari et Gwendal Souder, elle m'a "suggéré" de le contacter par votre intermédiaire pour qu'il tente de convaincre Maud Souder qu'elle fait fausse route en rameutant toutes ses relations.

— Je vois, répondit Audrey. En haut lieu, ils ne veulent pas de vagues médiatiques. Classique ! Mais Jo n'acceptera jamais de jouer les médiateurs, surtout avec la promesse qu'il a faite à Maud.

— Audrey… Je suis très ennuyé, dit le commissaire d'une voix lasse. On m'a laissé entendre qu'il y aurait des retombées négatives sur votre carrière si vous ne trouvez pas le moyen d'arrêter ce bazar.

Audrey eut un hoquet de surprise ; elle ne s'attendait vraiment pas à ce genre de coup bas !

— Alors là, chapeau ! répliqua-t-elle amèrement. Je n'en reviens pas ! Il me semble pourtant avoir résolu pas mal d'affaires délicates, dont certaines, grâce à Jo. Vous avez la mémoire courte dans les hautes sphères !

— Audrey… Vous savez que ce genre de pressions vient de plus haut que moi ! Il n'en demeure pas moins qu'il va falloir en tenir compte. J'ai un peu réfléchi à la situation et j'ai envisagé la possibilité d'obliger à faire une enquête plus approfondie.

— C'est-à-dire ? demanda Audrey, intriguée.

— Votre mari contacte Maud Souder et lui dit d'exiger de la Justice une autopsie. Vous savez que si l'enquête menée actuellement conclut à un simple accident de mer sans autre partie que les Souder, le parquet suivra et classera l'affaire.

Le téléphone sonna sur le bureau. Le commissaire décrocha, écouta son interlocuteur tout en notant quelques informations sur le bloc de papier posé devant lui.

Il prononça quelques mots de remerciement avant de raccrocher.

— C'était un ami en poste au parquet de Rennes qui m'appelait. C'est un de mes informateurs, sourit le commissaire. Il a pu avoir des précisions de l'enquête menée par la brigade de recherches de la gendarmerie de Saint-Brieuc sur le naufrage ; il a aussi eu des infos sur le rapport du légiste. Alors, voilà ce qu'il m'a dit. Un hauban s'est rompu entraînant le démâtage. Au passage, ce hauban a attrapé Gwendal Souder au niveau du cou et lui a sectionné la gorge ; il est mort exsangue. Tout le gréement du bateau est tombé. Maïwen Souder a reçu le mât ou la bôme sur la tête ; elle a eu le crâne fracassé sous le choc. Le légiste a confirmé tout ça dans son rapport et a conclu en disant que les blessures ou fractures relevées sur les victimes – car il y en a eu d'autres dues au crash sur les récifs – ne pouvaient être que d'origine accidentelle. L'examen de l'épave sera complété quand elle sera à Saint-Quay, ce qui ne saurait tarder, mais les premières observations de la coque, effectuées sur place sur le récif des Comtesses, ne montrent que des chocs et des déchirures dus à l'échouage sur les rochers. Il n'y a aucune trace laissée par un autre bateau, lors d'une éventuelle collision.

Alors que le commissaire s'était tu, Audrey médita un instant sur ce qu'elle venait d'apprendre. Jo était aveuglé par sa confiance en son ami, le croyait invulnérable, mais il fallait se rendre à l'évidence : c'était un terrible et funeste accident qui ne concernait que le seul *Maïdal*.

— Je vais expliquer tout ça à Jo : le rapport d'enquête et votre conseil de demande d'autopsie. Il contactera Maud pour lui demander de se faire plus discrète.

— Tenez-moi au courant, que je puisse apaiser la hiérarchie.

V

Lundi 17 août, 9 h 30

Audrey quitta le bureau du commissaire en proie à un sentiment d'exaspération. Entre son patron affirmant sa soumission à sa hiérarchie et son mari ayant fait une promesse insensée, elle avait de quoi se sentir énervée. Elle sortit du bâtiment pour passer un coup de téléphone à Jo.

— Tu tombes bien. J'allais justement t'appeler, répondit Jo.

— Je sors à l'instant du bureau de mon commissaire. Il y a du nouveau sur le naufrage de Gwendal et Maïwen.

Elle rapporta à Jo l'essentiel de son entrevue avec son supérieur hiérarchique, à savoir le point sur l'enquête de gendarmerie et la pression exercée par Maud et ses contacts sur le procureur.

— Et voilà ! s'écria Jo, irrité. La hiérarchie avec le trouillomètre à zéro, comme d'habitude. Alors, ils font comme toujours dans ces cas-là : ils retombent sur ceux qui sont sur le terrain, toi en l'occurrence, pour exercer leurs mesquines petites pressions et tenter d'enterrer l'affaire ! Toi, tu n'y es pour rien ;

c'est Maud qu'ils veulent faire taire en se servant de toi et de moi.

— Jo… Étant donné la tournure des événements, ce serait bien que tu appelles Maud pour lui dire de calmer le jeu. Elle indispose les hautes autorités et à terme, ça ne peut que lui nuire. Au lieu de continuer comme ça, tu lui conseilles ce que suggère mon commissaire, qui est bien ennuyé, crois-moi. Tu lui dis d'exiger une autopsie des corps. Le procureur est à même de boucler une affaire conclue sur un verdict d'accident sans demander d'autopsie, notamment dans le but de ménager la famille. Mais la famille, elle, a tout à fait le droit d'en faire la demande si elle estime que ça peut être nécessaire à l'enquête. En tout cas, même si l'examen des corps n'apporte rien de plus, ça fera automatiquement reculer la clôture de l'affaire.

— Je vois ce que tu veux dire. OK, je vais expliquer tout ça à Maud et lui dire de calmer ses troupes… Et effectivement, tu as raison : ça nous donnera du temps pour agir.

— Nous ? Pour agir ?

— Oui, enfin : moi. J'ai fait une promesse à Maud et je dois la tenir.

— Mais enfin, Jo ! C'était un accident !

— Je ne crois pas, non ! Je pense plutôt à un meurtre. Plusieurs meurtres, en fait.

— Jo ! Qu'est-ce que tu es en train d'imaginer ? murmura Audrey, atterrée.

Jo lui expliqua sa théorie : le meurtre d'Antoine

Trobert sur la falaise, événement ayant eu Gwendal et sa fille pour témoins, le massage radio lancé mais interrompu, le criminel lancé à leur poursuite à bord du Zodiac du Centre Altaméga, l'abordage et l'élimination des témoins.

Audrey, abasourdie, se demanda un instant s'il avait encore toute sa raison. Pour conclure son exposé, il lui fit part de sa décision de jouer les infiltrés au Centre Altaméga.

— Ouf, rien que ça ! commenta Audrey, comme assommée par le scénario décrit par son mari.

— Ça tient la route, non ?

— Qu'est-ce qui tient la route ? Ça déraille complètement, oui ! s'insurgea Audrey. Tu sais que d'habitude je respecte tes hypothèses. Tu as eu souvent de bonnes intuitions par le passé, mais basées sur des preuves ou des faits tangibles. Cette fois-ci, c'est de l'invention pure et simple ! Les enquêteurs parlent d'un simple accident et toi, tu parles de trois meurtres !

— Tu ne comprends pas, Audrey ! Si on ne fait rien, le meurtrier aura réalisé les crimes parfaits. Sur nos amis, Audrey ! Je… je ne peux pas le laisser filer !

— Jo ! Je comprends ce que tu ressens ! Mais rien dans le rapport d'investigations, absolument rien, ne permet le moindre doute l'encontre de la thèse de l'accident sans tiers.

— Parce qu'avec la mer, les traces sont vite effacées. Mais l'autopsie en révélera peut-être davantage, et l'examen minutieux du *Maïdal* apportera peut-être quelques indices.

— Oui. Ça, c'est possible, consentit Audrey. Alors, tu pourrais attendre d'avoir les conclusions de ces rapports avant de faire quoi que ce soit ?

— Pas question d'attendre ! Il faut du temps pour les investigations, les analyses et tout le toutim ! Ces gens, les stagiaires d'Altaméga, sont là pour la semaine, c'est tout. Le meurtrier est certainement l'un d'eux. Si je veux récolter des infos pouvant mener jusqu'à lui, il faut que j'y sois le plus tôt possible.

— Et comment comptes-tu t'y prendre pour être inscrit là-bas ?

— C'est déjà fait, assura Jo. Jean Berthonnier m'a fait inscrire sous la fausse identité d'un cadre de chez nous. Mon nom de couverture est Jordan Toutain.

— C'est bizarre. J'ai l'impression que ce nom me dit quelque chose.

— Pas étonnant ! C'est l'identité que j'avais prise quand tu m'avais poussé à me cacher lorsqu'on s'est connus.

Audrey frissonna à l'évocation de ces jours sombres où leurs vies à tous les deux n'avaient tenu qu'à un fil. Dans ces moments-là, ils s'étaient mutuellement fait confiance. Jo ! Son cher amour ! Comment pouvait-elle aujourd'hui douter de lui ? Et puis, même s'il se trompait, deux ou trois questions posées discrètement ne nuiraient à personne.

— D'accord, Jo. Vas-y ! Après tout, si tu te plantes complètement et qu'au final, ce pauvre homme est tombé tout seul et que personne n'a poursuivi nos amis, tu auras au moins fait un petit stage de remise en forme. Tu n'auras pas tout perdu ! conclut-elle sur un ton plus léger.

— Très drôle ! répliqua Jo sur un ton mi-figue, mi-raisin. De ton côté, ce qui serait bien, c'est que tu sois mise sur cette affaire, si elle devient une affaire criminelle.

— Tu sais bien que ça ne marche pas comme ça : c'est le procureur qui décide ce genre d'affectation.

— Oui, mais tu pourrais glisser à ton patron que tu voudrais bien t'en occuper. Une sorte de retour d'ascenseur pour avoir amené Maud à davantage de discrétion.

— Je crois que tu te fais des idées, là. À plus tard, il faut que j'aille bosser, là.

*

Dans la foulée, Jo rappela Maud.

— Tu as du nouveau ? s'enquit-elle aussitôt.

— Du nouveau, pas vraiment en ce qui concerne l'enquête elle-même. C'est autour que ça s'agite. Tu es en train de mettre les hautes instances de la Justice en émoi…

— Je veux pousser pour qu'ils fassent une enquête approfondie.

— Excuse-moi, Maud, mais je ne crois pas que tu t'y prennes de la meilleure des façons. Et puis, je ne sais pas très bien comment tu vas prendre le conseil que je vais te demander de suivre maintenant, mais voilà : il faudrait que tu exiges une autopsie…

— Une autopsie ? Jo ! Tu ne peux pas me demander ça !

— Je sais que c'est extrêmement difficile, Maud. Mais il faut être réaliste : en cas d'enquête approfondie, il y aura une autopsie tôt ou tard de toute manière. Autant que ce soit toi qui la demandes pour éviter une fin précipitée de l'enquête. J'ai besoin de temps pour faire des recherches car j'ai peut-être une piste et il faut que l'enquête reste ouverte au cas où j'aurais des éléments à fournir aux enquêteurs chargés de l'affaire.

— Une piste ? Tu as une piste ? le pressa Maud.

— Je ne peux pas t'en dire plus pour le moment. Juste une théorie que je voudrais vérifier sur le terrain ; je n'ai aucune certitude pour le moment. Je t'en dirai davantage quand j'aurai obtenu des infos consistantes. Promis !

— OK, Jo ! Tu m'as déjà promis de t'en occuper, et c'est ce que tu fais ! Merci. De mon côté, je vais contacter le parquet et exiger une autopsie de… oh ! C'est horrible d'imaginer leurs corps… ouverts en deux…

Elle réprima un sanglot et poursuivit :

— Et puis, je dirai que je vais demander à mes contacts de lever le pied, qu'ils ne parlent plus d'incompétence judiciaire et policière ou d'enquête bâclée.

— Très bien, Maud ! Si le climat s'apaise, ce sera plus facile pour que tout le monde puisse collaborer ensemble.

Jo raccrocha, satisfait d'avoir pu la convaincre.

Maintenant, l'heure était venue de se mettre en mouvement. D'après Jean Berthonnier, il était attendu pour 15 heures au Centre Altaméga à Erquy. Tout d'abord, il lui fallait compléter son équipement. Il prit sa voiture et se rendit dans un hypermarché de la périphérie de la ville où il se procura un téléphone portable basique à forfait prépayé et une carte IGN du secteur d'Erquy. Jean Berthonnier lui avait dit que les stagiaires du Centre Altaméga devaient remettre leurs téléphones au directeur qui les plaçait dans un coffre à leur arrivée jusqu'à la fin du séjour. C'était une des conditions pour pouvoir s'inscrire. Pour communiquer ses infos à Audrey, Jo avait besoin d'un second téléphone qu'il garderait caché.

Berthonnier lui avait également fait part des derniers points évoqués à la réunion du matin. Il avait été principalement question du nouveau produit mis sur le marché par une des entreprises du groupe et qui recevait un excellent accueil. Jo avait écouté tout cela d'une oreille distraite.

Le groupe Celarbrobreizh était une mosaïque de PME dont Jo avait hérité fortuitement. Il avait dû stopper son activité de médecin généraliste pour se consacrer uniquement à la direction générale de son groupe industriel et en particulier à la gestion de la fondation BreizhBioGen qu'il avait créée. Cette dernière structure était le pôle de recherches du groupe, spécialisé principalement en agrobiologie, mais aussi doté d'un secteur dédié à la recherche en biologie médicale. Les récentes découvertes de la fondation dans le domaine de l'agrobiologie avaient permis aux entreprises du groupe liées à l'agriculture de réorienter leur production et leur commerce sur la base de concepts plus respectueux de l'environnement.

Mais Jo n'avait pas la tête aux chiffres de ses entreprises, aussi bons fussent-ils. Il revint chez lui, engloutit un repas à la hâte et se prépara à partir.

VI

Lundi 17 août, 14 heures

Jo arrivait en vue d'Erquy. Il avait déjà eu l'occasion de venir dans cette jolie station balnéaire, mais avait besoin de rafraîchir sa connaissance des lieux. Il se rappelait qu'il n'était pas toujours aisé de circuler dans le centre en voiture, aussi décida-t-il de le contourner par la zone commerciale des Jeannettes puis par Langourian. Il prit ensuite la direction du port, trouva une place pour se garer boulevard de la Mer, mit son masque chirurgical et remonta à pied jusqu'à la capitainerie. Malgré la pandémie, les gens étaient nombreux sur la plage et sur la route du port. Après quelques pas sur le premier môle, il s'arrêta pour embrasser la vue sur la plage du Centre, le mouillage avec ses bateaux de plaisance, et plus loin ses navires de pêche. En face, s'avançait la pointe de la Houssaye, et derrière s'étendait la grande plage de Caroual.

« Chouette paysage ! » se dit Jo. Il se retourna pour scruter la falaise contre laquelle s'adossaient maisons et commerces. De là-haut, la vue devait être encore plus belle. Il remarqua l'escalier qui montait le long de la paroi rocheuse. Des écriteaux jaunes balisant le sentier indiquaient « *Lacs Bleus* », « *Cap d'Erquy* ». Jo n'avait pas le temps de prendre l'escalier et de suivre le chemin jusque là-haut. Il décida de retourner à sa voiture pour aller jeter un coup d'œil sur le cap, avant de se présenter à Altaméga.

Il prit la direction du Cap d'Erquy, attaqua la montée vers le hameau de Tu-ès-roc avec ses charmantes petites maisons de pêcheurs en pierre de grès rose, tourna à gauche en épingle à cheveux. Un peu plus loin, il loua sa chance voyant un emplacement libre, juste devant un accès au sentier menant aux Lacs Bleus ou bien à un promontoire. Il emprunta à pied le chemin menant au belvédère : la vue sur le port et l'anse d'Erquy y était somptueuse. Un regard sur sa montre lui indiqua qu'il ne fallait pas s'éterniser. Il fit demi-tour pour rejoindre sa voiture, notant au passage que le sentier des Lacs Bleus permettait de rejoindre l'escalier descendant au port.

Il n'avait plus le temps d'aller plus loin sur le cap. Il fallait maintenant se rendre au Centre Altaméga. Il ressentit une douloureuse crispation dans son ventre ; il allait se jeter dans l'inconnu avec, face à lui, s'il avait vu juste, un meurtrier responsable de la mort de trois personnes.

*

Le Centre Altaméga était tout proche du cap et du site des Lacs Bleus. Selon les indications fournies par Jean Berthonnier – car le centre n'était pas répertorié sur les GPS classiques – Jo dut emprunter une petite route d'accès à la plage du Portuais. Il prit ensuite sur la droite une allée à peu près carrossable qui s'enfonçait dans une parcelle boisée. Des panonceaux fléchés annonçant « *Centre Altaméga* » jalonnaient le parcours à suivre. Il dépassa une grande villa passablement délabrée et continua à s'enfoncer dans le bois de pins. Il déboucha soudain sur un parking où étaient stationnés plusieurs véhicules. Il y gara sa voiture, récupéra son sac de voyage dans le coffre, puis poursuivit à pied. Il arriva à une vaste clairière où étaient montés plusieurs baraquements de type Algeco, disposés autour d'une cour centrale. On pouvait lire les plaques précisant à quel usage chacun d'eux était affecté : « *Direction* », « *Restaurant* », « *Salle de réunion* », « *Local vélos et matériel rando* », « *Local activités nautiques* »…

Jo se dirigea vers le local de la direction. Il frappa, entendit qu'on l'invitait à entrer et poussa la porte. Un homme râblé dans la quarantaine finissante était assis devant un ordinateur. Il grommela lorsque Jo le salua et se présenta.

— Deux minutes ! coupa fort impoliment l'occupant des lieux. J'en ai presque terminé !

La froideur de l'accueil ne surprit pas vraiment Jo. Il débarquait ici dans des conditions très particulières ; un accident mortel s'était produit durant l'une des activités du centre et on avait plutôt forcé la main du directeur pour qu'il accepte un “remplaçant” au défunt.

En attendant, Jo s'occupa en regardant les affichages sur les cloisons du local : tableau avec les noms des instructeurs et leur spécialité, un autre avec les noms des stagiaires inscrits pour la semaine, un planning des activités…

— Donc vous êtes Jordan Toutain, dit soudain le directeur sans faire mine de se lever de son siège. Et vous êtes envoyé par le groupe Celarbrobreizh… Vous pouvez enlever votre masque. J'aime bien voir le visage des gens à qui je m'adresse. Il n'y a pas de gens infectés sur le camp : tous les stagiaires ont été testés avant de venir et le personnel du camp l'est régulièrement, c'est une obligation. Vous aussi, vous avez été testé, m'a dit votre chef.

Jo hocha la tête et ôta son masque. Il avait effectivement subi un test – qui s'était avéré négatif – en fin de semaine dernière dans les locaux de sa fondation BreizhBioGen.

— Je vais vous dire pourquoi j'ai accepté votre inscription. En temps normal, je l'aurais refusée, mais la période du confinement a mis à mal ma trésorerie et je n'ai pas les moyens de faire la fine bouche. D'autant que votre groupe paie bien. Ce Berthonnier qui m'a contacté voulait à tout prix que je vous prenne : il avait appris le malheureux accident d'un de nos stagiaires et souhaitait du coup vous placer en urgence. Il m'a dit que cela vous ferait le plus grand bien d'être confronté à des situations physiques et mentales éprouvantes, mais aussi d'avoir à compter sur les autres. Vous allez donc en avoir pour l'argent qu'il m'a versé, argent qui, entre parenthèses, ne va pas aller en partie dans ma poche, comme Berthonnier me l'a suggéré à mots couverts, mais qui va m'aider à remettre les finances de mon centre à flot. J'ai donc dit à mes instructeurs que vous étiez un invité spécial et, à ce titre, je leur ai recommandé de ne pas vous ménager.

Au moins, Jo était prévenu. Il décida d'entrer immédiatement dans le rôle du personnage individualiste et hâbleur.

— Je sens que je vais bien me plaire dans votre camp de vacances. Je crois que je vais en profiter un max, d'autant plus que c'est pas moi qui paie !

Jo vit la mâchoire du directeur se crisper et ses joues s'empourprer sous l'effet d'une bouffée de colère mal réprimée.

— Tu feras peut-être moins le malin dans deux ou trois jours, grinça-t-il entre ses dents. Une chose encore : ici, tout le monde se tutoie et s'appelle par son prénom, c'est la règle.

— D'accord, répliqua Jo. Moi, mon prénom c'est Jordan, mais tout le monde m'appelle Jo. Et toi ?

— Michel, dit-il après une hésitation, en se rendant compte qu'il ne s'était pas présenté. Michel David, je suis le directeur du Centre.

Il saisit un talkie-walkie sur son bureau.

— Ed, c'est Michel. Notre nouveau stagiaire est arrivé. Tu peux le prendre en charge ?

— OK, j'arrive ! fit la voix dans l'appareil.

Michel reposa l'appareil sur son bureau.

— Ed, c'est notre préparateur physique ; c'est un ancien militaire, sergent instructeur. Il connaît son affaire ! Je lui ai dit de ne pas aller encadrer l'activité de cet après-midi avec les autres instructeurs. Il va bien s'occuper de toi.

Au petit sourire en coin de son interlocuteur, Jo comprit qu'il allait être mis tout de suite dans le bain.

Le dénommé Ed fit son entrée dans le bureau. L'homme, à la coupe militaire, était presque aussi grand que Jo, bâti à chaux et à sable. Michel les présenta l'un à l'autre : échange de salutations et hochements de tête réciproques à défaut de poignée de main, tandis que l'instructeur jaugeait en spécialiste la haute stature du nouvel arrivant. Il ne fit aucun commentaire.

Il se tourna vers Michel et lui annonça :

— On nous a rapporté tout à l'heure le vélo qui avait disparu. Il était dans un sale état, plein de boue ! Je l'ai nettoyé.

— Bonne nouvelle ! apprécia Michel. Qui l'a rapporté ?

— Deux gamins d'une dizaine d'années en vacances chez leurs grands-parents à Tu-ès-Roc. Ils l'ont retrouvé au bord d'un sentier du cap.

— Bien sympas, ces gosses ! Mais c'est quand même bizarre, commenta Michel. On nous choure un VTT dans notre local pour l'abandonner à même pas deux kilomètres d'ici.

— Ouais, bizarre ! renchérit Ed. Ce VTT a certainement été volé hier après-midi ou la nuit dernière. Il était là hier matin, j'en suis sûr ! Pourquoi ne pas l'avoir gardé ?

— Le voleur, sans doute un gamin, l'a peut-être pris avant l'orage pour aller faire des acrobaties sur le cap. Quand ça s'est mis à tomber, il l'a abandonné là et il est retourné chez lui s'abriter, suggéra Michel.

Jo prit en note dans un coin de sa tête cet incident du VTT disparu et retrouvé.

Il fallait relever tous les détails concernant la journée d'hier ; c'était important de prendre en compte les mouvements de chacun et les faits sortant de l'ordinaire.

— Revenons à notre ami, dit Michel en se tournant vers Jo. Ed, tu lui montres ses quartiers et tu le mets à l'entraînement.

Ed hocha la tête, le sourire aux lèvres.

— Jo ! Ton téléphone ! Je pense que tu es au courant que les stagiaires doivent me le remettre.

Il fit deux pas en direction d'une armoire métallique et écarta les battants. Un petit coffre était rangé sur une des étagères. Il déverrouilla, ouvrit la porte et invita Jo à y déposer son smartphone. Celui-ci s'exécuta avec une évidente mauvaise grâce.

— Tu m'arraches un membre, là ! râla-t-il.

— Ça te fera le plus grand bien de te séparer de cet instrument pendant quelques jours ! ricana Michel en refermant le coffre à clé.

Ed et Jo sortirent du bureau et traversèrent la cour. Ed emprunta un petit sentier entre les arbres. Ils débouchèrent sur une nouvelle clairière de taille plus réduite où plusieurs petites tentes de camping y étaient montées. Une affichette plastifiée et scotchée sur la toile annonçait le nom de l'occupant de chacune d'entre elles. Jo lut le prénom « *Jordan* » sur celle qui se trouvait la plus éloignée, à la limite des arbres.

— Je crois que tu as vu ta suite princière. Tu vas pouvoir t'installer et te changer. Tenue pratique de rigueur. Après, on va sur le parcours sportif. Je viens te chercher dans dix minutes.

— Et pour les sanitaires ?

— C'est au retour que tu en auras besoin, pas maintenant ! Dix minutes…

VII

Lundi 17 août, 16 heures

Dix minutes plus tard, Ed était de retour. Jo avait enfilé un survêtement et mis des chaussures de sport. Il suivit Ed à travers les arbres jusqu'à un espace dégagé où était aménagé un circuit doté d'un équipement digne d'un parcours du combattant.

Jo siffla entre ses dents. Un sourire railleur s'afficha sur le visage de l'instructeur.

— Tu fais moins le mariole, hein ? C'est moi qui ai conçu ce parcours et installé tout ce matériel. Mon expérience dans l'armée m'a bien servi.

Tout y était : obstacles divers et variés avec ascension d'un filet, franchissement d'un plan incliné à escalader en s'aidant d'une corde, échelle horizontale située à trois mètres de hauteur sous laquelle il fallait avancer tel un singe en se balançant de barreau en barreau, course avec sauts de barrières, filet horizontal fixé à environ quarante centimètres du sol boueux sous lequel il fallait ramper…

— En piste, mon gars ! Tu fais un tour du circuit. Moi, je te chronomètre !

Jo s'élança, courut, sauta, se hissa, escalada, franchit des haies, rampa dans la boue… Quand il eut bouclé le tour, hors d'haleine et qu'il tentait de reprendre son souffle, mains sur les genoux, l'ex-militaire s'approcha, agita son chronomètre sous son nez.

— Hé ! C'est nul ! Ma grand-mère irait plus vite ! C'est pas le tout d'avoir de la gueule, après faut assurer ! Allez, c'est reparti !

Piqué au vif, Jo faillit répliquer vertement, mais se souvint pourquoi il était là.

— C'est facile de dire ça ! Je n'ai aucun temps de référence ! plaida-t-il néanmoins.

Il effectua un nouveau tour, en partant sur une base plus rapide et tentant de maintenir le rythme jusqu'au bout. Haletant comme un soufflet de forge, il demanda à Ed qui venait vers lui :

— J'ai dû pulvériser le record, là, non ?

L'instructeur éclata d'un rire tonitruant et lui administra une grande claque sur l'épaule.

— C'est un peu mieux qu'au premier tour. Mais pour le record, c'est même pas la peine d'y penser !

— Dis-moi, reprit Jo qui voulait donner l'impression de gagner du temps pour mieux récupérer. Celui que je remplace, il a fait mieux que moi sur ce parcours ?

— Antoine, tu veux dire. Celui qui est tombé de la falaise ?

— Oui, c'est ça : Antoine.

— Si tu veux tout savoir, répliqua Ed en soupirant, Antoine et toi, vous avez fait la même perf' à peu de chose près. En fait, tu lui ressembles !

— C'est-à-dire ? fit Jo sur le ton du défi.

— Des frimeurs qui pensent toujours faire mieux que tout le monde ! aboya Ed, laissant éclater sa hargne. Des mecs qui prennent plaisir à écraser les autres ! Voilà ce que vous êtes ! On peut pas dire que ceux de son équipe l'appréciaient beaucoup, Antoine, à ce que j'ai cru comprendre. À leur boulot, il a mis une pagaille pas possible ! Alors, quand un groupe comme ça arrive en stage chez nous, on sait, nous, les instructeurs, que ça va être un sacré merdier à gérer. Avec toi en plus, qui débarques comme un cheveu sur la soupe, je sens qu'on va s'amuser !

— C'est sans doute pour avoir une meilleure cohésion d'équipe qu'ils ont été inscrits à ce stage par leur boîte, suggéra Jo.

En réalité, il ne croyait pas qu'il était utile d'en baver physiquement à plusieurs pour renforcer la cohésion d'une équipe dans une activité professionnelle la plupart du temps sédentaire.

— Ben ouais, mon gars ! Là, on ne peut pas partir de plus bas, niveau relations. Alors, t'as intérêt à faire profil bas. C'est pour te mettre au parfum de la super-ambiance qui règne parmi eux que je t'explique tout ça, puisque tu fais partie de ce groupe maintenant ! Allez, en piste pour un dernier parcours ! T'es en train de tirer au flanc, là !

Jo, encore sous le coup de ces révélations s'élança à nouveau sur le circuit. Il boucla le tour en un temps exécrable selon Ed qui l'abreuva de sarcasmes sur son manque d'endurance.

Ils retournèrent au campement.

— Tu vas avoir besoin d'une petite douche, je pense ! rigola Ed. Je t'y conduis.

Il emmena Jo jusqu'à un bloc sanitaire en Algeco, un peu à l'écart des tentes.

— Voilà le bloc sanitaire avec séparation hommes-femmes, équipement WC et douches dernier cri ! Le problème, c'est qu'il n'y a pas de conduite d'arrivée d'eau. La propriétaire de la parcelle ne veut pas faire de travaux d'aménagement supplémentaires. Il n'y a une arrivée d'eau courante qu'à la cuisine et aux sanitaires du personnel en haut du camp, mais ces sanitaires-là, c'est rien que pour nous ! C'est nous, tous ceux de l'équipe d'encadrement du centre, qui avons monté tout ça : le bloc-sanitaire, les citernes, la fosse septique, tout…

Il attira l'attention de Jo sur des installations placées au-dessus du local.

— Donc ici, l'eau de pluie est captée dans ces citernes surélevées. Elles sont fixées et étayées solidement, car ça fait du poids quand elles sont pleines. En ce moment, elles doivent être entièrement remplies avec toute la pluie tombée avec l'orage. Vous avez de la chance, vous les stagiaires de cette semaine, parce qu'en période de sécheresse, faut qu'ils se tapent la corvée d'eau.

— Comment ça ? demanda Jo. Il faut amener de l'eau dans des seaux ?

— Presque ! Il y a un chariot pour déplacer les jerrycans qu'on remplit à un robinet extérieur près des cuisines !

— Et après, il faut monter là-haut avec les jerry-cans et verser l'eau dans les citernes ?

L'instructeur éclata de rire.

— On a de bonnes échelles ! Très solides ! Non, je rigole ! On verse l'eau dans ce bac que tu vois là. Une bonne pompe de relevage fait le reste pour monter l'eau jusqu'aux citernes et on peut prendre sa douche tranquille !

Ed montrait à Jo le grand réservoir posé sur le sol derrière le local. Ils entrèrent dans le bloc. Ed ouvrit un petit placard contre la cloison.

— Voilà la pompe de relevage ! On appuie sur ce bouton vert pour l'actionner et elle remonte l'eau. Mais attention, faut s'assurer qu'il y a bien de l'eau dans le bac, sinon c'est un coup à cramer le moteur ! Et là, si jamais ça arrivait… J'aime mieux pas y penser parce que ça chierait dans le ventilo !

Ed rit encore de bon cœur, content de sa blague bien grasse.

— Et pour la lessive, on fait comment ? Je ne vois pas de lave-linge, s'enquit Jo qui tira sur le devant de son survêtement encroûté de boue.

— Service de blanchissage : ramassage du linge tous les matins à partir de 7 heures !

Doutant du sérieux de l'information, Jo secoua la tête négativement, sourire en coin, montrant ainsi qu'il ne tombait pas dans le panneau. Ed éclata de rire à nouveau.

— Désolé ! Y a pas de service de lingerie, reconnut l'instructeur, hilare. Chacun se démerde ! Y a des bacs à lessive derrière : y a des brosses, du savon de Marseille, et tu frottes avec tes p'tits bras musclés, comme disait la Mère Denis.

— C'était Coluche qui disait ça ! rétorqua Jo entre ses dents qui commençait à en avoir assez des vannes de l'instructeur.

— Hein ? Ouais, peut-être… Mais y avait aussi la Mère Denis dans l'histoire. Bon, faut simplement pas gaspiller l'eau, sinon c'est la corvée des jerrycans qui revient plus vite ! De toute façon, avec les douches à l'eau froide, généralement, on traîne pas dessous !

— OK, je crois avoir saisi l'idée.

— Et tu mets tes frusques à sécher sur le séchoir derrière. Voilà ! D'autres questions ? Non ? De toute façon, Michel fera sans doute un petit speech pour te présenter aux autres, tout à l'heure. Tu pourras toujours poser des questions à ce moment-là. Bon, je te laisse à tes ablutions ! Salut !

VIII

Lundi 17 août, 18 heures

Les autres stagiaires étaient de retour d'activité. Jo était en train de frotter son survêtement boueux quand il entendit des voix qui s'approchaient.

Un homme de taille moyenne, mince et grisonnant, à l'air exténué, entra dans le bloc, vit Jo à sa lessive et fronça les sourcils.

— Bonsoir, dit Jo. Moi, c'est Jo. Je suis le nouvel inscrit, je crois que je vais faire partie de votre équipe.

— Bonsoir, répondit l'autre après un temps de réflexion. Moi, je suis Patrice. Un peu plus, et tu te retrouvais tout seul !

— Comment ça ?

— On a failli tous partir ce matin… enfin ceux de notre groupe d'entreprise ! Mais notre boîte, Écovillpro, nous a bien fait comprendre que si on arrêtait le stage, on pouvait tous chercher du boulot… Merde, un de nos collègues s'est tué et il faut continuer à faire comme si rien ne s'était passé. En mémoire d'Antoine Trobert, a dit notre big boss, il aurait voulu qu'on aille jusqu'au bout de l'aventure… Connerie !

Un jeune homme longiligne entra à son tour.

— Et voilà Simon, le jeunot de l'équipe, reprit Patrice. Dans notre équipe, il y a aussi deux femmes, Paula et Lara.

Simon et Jo échangèrent quelques mots de salutation.

— C'est donc toi qui prends la place d'Antoine ? demanda ingénument le jeune homme.

— Si on veut, répondit Jo prudemment. Je crois que l'équipe d'Altaméga avait besoin de quelqu'un pour que votre groupe soit complet numériquement.

— Pas faux. On a bien vu aujourd'hui qu'il manquait clairement quelqu'un dans notre équipe. L'équipe adverse avait nettement l'avantage dans les épreuves de la journée.

— C'était quoi, ces épreuves ? demanda Jo qui posait la question surtout dans le but de prolonger ce premier contact avec ses nouveaux coéquipiers.

Patrice éluda d'un geste.

— Des sortes de jeux sportifs collectifs, mais avec des contacts plus musclés, style rugby ; c'était sur la plage. On a été battu à plate couture. Et toi ? Je vois que tu laves ton survêt' : tu as eu droit au parcours du "combattant" ?

— Exactement ! Ed s'est régalé !

— Moi, je n'ai même pas pu boucler un tour de ce fichu circuit samedi ! Je suis resté bloqué à l'escalade du plan incliné où il faut se hisser avec la corde, se rappela Patrice.

— Oui, c'est super-dur, ce parcours ! confirma Simon. J'ai réussi à le terminer. Et toi ?

— Ed me l'a fait faire trois fois ! dit Jo, sur un ton volontairement claironnant, cultivant son image de vantard.

Les deux hommes le regardèrent, médusés et vexés à la fois.

— Trois fois ? répéta Simon. Comment t'as fait ?

— J'ai toujours été bon en sport ! répondit Jo avec suffisance.

Les deux types parurent alors se rappeler qu'ils avaient leur douche à prendre.

— Si tu es aussi bon que tu le dis, ça va au moins équilibrer nos chances face à l'autre équipe ! commenta Patrice sur un ton acerbe avant d'entrer dans sa cabine.

— C'est sûr ! Je pense que je n'aurais pas trop de mal à relever le niveau ! railla Jo. Vu votre physique d'athlète à tous les deux, je pense qu'on part d'assez bas.

Jo eut juste le temps de voir l'éclair de colère traverser le regard de Patrice avant que la porte se ferme.

Il sortit du local son linge propre sous le bras et alla l'étendre sur le séchoir à linge. Une jolie femme athlétique vers le milieu de la quarantaine arriva elle aussi avec sa lessive. Elle avait une longue et superbe chevelure rousse et un visage aux traits harmonieux que ne parvenait pas à enlaidir le large pansement barrant son front. Jo lui trouva une certaine ressemblance avec l'actrice Audrey Fleurot.

— Bonsoir, dit-elle à Jo avec un charmant sourire. Je suis Paula. Le pansement, c'est pour pas grand-chose : deux ou trois points de suture, c'est tout !

— Ah, quand même ! Salut ! Moi, c'est Jo. Comment ça t'est arrivé ?

— Oh, une stupide chute hier ! Tu as déjà dû croiser Patrice et Simon aux sanitaires des hommes, reprit Paula. Il ne te manque plus que de rencontrer Lara et tu auras fait la connaissance de tous les membres de notre équipe.

Jo hocha la tête. Pour l'instant, il n'avait vu aucun membre de l'autre groupe.

— Et ceux de l'équipe adverse, ils sont où ? demanda Jo.

— Dans une autre partie du camp, un peu plus loin. Tu les verras tout à l'heure au dîner. J'imagine que nos instructeurs préfèrent séparer les groupes pour éviter que les adversaires soient trop proches en cas de rivalité exacerbée.

— À ce point-là ?

Paula haussa les épaules.

— Il peut y avoir davantage de rivalités entre membres d'un même groupe, lâcha-t-elle d'un ton amer. C'est justement pour cette raison que nous sommes ici. Notre entreprise nous envoie pour faire de nous une équipe soudée, où chacun sera solidaire de l'autre, dans le but de travailler avec une plus grande efficacité… L'esprit de corps, la priorité au groupe, pas à l'individu ! Belle connerie, tu ne crois pas ?

— Moi, j'y croirais plutôt à cet esprit de corps. Dans une société où chacun essaie de faire passer ses intérêts personnels avant l'intérêt de la collectivité, il y a plutôt quelque chose de rafraîchissant dans cette idée-là. Seulement, je ne suis pas vraiment sûr que nous faire crapahuter ici soit le meilleur moyen d'y arriver.

Elle posa sur lui un regard incertain, puis questionna avec ironie :

— Qu'est-ce que tu fais ici alors, si ce n'est pas pour te surpasser et découvrir en toi des qualités insoupçonnées ?

— Ce n'est pas moi qui ai demandé à venir ici ; c'est ma boîte qui m'y a envoyé. Il paraît que j'ai besoin d'apprendre à compter sur les autres et à leur rendre service.

— Tu es très individualiste, alors ! C'est contradictoire avec ce que tu disais sur l'esprit de corps.

— Considère alors que c'étaient juste des paroles en l'air ! Je n'ai rien d'un doux rêveur ! répliqua Jo en riant.

Elle le fixa de nouveau avec perplexité, ne sachant probablement que penser de ce grand type aux propos ambigus, débarqué sans préavis parmi eux. À ce moment, Simon arriva avec son linge mouillé. Il commença à l'étendre sur un fil.

— C'est bientôt l'heure de la bouffe. Je finis et on y va ensemble, si vous voulez ? proposa-t-il. Fabrice doit déjà y être et Lara n'est pas encore prête apparemment.

— C'est vrai que la miss prend beaucoup de temps à s'apprêter pour le dîner, comme si elle allait à une réception haut de gamme, ricana Paula avec férocité. Bon, je passe aux sanitaires. Vous m'attendez, hein ?

Ces paroles venimeuses rappelèrent à Jo ce qu'Ed lui avait appris. Les relations étaient très difficiles entre les membres de l'équipe. Elle détestait visiblement la jeune Lara et ne faisait aucun effort pour le cacher.

Simon finissait d'étendre ses vêtements. Il lâcha à mi-voix :

— C'est un peu tendu entre Paula et Lara. Antoine était en couple avec Paula avant ; il a rompu. Depuis, il draguait Lara devant tout le monde, ce qui faisait enrager Paula.

Il haussa les épaules, semblant désolé de tant d'inconstance. Peut-être était-il aussi attiré par la jolie Lara, se dit Jo. Auquel cas il avait lui aussi un motif d'en vouloir à Antoine.

— Lara a forcément la tête ailleurs, l'excusa-t-il. Faut dire qu'Antoine, c'était un chaud ! Tout le monde le savait !

— Il avait le chic pour s'attirer des ennuis, on dirait ! commenta Jo sur un ton amusé.

Simon le regarda d'un air un peu gêné, comme s'il balançait entre la discrétion et désir d'en dire davantage.

— Bon, se décida-t-il. Autant que tu saches tout de suite où tu mets les pieds ! Les relations entre Fabrice et Antoine n'étaient pas simples non plus. Antoine a magouillé auprès de la direction générale de notre entreprise pour obtenir le poste de chef de projet à la place de Fabrice à qui ce poste devait revenir. C'était lui qui avait le plus d'ancienneté ; il avait été formé par le précédent chef de projet pour lui succéder. La nomination de Trobert a été une surprise pour tout le monde…

Il se tut en voyant Paula qui revenait vers eux. Jo, pensif, se dit que le tableau brossé par Simon mettait au jour de multiples et profondes rancœurs. Mais ces raisons étaient-elles suffisantes pour aller jusqu'au meurtre ?

IX

Lundi 17 août, 19 heures

Paula et Simon entraînèrent Jo à travers le petit réfectoire jusqu'à leur table habituelle où se tenait déjà Fabrice, plongé dans ses pensées. Les instructeurs étaient tous là autour d'une autre table, sauf Michel.

— Même à table, on ne mélange pas les équipes, l'informa Paula, alors qu'ils s'asseyaient.

— On a quand même le droit d'adresser la parole à ceux de l'autre groupe, non ?

— Apparemment, rien ne l'interdit dans le règlement, répondit Fabrice, mais ça n'a pas l'air de se faire. Pour ma part, je n'ai pas adressé la parole une seule fois aux autres, sauf pendant les épreuves, et pas pour faire copain-copain.

— Voilà Michel qui arrive. Et Lara qui n'est pas encore là, constata Simon.

Michel alla directement vers la table de l'encadrement, mais resta debout. Il balaya la salle du regard, s'arrêta un instant sur la place vide de Lara, marqua son irritation par un froncement de sourcils, et démarra son speech sans attendre.

— Bonsoir à tous. Je commence par vous présenter un nouveau stagiaire qui va intégrer l'équipe de l'entreprise Écovillpro. Il se nomme Jordan Toutain…

Jo se leva, inclina légèrement le buste en guise de salutation, puis se rassit.

— …que l'on appellera Jo, comme c'est l'habitude. Il ne vient pas d'Écovillpro. Nous avons accepté son inscription uniquement par souci d'équité sportive entre les deux équipes concurrentes de la semaine pour rétablir l'égalité numérique. Par rapport au terrible et malheureux accident qui a coûté la vie à Antoine, je ne voudrais pas que vous pensiez que la position de notre équipe du Centre Altaméga est inhumaine, que nous continuons comme si ce drame n'avait aucune importance pour nous. C'est faux : cet accident atteint chacun de nous au plus profond de lui-même. Alors, je dis pour tout le monde ce que j'ai déjà rapidement expliqué ce matin aux stagiaires d'Écovillpro. Hier soir, après que les gendarmes nous ont annoncé la mort accidentelle d'Antoine, j'ai appelé le PDG d'Écovillpro. Je lui ai proposé que les membres de son équipe endeuillée arrêtent le stage. Il m'a dit que par respect envers le mort, son équipe devait continuer ; je vous passe les détails de la discussion. Nous avons donc suivi sa volonté. Depuis, il y a eu la candidature de Jo que nous avons acceptée. Point. Faites-lui bon accueil !

Pendant qu'il parlait, une jeune femme brune, mince et élégante, au minois agréable, était entrée dans la salle et était venue s'asseoir discrètement à la table d'Écovillpro. Sa mise recherchée tranchait avec celle des autres stagiaires en survêtement ou en jean.

— Lara ! l'apostropha Michel d'un ton sec. Tu ne peux pas continuer à arriver en retard à chaque repas. Ce n'est pas un self, ici, et quand j'ai des infos à vous communiquer, tout le monde doit être présent. C'est bien clair ?

Les larmes aux yeux, elle hocha la tête en prononçant un « oui » d'une voix inaudible. Jo surprit le regard de détestation et de mépris que lui adressa Paula.

— J'ai eu la gendarmerie de Pléneuf au téléphone tout à l'heure, reprit Michel. Elle m'a confirmé les conclusions, sans surprises, de l'enquête sur la mort d'Antoine : le décès est consécutif à une chute accidentelle, vraisemblablement due aux très mauvaises conditions atmosphériques. Je sais que certains voudront nous accuser d'irresponsabilité face à ce drame en affirmant que nous aurions dû stopper l'activité bien avant. Je dois simplement rappeler à chacun ici que nous ne sommes pas dans un club de vacances et que vos entreprises attendent que nous vous placions dans des situations sortant de l'ordinaire où vous aurez à faire preuve de courage, d'inventivité, de solidarité. Quand je me suis aperçu que l'orage atteignait une intensité nettement au-dessus de la moyenne, j'ai décidé de mettre un terme à la course d'orientation. Il n'était que 16 h 30 ; ça ne faisait pas une heure que ça avait vraiment forci. Je n'allais quand même pas vous rappeler dès la première rafale ! Je suis évidemment infiniment désolé par la mort d'Antoine, mais, dans ce genre d'activités de pleine nature, le risque zéro n'existe pas. Je vous rappelle donc un des conseils que vous avez déjà eus à votre arrivée samedi : il faut savoir adapter votre comportement aux conditions extérieures, pour limiter les risques. On ne peut pas faire les choses de la même façon s'il fait beau et sec, s'il pleut, s'il y a du vent fort, si le terrain est accidenté ou pas, etc. Voilà, s'il y a des questions, allez-y !

Personne ne se manifesta. Une chape de plomb semblait être tombée sur l'assemblée après ce discours autoritaire. Jo, désireux de jouer son personnage hâbleur, décida de détendre l'atmosphère. Il leva la main.

— Oui, Jo ? dit Michel sur un ton qui laissait penser qu'il goûtait peu l'intervention.

— Est-ce que la bouffe est bonne ? clama Jo. Parce que la séance de parcours sportifs pour ados m'a quand même ouvert l'appétit !

Des rires et des huées retentirent dans la salle provenant des autres tables. À la sienne, tous regardèrent l'inconscient avec des yeux ronds.

— Tu es un comique, toi ! réagit Michel alors qu'Ed approuvait de la tête. Je crois qu'Ed apprécie. Pour répondre à ta question, on mange très bien ici. On n'a jamais eu de plaintes en tout cas. Trêve de plaisanterie, je vous souhaite un bon appétit à tous !

Simon se leva pour aller chercher le plat d'entrée de crudités que passait le personnel de cuisine par un passe-plat aménagé entre la cuisine et la salle à manger. Patrice fit de brèves présentations entre Lara et Jo.

— Ici, chaque table fait son service, débarrasse et il y a un tour de rôle pour la vaisselle, deux par table de stagiaires, poursuivit Patrice à l'intention de Jo. C'était Antoine qui était prévu au service de table et de vaisselle ce soir avec Simon, comme tu le remplaces dans l'équipe, c'est donc ton tour de service.

— D'accord… Dites donc, il n'est pas commode, Michel ! fit Jo pour lancer la conversation.

— C'est sûr que c'est pas un marrant ! approuva Simon qui se rasseyait. Et l'accident arrivé à Antoine le rend encore plus cassant.

— Il réagit comme ça parce qu'il se sent quand même responsable ! intervint Lara. Pour moi, il a fait arrêter l'épreuve trop tard et la balise n° 5 était placée dans un endroit vraiment dangereux : il fallait descendre vers elle entre les touffes hyper glissantes de végétation et les roches, sans parler du vent ! C'était affreux !

— Je confirme, appuya Simon. J'ai réussi à atteindre la balise en m'accrochant à ce que je pouvais. J'ai eu un mal de chien à poinçonner ma feuille de route avec le vent et la pluie.

Jo savait que chaque balise de contrôle était équipée d'une pince laissant une marque différente : les contrôleurs pouvaient ainsi vérifier que le concurrent était bien passé à tel ou tel point.

— Exactement ! reprit Lara, très remontée. Heureusement que leurs feuilles de route sont plastifiées sinon elles se seraient imbibées d'eau et se seraient déchirées avec le vent !

— Moi, je ne suis pas allé jusqu'à cette balise, dit Patrice, tout en remplissant son assiette. J'étais dans un autre endroit du périmètre où il y avait plusieurs balises assez proches que j'ai trouvées, puis je me suis complètement paumé. Je n'y voyais plus rien sous les trombes d'eau. Ce n'est que bien plus tard que j'ai réussi par hasard à retrouver le parking où était le point de départ et d'arrivée et où Ed attendait les derniers. Simon et Lara étaient déjà rentrés depuis longtemps, ainsi que la plupart de ceux de l'autre équipe.

Jo comprit que ce n'était probablement pas parmi ce premier groupe qu'il fallait rechercher un éventuel meurtrier : il n'aurait pas eu assez de temps pour éliminer Gwendal et sa fille. Il faudrait se faire préciser les horaires, bien sûr, mais le coupable devait se trouver parmi ceux qui étaient encore perdus sur le cap.

— Veinards, les jeunots, vous étiez déjà à l'abri ! commenta Jo, gouailleur, tout en se servant à son tour.

— Tu peux parler, toi ! T'y étais pas ! réagit violemment Lara. On nous a dit de rentrer ; c'est Liz, l'instructrice spécialiste des activités nautiques qui nous a ramenés au camp. Mais plus tard, après le retour de Patrice et de Paula, Antoine était toujours porté manquant ; alors on a participé aux recherches aux abords du camp ! On n'a pas tranquillement attendu que ça se passe !

Jo leva les deux mains en signe d'excuse. Il croisa le regard amusé de Paula : elle était contente que Lara ait été vexée par la pique de Jo. Elle s'exprima à son tour.

— Quant à moi, je n'ai pas pu approcher de la balise n° 5. Comme l'a dit Simon, cette balise, placée comme elle l'était, dans la pente au-dessus des rochers de la falaise, était inaccessible pour moi. J'ai le vertige : c'est comme ça depuis toujours. Je dois rester à bonne distance du vide. J'ai bien tenté d'approcher, mais une peur incontrôlable m'a tout de suite saisie. Je me suis mise à trembler de partout et j'ai fait demi-tour, paniquée. Sous les éclairs et la pluie battante, j'ai alors couru comme une idiote dans la direction approximative du parking du cap. J'ai suivi un petit sentier ; j'ai buté sur une pierre – ou une racine, je ne sais pas –, je suis tombée et mon front a heurté une roche qui dépassait. Je suis restée choquée, allongée là pendant un long moment. Puis j'ai entendu la voix d'Art' qui m'appelait ; il m'a aidée et nous avons rejoint le parking. Patrice et Hugo, un de l'autre équipe, venaient d'y arriver aussi.

— Eh bien ! ponctua Jo. Ça devait être dantesque !

Tous s'absorbèrent dans leurs pensées tandis qu'ils finissaient leur entrée. Jo récapitulait mentalement tout ce qu'il avait appris en se demandant s'il allait pouvoir se rappeler chaque détail. Simon lui fit remarquer qu'il était de service comme lui. En râlant pour la forme, il se leva pour rapporter le plat vide et prendre le plat principal. Paella du chef, avec de beaux morceaux de poulet et gambas : ça avait l'air délicieux !

Quand chacun se fut copieusement servi, Jo relança la discussion sur les événements de la veille.

— Et celui de l'autre équipe, Hugo, c'est ça ? Il est arrivé en même temps que vous, Paula et Patrice : il a eu aussi des problèmes ?

— Ben, c'est un petit jeune très sportif, répondit Patrice. Le genre qui ne lâche rien, pour employer une expression à la con mais vachement à la mode ! Il nous a dit qu'il avait continué à fond sans savoir que l'épreuve avait été stoppée. Quand il est revenu au parking, il avait fini : il était passé partout ! Il m'a montré sa feuille de route, pendant qu'Ed donnait quelques soins à Paula qui saignait quand même pas mal. Tout était poinçonné !

Patrice affichait un air véritablement admiratif ; les autres hochaient la tête, impressionnés eux aussi.

— Pas mal en effet ! admit Jo. Je me demande si j'aurais pu faire mieux.

Jo vit avec amusement une lueur irritée s'allumer dans les yeux de ses coéquipiers.

— Et donc, reprit-il en enfournant une large bouchée de paella, à ce moment-là, Antoine n'avait pas reparu. Il était le seul manquant. Les secours ont été prévenus à ce moment-là ? Il était quelle heure ?

— Vers 18 heures, répondit Patrice. Ed a appelé Michel au téléphone pour lui dire qu'Antoine n'avait toujours pas été retrouvé. Michel lui a dit de contacter par talkie-walkie Art' et Matt, toujours sur le cap : ils devaient continuer à rechercher Antoine et lui, Ed, devait ramener les rescapés au camp. Ce n'est que plus tard, vers 19 h 30, alors qu'on était tous repartis sur le terrain, que Michel s'est décidé à prévenir la Gendarmerie.

X

Lundi 17 août, 20 h 30

Simon, Jo et les deux membres de l'autre équipe, Énora et Hugo venaient de finir de débarrasser les tables et faisaient la vaisselle. Énora et Hugo étaient jeunes – certainement moins de trente ans – et donnaient l'impression d'être très attirés l'un par l'autre. Alors qu'il plaçait un bac rempli d'assiettes dans le lave-vaisselle, Jo demanda au jeune homme :

— Alors, il paraît que c'est toi qui bats les records en course d'orientation ?

Le jeune se rengorgea, mais voulut la jouer avec modestie :

— J'ai réussi à boucler le parcours, c'est vrai. Mais ça ne veut rien dire puisque beaucoup de concurrents ont croisé les instructeurs qui leur ont dit d'arrêter. Moi, je n'ai rencontré personne ; alors j'ai continué, c'est tout !

— Modeste avec ça ! Eh bien, j'espère qu'on va avoir de belles occasions de se mesurer, tous les deux !

Le sourire du jeune homme s'élargit :

— J'espère bien ! Il paraît que tu as fait un excellent temps au parcours d'obstacle, cet après-midi.

— Comment tu sais ça, toi ? questionna Jo, surpris.

— J'ai entendu Ed le dire à sa table quand je suis passé à côté d'eux avec le plat pour mon équipe.

Ainsi Ed était un petit cachottier, pensa Jo. Ça devait faire partie de la philosophie d'Altaméga de passer les bonnes performances sous silence. Ainsi les stagiaires ne s'endormaient pas sur leurs lauriers.

— Et Antoine, tu as eu l'occasion de lui parler ? Il était bon en sport, non ?

— Non, je n'ai pas eu cette opportunité. En sport, il avait l'air pas mal, pour un vieux.

Ah, ces jeunes, aucun respect ! s'amusa Jo intérieurement. Antoine ne devait pas être beaucoup plus âgé que Jo.

— Merci pour les vieux ! lâcha Jo, faisant mine d'être vexé.

Prenant conscience de sa bévue, Hugo rougit jusqu'aux oreilles.

— Allez ! T'enfonce pas plus ! Je rigole ! dit Jo en lui donnant une claque sur l'épaule. Et puis, à 41 ans, je ne me considère pas encore tout à fait comme un vieux !

Visiblement impressionnée par Jo, Énora éclata de rire, rassurée que l'échange ne tournât pas à la dispute.

Les tournées de lavage s'enchaînaient rapidement, avec un matériel performant à l'usage des collectivités. Les plongeurs papotaient en même temps. Le cuisinier et son aide apparurent. Ils avaient dîné dans un coin quelconque après le service en salle et rapportaient leurs assiettes et couverts.

— C'était très bon, les félicita Jo. Je me suis régalé !

— Ah ! C'est toi le gus qui s'inquiétait de savoir si la bouffe était bonne ! T'es rassuré maintenant ? aboya le cuisinier.

C'était un type au crâne entièrement rasé, aux joues creuses et maxillaires saillants, pas très grand, large et épais, un peu enveloppé à la taille.

— Moi, c'est Jo. Rassuré, je sais pas ! Si ça se trouve, t'as donné ton max ce soir et demain ce sera immangeable !

Le visage du cuisinier commença à s'empourprer et une lueur dangereuse se mit à danser dans son regard.

— Bordel ! Mec ! Tu commences à…

Jo se mit à rire franchement. Le type comprit enfin qu'on le faisait marcher et se mit à rire aussi. Aussitôt calmé, il reprit :

— OK, mec ! On m'appelle Chris. Putain, j'ai failli marcher !

Jo rit de plus belle :

— Failli ? T'as marché à fond, oui ! C'était très bon et je n'ai aucun doute sur la suite !

— D'accord ! J'essaierai de me montrer à la hauteur. Salut, à demain !

Les préposés à la vaisselle terminèrent leur rangement puis quittèrent la cuisine. Dehors, il faisait presque nuit, Énora et Hugo retournèrent vers leur campement, Simon et Jo vers le leur. Personne n'était en vue près de leurs tentes.

— Comme tu le vois, nous sommes une équipe très soudée, murmura Simon avec ironie. Chacun dans sa tente, pas de relations amicales entre nous ! De toute façon, il faut être debout à 6 h 30 demain matin pour notre décrassage matinal ! J'espère que tu as ton réveille-matin ! Bonne nuit !

— Ne t'inquiète pas ! Je serai debout ! assura Jo. Bonne nuit !

Jo s'engouffra dans sa tente, fouilla dans son sac pour trouver sa lampe-torche. Il l'alluma, sortit son carnet de notes et se mit en devoir de recenser toutes les infos recueillies dans l'après-midi et la soirée. Il commença par dresser la liste de tous les individus présents dans le camp depuis samedi dernier. Il n'avait pas encore fait la connaissance de tout ce petit monde, de certains très brièvement, mais il pouvait déjà écrire pas mal de choses sur plusieurs d'entre eux.

« *Membres du Centre Altaméga :*

- Michel : directeur, autoritaire ; position à situer pendant et après l'accident d'Antoine Trobert.

- Ed : instructeur préparateur physique, peut être rayé de la liste des suspects : il coordonnait du parking les recherches faites par ses collègues et y attendait les stagiaires.

- Liz : instructrice activités nautiques, peut être rayée aussi ; c'est elle qui a ramené le premier

groupe de stagiaires, n'avait donc pas le temps de poursuivre le Maïdal.

- Matt : instructeur natation et plongée, possible suspect ; pouvait ne pas être à faire des recherches sur le cap, mais être parti à la poursuite du voilier.

- Art' : instructeur escalade : possible suspect ; comme pour Matt.

- Chris : cuisinier du centre ; position à préciser.

- Léo : aide-cuisinier ; paraît beaucoup trop jeune pour être le coupable.

Membres de l'équipe Écovillpro :

- Antoine Trobert : victime d'une chute mortelle. Personnage s'étant attiré de très fortes inimitiés.

- Patrice : celui qui devait devenir le chef de projet, évincé par Antoine ; suspect, car a eu le temps matériel pour la poursuite du voilier.

- Paula : l'amante éconduite : suspecte plutôt évidente, ayant eu le temps matériel pour le crime du voilier ; mais sujette au vertige (à vérifier).

- Lara : nouvelle proie de Trobert : pas suspecte, n'a pas eu le temps pour le crime du voilier.

- Simon : possible amoureux de Lara ; pas suspect, n'a pas eu le temps pour le crime du voilier.

Membres de l'équipe Narval-Synergies : a priori, ne connaissaient pas Trobert avant le stage, donc pas de mobile apparent pour aucun d'eux.

- Hugo : de retour sur le parking à peu près au même moment que Paula et Patrice, mais le seul à avoir fini le parcours de la course d'orientation ; n'a pas pu avoir le temps de la poursuite du voilier.

- Énora et les autres : rentrés au camp avec le premier groupe : n'ont pas eu le temps pour le crime du voilier.

Indices ou infos notables :

- VTT du Centre Altaméga volé, certainement dans l'après-midi de dimanche ; rapporté par deux enfants qui l'ont trouvé par hasard sur le Cap d'Erquy ; volé et utilisé par le meurtrier pour gagner du temps ? »

*

Lundi 17 août, 22 heures

Jo acheva d'écrire ses dernières notes dans son carnet. Il le referma, le mit dans sa poche, prit son téléphone et sa lampe de poche. Il sortit de sa tente sans l'allumer, s'enfonça sans bruit dans le sous-bois. Quand il fut suffisamment éloigné des tentes, il donna de la lumière pour se diriger entre les arbres. S'étant suffisamment écarté pour ne pas risquer d'être entendu, il téléphona à Audrey. Elle décrocha aussitôt.

— C'est toi, enfin ! s'exclama-t-elle.

— Maintenant, tu auras mon nouveau numéro. Ici, on nous prive de notre smartphone, mais j'ai acheté ce petit téléphone de remplacement. Je t'appellerai le soir à cette heure-ci ou alors en cas d'infos urgentes à te donner. Je le tiendrai coupé le reste du temps pour économiser la batterie, car ici, ce sera peut-être difficile de la recharger.

— Bien. Et pour toi, comment ça se passe ? s'enquit Audrey.

— Pas trop mal pour le moment ! Je suis tombé dans un sacré panier de crabes, mais j'ai déjà eu quelques infos assez intéressantes.

Jo, carnet en main, lui relata ses découvertes du jour.

— Voilà, conclut-il. C'est déjà un bon début, non ?

— Jo, ne t'emballe pas. Ça n'est pas parce que certains ont de sérieux motifs de jalousie que ça en fait des meurtriers de Trobert. Si tous les gens jaloux passaient à l'acte, ce serait un véritable carnage !

— D'accord ! Mais tu pourrais justement essayer de te renseigner sur les personnes suspectes ou du moins celles qui ont pu avoir le temps matériel de poursuivre Gwendal et Maïwen : Patrice Guilchert et Paula Sidant d'Écovillpro et les instructeurs Michel David, Matthieu Lasnier et Arthur Favre. J'ai mémorisé leurs noms sur un tableau dans le bureau de direction à mon arrivée. Pour Paula et Patrice, essaie de savoir s'ils ont des compétences de pilotage de bateaux rapides.

— J'ai noté, je vais faire des recherches, promit Audrey. Mais tu crois que ton meurtrier supposé aurait eu le temps de poursuivre le voilier, de commettre les crimes et de revenir à temps sur le Cap d'Erquy ? J'ai quand même des doutes !

— Je comprends que ça puisse paraître infaisable ! Mais j'ai essayé d'évaluer le temps que ça représente et je pense que c'est tout à fait possible.

— Ah bon ? Explique ! Je suis curieuse d'entendre ça !

— Entre le moment de la chute de Trobert, vers 16 heures…

— Comment sais-tu pour l'heure de l'accident ?

— Du crime ! rectifia Jo, convaincu d'avoir raison. Vers 16 heures, car l'appel radio de Gwendal a été lancé à ce moment-là. Donc entre 16 heures et 17 h 45, heure à laquelle Ed récupère Patrice, Paula et Hugo avant de les ramener au camp. Ce qui nous fait un laps de temps de 1 h 45, durée suffisante, je pense, pour commettre les crimes sur le *Maïdal*.

— Faire tout ça en même pas deux heures ? C'est possible ?

— J'ai fait un décompte. Après avoir tué Trobert, le meurtrier se rend compte qu'il y a des témoins sur un bateau et se lance à leur poursuite. Il fonce vers le centre en courant : 10 à 12 minutes. Il prend les clés d'un des Zodiac d'Altaméga dans le local voile, emprunte un VTT dans le local à vélos : 3 minutes. Il pédale à fond jusqu'au départ du sentier des Lacs Bleus, laisse son vélo en haut de l'escalier, descend jusqu'au port : 8 à 10 minutes en comptant large. Il prend l'annexe du Zodiac car il a les clés, la met à l'eau, va jusqu'au Zodiac, met en route : 15 minutes. Il quitte le port entre 16 h 30 et 16 h 40. Il rattrape le *Maïdal* au plateau des Comtesses 20 minutes après, vers 17 heures, donc 1 heure après le meurtre. Compte tenu des conditions de mer, le *Maïdal* a mis à peu près ce temps pour atteindre les Comtesses situées à 3 milles et demi du Cap d'Erquy environ. L'abordage du voilier, les meurtres de Gwendal et de sa fille, tout ça a dû se dérouler très vite, en 5 minutes tout au plus. Ensuite le Zodiac revient au port vent portant, poussé par les vagues : retour ultrarapide en à peine 10 minutes. On compte 15 minutes pour l'amarrage, le retour en annexe, la ranger : il est 17 h 30 au pied de l'escalier. Ce qui laisse 15 minutes à l'assassin pour grimper l'escalier, reprendre son vélo, foncer vers le Cap d'Erquy tout proche, abandonner le vélo sur la lande du cap, finir au pas de course et arriver vers 17 h 45 au parking du cap où Ed attend les derniers stagiaires. Si l'un des instructeurs est l'assassin, il a même un peu plus de temps, car il est censé continuer les recherches pour retrouver Antoine. Et quand chacun est de retour au centre, le tueur trouve un moment de tranquillité pour remettre les clés du bateau à leur place.

— Timing tout à fait réalisable… dans la théorie ! considéra Audrey. Tous tes temps estimés sont très courts en réalité ! Et les supposés meurtres sur le bateau ? Comment le meurtrier s'y serait pris pour ne pas laisser de traces impliquant l'usage d'une arme quelconque : une blessure par arme à feu ou des coups de couteau…

— Des blessures dues à des objets contondants, il y en a ! répliqua Jo.

— Reconnues d'origine accidentelle d'après le rapport de gendarmerie.

— Pfff ! fit Jo de dépit. Je suis sûr qu'il y a autre chose !

— Peut-être bien quand même…

— Tu as su quelque chose ? demanda Jo, l'esprit en alerte.

— Mon commissaire a eu une copie du rapport par son contact au parquet. Il me l'a montrée. Autant te dire tout de suite que ça ne remet pas en cause les conclusions d'accident sans tiers. Mais l'examen poussé du hauban rompu laisse apparaître une rupture très régulière dans une partie de sa section.

— Ce qui veut dire ?

— Ce qui pourrait signifier qu'il a été sectionné à l'aide d'un outil genre pince coupante. Les torons sur la périphérie du câble ont été coupés très proprement jusqu'à la partie centrale qui, elle, présente une brisure beaucoup plus irrégulière, quand elle a cassé.

— L'assassin a donc utilisé une pince coupante : le démâtage a été provoqué, affirma Jo.

— Tu conclus un peu vite, là ! Il faudrait des examens plus poussés pour essayer de trouver de fines particules de métal laissées par une éventuelle pince coupante. Vu que la brigade de recherches de Saint-Brieuc a signalé ce détail sur la rupture du hauban, c'est qu'ils se posent les mêmes questions que nous ; je pense qu'ils vont poursuivre l'examen. Et puis, deuxième chose intéressante : ils ont trouvé un fragment de tissu ciré vert, coincé dans les torons du hauban. Ce tissu vert ne provient pas des vêtements des victimes. Je pense que cela va être aussi étudié de très près.

— En voilà de bonnes nouvelles ! se réjouit Jo. Cette pince coupante devait déjà être sur le Zodiac : le tueur l'a trouvée et s'en est servi. Je vais essayer d'en parler avec la spécialiste voile. Et la demande d'autopsie, tu sais ce qu'elle devient ?

— Maud l'a déposée au parquet. Elle a été prise en compte et acceptée, dans un souci d'apaisement, selon le commissaire. L'autopsie se déroulera demain à Rennes, les corps y ayant été transférés dans la journée.

— Bien ! Ça avance pas mal, on dirait ! apprécia Jo. Il va falloir que je te laisse car, demain matin, c'est lever à 6 h 30 pour un décrassage matinal !

Ils se souhaitèrent une bonne nuit et raccrochèrent. Jo retourna sans bruit à sa tente dans laquelle il s'engouffra prestement. Quelques secondes plus tard, il était dans son sac de couchage et sombrait aussitôt dans un sommeil sans rêves.

XI

Mardi 18 août, 6 h 30

Jo fut réveillé par sa montre de poignet. Il quitta avec une pointe de regret la douce chaleur de son duvet, frissonna dans la fraîcheur humide de la fin de nuit avant d'enfiler rapidement une tenue de sport et de lacer ses chaussures. Il sortit de sa tente en même temps que Lara qui était à l'heure cette fois. Il faisait encore nuit, mais l'aube pointait.

Ils se dirent bonjour et elle ajouta :

— Les autres doivent déjà être sur l'aire d'entraînement. Je suis arrivée en retard hier matin ; je me suis fait pourrir, alors je préfère être à l'heure aujourd'hui.

Ils rejoignirent leurs équipiers, échangèrent de rapides salutations.

— Salut à tous ! Apparemment, pas de retardataire aujourd'hui ! dit Ed, jetant un regard satisfait à Lara. Allez, échauffement ! Cinq tours du terrain en petites foulées pour commencer…

Les stagiaires s'élancèrent tranquillement en bavardant ou plaisantant sur le régime qui leur était infligé. Jo n'avait pas encore vu de près tous les membres de l'autre équipe, Narval Synergies. Il alla courir à côté d'eux pour faire connaissance.

— Salut, moi c'est Jo, dit-il à un grand mince dans la quarantaine bien avancée qui semblait être le doyen de l'équipe. J'ai déjà croisé Énora et Hugo, mais je ne vous connais pas encore tous.

— Salut, répondit l'homme, un peu surpris d'être abordé ainsi par un concurrent adverse. Moi, c'est Jean-Yves. Voici Céline, notre chef d'équipe, et voici Karen.

Après un bref échange de salutation, la dénommée Céline, femme mince dans la petite quarantaine au visage sévère, lança à Jo, sarcastique :

— J'espère pour vous que tu vas trouver ta place dans l'équipe Écovillpro ; c'est la super-ambiance, il paraît !

— Avec un mort, ça semble un peu normal, non ? rétorqua Jo.

— Oui… Bien sûr ! hésita-t-elle, en se rendant compte de son impair. On est tous désolés, bien entendu ! Mais ce n'est pas à ça que je pensais en parlant d'ambiance dans votre équipe.

— Eh bien moi, c'est à *lui* que je pense ! D'ailleurs, rien ne te viendrait à l'esprit, du genre un truc bizarre le concernant que tu aurais vu ou entendu avant sa mort ? tenta Jo, décidé à profiter de la maladresse de la femme pour poser des questions.

Pierre-Yves, désireux d'aider sa chef d'équipe en difficulté, intervint vivement :

— Moi, je pense à quelque chose à son sujet… J'étais à la plonge samedi soir, le soir de notre arrivée. À la fin, je suis sorti en dernier de la cuisine. J'ai vu Antoine qui interpellait quelqu'un qu'il a pensé reconnaître. Mais l'autre a dit qu'il faisait erreur, que lui ne connaissait pas Antoine. Voilà, c'est tout.

— Et c'est qui, cette personne ? demanda Jo.

— Je n'ai pas pu la voir. L'angle du local des sanitaires réservé au personnel du centre me le cachait.

— Homme ou femme ?

— C'était une voix d'homme, c'est sûr.

Dommage qu'il n'ait pas pu le voir, regretta Jo en pensée.

Ils terminaient leur course d'échauffement. Tous rejoignirent Ed qui passa à la suite de son programme. Vinrent ensuite des mouvements d'étirements, des pompes, des flexions-extensions, du saut à la corde et autres.

Trois-quarts d'heure plus tard, la séance s'achevait. À 8 heures, après une douche rapide – et glaciale ! –, ils se retrouvèrent à la salle à manger pour un solide petit déjeuner. À 8 h 45, après avoir débarrassé les tables, les instructeurs les accueillirent à la salle de réunion pour le topo sur les épreuves de la journée à venir. Ed prit la parole pour présenter celle du matin. Il s'agissait d'une course à VTT sous forme de jeu de piste. Chaque équipe devait progresser groupée d'un point de contrôle au suivant. À chacun de ces points, il fallait chercher une enveloppe dissimulée dans les parages et l'ouvrir. À l'intérieur, deux choses : une fiche avec une question à laquelle il fallait tenter de répondre et une photo du point de contrôle suivant. Si aucun dans l'équipe ne connaissait la réponse, il faudrait alors trouver de l'aide auprès des gens qu'ils croiseraient. L'équipe vainqueur serait celle qui ferait le meilleur temps, en sachant qu'une réponse fausse ou absente entraînerait une pénalité de 10 minutes. C'était le temps du dernier arrivé qui serait relevé, il fallait donc rester groupés et faire une course solidaire. Ed précisa que les équipes feraient le parcours en sens inverse, et donc se croiseraient à un moment donné.

Ed remit une première enveloppe à chaque équipe. Il signala qu'elle ne contenait qu'une photo : il n'y avait pas de fiche-question au départ de l'épreuve. Le groupe de Jo s'écarta et découvrit la sienne. Une construction ancienne en grès rose d'Erquy avec la mer en arrière-plan. Jo l'avait déjà vue la veille en allant sur le cap. Paula le devança en claironnant :

— C'est le Four à boulets sur le Cap d'Erquy !

— Allez ! On fonce ! commanda Patrice. Chacun prend son sac à dos avec un coupe-vent et un vêtement supplémentaire au cas où le temps se gâterait et on se retrouve au local VTT.

Tous coururent vers leur tente puis rejoignirent peu après le local à vélos. Ed et Art' assuraient la distribution des VTT et réglaient la hauteur de la selle pour chacun. Ils enfourchèrent leur vélo et prirent la direction du Cap d'Erquy. À peine dix minutes après, ils étaient devant le Four à boulets. Ils descendirent de vélo et se mirent à chercher l'enveloppe. Ils se répartirent la fouille, chacun ayant une zone à examiner tout autour de la bâtisse remarquablement entretenue. Après deux petites minutes d'exploration, Simon lança un appel : il avait trouvé la cachette au pied du mur côté sud, dans une fissure entre deux pierres. Il remonta vers les autres, tendit l'enveloppe à Patrice qui l'ouvrit et extirpa une photo d'un escalier, montant abruptement à flanc de falaise. Jo le reconnut aussitôt.

— C'est l'escalier permettant d'accéder du port aux Lacs Bleus, dit-il. La photo est prise du port.

Patrice avait en main la fiche avec la question.

— Je vous lis la question : « Quel était le nom de l'ancienne cité antique qui, selon la légende, aurait été punie par les dieux en colère. Ils provoquèrent un tel déchaînement qu'elle aurait été engloutie par les eaux, telle la ville d'Ys ? » Bon, quelqu'un a une idée ?

Aucune réponse.

— On nous a conseillé de nous renseigner auprès des personnes de rencontre, mais là, il va nous falloir un historien, pesta-t-il. Ce n'est pas en posant la question aux touristes qui se baladent sur le cap qu'on va trouver la solution. Allez, on remonte en selle et on se retrouve au port ; là-bas, on aura plus de chances de trouver des gens du pays ayant la réponse.

Ils étudièrent la carte IGN qu'ils avaient emportée.

— Il faut passer par Tu-ès-Roc, prendre le virage en épingle à cheveux, descendre ensuite vers Erquy et prendre à droite vers le port, commenta Michel.

Ils reprirent leurs vélos. Une idée germa soudain dans la tête de Jo. Il laissa les autres démarrer, puis saisit la chaîne de son VTT et tira dessus pour la dégager des dents du pédalier. Puis il héla Paula qui venait juste de s'élancer devant lui.

— Paula ! J'ai déraillé.

Elle mit pied à terre et se tourna vers lui.

— Ma chaîne est coincée, mentit Jo. Ne m'attendez pas ! Allez-y ! Je vous rejoins au port.

Elle fit signe qu'elle avait compris et redémarra. Jo replaça la chaîne sans aucune difficulté, s'essuya les mains dans un mouchoir en papier qu'il fourra dans sa poche. Il monta sur son VTT puis pédala jusqu'au départ du sentier situé au-dessus des Lacs Bleus et le port. C'était ce chemin que le meurtrier avait certainement suivi pour traquer ses amis, pensa Jo. Il entama la descente en serrant régulièrement les freins pour ne pas se laisser embarquer par la vitesse. Il se fit copieusement incendier par des randonneurs qui remontaient le sentier, lui signifiant que le GR était interdit aux cyclistes. Jo fit la sourde oreille et passa outre. Tel un coureur de cyclo-cross qui doit parfois mettre pied à terre et courir en portant sa machine, il dépassa le grand Lac Bleu sur la passerelle aménagée, tourna à gauche et descendit la pente jusqu'au haut de l'escalier. Portant son vélo par la barre du cadre calée sur son épaule, il dévala les marches, s'excusant auprès des gens qu'il croisait. Il transpirait sous son masque qui lui irritait la peau. Enfin, il atteignit la route en bas de l'escalier ; il posa le vélo sur ses roues et frotta son visage sous le tissu.

Il jeta un regard autour de lui. Les autres n'étaient pas arrivés ; il avait un peu d'avance et il fallait en profiter. Pas pour le jeu de piste : c'était secondaire ! Mais pour son enquête ! Poussant son vélo d'une main, il traversa la rue, le posa près de la capitainerie et se dirigea vers le centre nautique. Un jeune homme en sortait, sans doute l'un des animateurs de voile, vu la tenue qu'il portait. Jo l'aborda.

— Bonjour. Je cherche quelqu'un, peut-être du centre nautique, qui aurait vu dimanche un Zodiac sortir du port pendant l'orage. Je me disais que vous auriez pu en parler entre vous, vu que sortir en mer par un temps pareil, c'est quand même un peu surprenant.

Le jeune homme se gratta la tête, sans doute pour aider à la réflexion, puis fit non de la tête.

— Non, personne n'a parlé de ça. Pourtant, c'est sûr qu'on en aurait parlé si quelqu'un de chez nous avait vu un truc dans le genre.

— Bon, tant pis ! dit Jo, déçu.

— Peut-être que le vieux Martin a vu quelque chose, lui. Martin Savinec. C'est un marin-pêcheur à la retraite de 83 ans ; il passe tout son temps sur le port, par tous les temps ! Un vieux solide ! Il doit être dans le coin en ce moment. Peut-être est-il sur le môle car il aime bien se balader jusqu'au phare. Il est assez facile à reconnaître : il a une casquette de marin et fume la pipe.

Jo le remercia et alla vers le môle. Il s'engagea sur le promenoir et aperçut un homme âgé tel que décrit par l'animateur. Jo arriva à sa hauteur et lança la conversation :

— Bonjour, vous êtes monsieur Savinec ? On m'a dit de m'adresser à vous, si vous voulez bien.

— C'est bien moi ! Qu'est-ce que vous me voulez ?

— Avez-vous vu un Zodiac quitter le port en plein orage dimanche après-midi ?

— Pourquoi que vous me demandez ça ? demanda l'ancien, suspicieux.

— Pour le besoin d'une enquête. Alors vous l'avez vu ?

— Une enquête ? Vous êtes de la police ?

Jo décida de coller le plus possible à la vérité.

— Non, je fais partie du Centre Altaméga qui possède ce bateau et nous pensons qu'il a pu être emprunté en douce par quelqu'un de chez nous dimanche après-midi.

— Altaméga… Ah, oui ! Ça y est, j'y suis ! Les gens un peu bizarres qui font des choses bizarres et qui vivent planqués dans un bois, là-haut ! Comme sortir en mer au plus fort de l'orage. Il faut être plutôt dingue pour faire une chose pareille !

— Donc, vous l'avez vu sortir ? déduisit Jo, plein d'espoir.

— Oui, j'étais ici. J'ai vu quelqu'un tirer une annexe sur la cale d'en face et la mettre à l'eau. Il a pagayé jusqu'à un Zodiac, est monté à bord, a démarré et a piqué vers le large. Ça devait taper dur après le quai parce que je voyais le bateau monter sur la vague et retomber brutalement de l'autre côté. Mon fils est arrivé en voiture à ce moment-là : il m'a engueulé en me disant que j'étais complètement fou de rester là par ce temps. Il m'a ramené et donc je n'ai pas vu le Zodiac revenir. Mais hier matin, quand je suis arrivé, la première chose que j'ai faite a été de vérifier que le Zodiac était là.

— Et le pilote du Zodiac, vous avez pu voir à quoi il ressemblait ?

— Ben non, répondit le vieux marin en s'esclaffant. Tu vois : j'ai encore une très bonne vue, mais je ne peux pas voir à travers une capuche rabattue sur la tête et le front. Je dirais que c'était un homme de taille moyenne et pas très gros. Mais avec le ciré qu'il portait, pas facile d'être précis !

— Comment ça ?

— Le ciré semblait un peu grand pour lui. Et puis, c'était un de ces vieux imperméables en toile cirée verte d'une autre époque, comme j'en ai eu il y a bien longtemps.

— Un ciré vert ! Monsieur Savinec, merci. Vous m'avez donné de précieux renseignements. Oh ! Tant que j'y pense ! Une cité antique punie par les dieux et engloutie dans la baie : vous connaissez son nom ?

— Nazado. Elle s'appelait Nazado. La légende dit que les soldats du camp romain étaient trop souvent dans les bras des belles filles de la cité ; elles avaient la peau si fine qu'on voyait le vin couler dans leur gorge lorsqu'elles buvaient. Les dieux ont alors sévi.

— Merci pour cette belle histoire ! dit Jo, sous le charme.

XII

Mardi 18 août, 10 h 30

Jo prit congé du vieux marin, puis se dépêcha de récupérer son vélo et de rejoindre les autres au pied de l'escalier. Il eut droit à un accueil mitigé.

— Enfin ! Où t'étais passé ? questionna Michel d'un ton impatient.

— Il a fallu que je puisse réparer mon vélo ; je suis allé au centre nautique, mentit Jo. Mais je n'ai pas perdu mon temps, car j'ai la réponse pour le nom de la cité antique engloutie. Vous l'avez trouvé, vous ?

— Non, répondit Simon. On a bien interrogé des gens, mais rien !

— Allez ! Dis-nous ! le sollicita Lara.

— Nazado.

Jo raconta à son tour la légende de Nazado et de ses belles filles.

— Bien ! coupa Patrice. Nous, nous avons trouvé la destination suivante d'après la photo dans l'enveloppe ; il s'agit du viaduc de Caroual, enfin plus exactement de l'aire de stationnement juste avant.

— Et la question, c'était quoi ? demanda Jo.

— C'était de savoir quel est l'être mythique représenté sur le blason d'Erquy, expliqua Lara. On s'est renseigné à la capitainerie et un plaisancier natif d'Erquy nous a dit que c'était une sirène d'or.

— Assez discuté ! On y va ! pressa Michel.

Ils repartirent sur leurs VTT et prirent la direction de Caroual par la route de la corniche, puis s'arrêtèrent avant le virage au bas de la pente. Sur la gauche, à peu de distance, l'imposant viaduc s'offrait à leur vue.

Ils traversèrent et rejoignirent l'aire de stationnement. Ils furetèrent tout autour et Simon dénicha l'enveloppe derrière le panneau d'informations touristiques.

La photo suivante montrait une vue du littoral, centrée sur un îlot rocheux dont une chapelle coiffait le sommet. Derrière la photo, c'était écrit : « *Votre enveloppe est cachée sur le parking à proximité du panneau indiquant les horaires de marée.* »

— C'est l'îlot Saint-Michel ! s'exclama aussitôt Paula.

— Tu as l'air de bien connaître le secteur, remarqua Michel.

— Je suis souvent venue avec mes parents quand j'étais jeune, expliqua Paula. Et l'îlot Saint-Michel, c'est quelque chose de typique ; je m'en souviens bien !

Pendant que Michel déployait la carte IGN pour étudier l'itinéraire, Simon lut la question sur la fiche accompagnant la photo.

— Qui a construit le viaduc de Caroual en Erquy, ainsi que de nombreux autres viaducs dans les ex-Côtes-du-Nord, mais aussi ailleurs en France ?

Personne n'ayant la réponse, Simon alla s'adresser à un groupe de randonneurs qui remontaient par le sentier du littoral. Il revint deux minutes plus tard, la mine quelque peu dépitée.

— Je me suis fait plutôt chambrer, là ! Pour eux, c'est inadmissible de ne pas connaître le grand ingénieur natif de Saint-Brieuc, créateurs de tant de superbes ouvrages d'art de ce type.

— C'est qui ? s'impatienta Michel, agacé.

— Louis Harel de la Noé, répondit Simon, tandis que Paula notait la réponse sur la fiche.

— Allez, on repart ! ordonna Michel.

Ils remontèrent sur leurs VTT, prirent le sentier par le bois de Cavé, suivirent ensuite la rue du Viaduc puis le chemin de la Louve. Au croisement de la route des Hôpitaux, ils tournèrent sur leur gauche et pédalèrent jusqu'aux Hôpitaux, traversèrent le bourg, puis descendirent vers la plage. Ils entrèrent sur le parking, trouvèrent le panneau indiquant les horaires de marées et d'accès à l'îlot à marée basse. Peu après, Paula dénichait l'enveloppe qui dépassait sous une pierre.

La photo montrait une résidence de vacances. Une flèche tracée au feutre indiquait un escarpement rocheux qui dominait les bâtiments en arrière-plan. Un couple qui traversait le parking à pied les renseigna : il s'agissait du village-vacances de la

Fosse-Eyrand. Du haut de la butte désignée par la flèche, dirent-ils, on n'était pas déçu car la vue y était superbe.

Ils reprirent leurs VTT et prirent la direction de la Fosse-Eyrand. Quelques minutes plus tard, ils arrivèrent en vue de la résidence de vacances. Ils laissèrent leurs vélos à l'entrée du chemin. Paula se proposa de rester pour les garder ; Jo comprit qu'elle souhaitait éviter d'être prise de vertige au sommet du promontoire rocheux. Les autres suivirent le sentier qui grimpait au sommet de l'escarpement et redescendait de l'autre côté vers le hameau de Lanruen. Ils firent halte sur le haut de la butte et fouillèrent parmi les touffes de bruyères et d'ajoncs ; ce fut Lara qui eut la joie de découvrir l'enveloppe.

— Attends avant de l'ouvrir, dit Patrice. On rejoint d'abord Paula.

Ils descendirent rapidement auprès de Paula et Lara sortit les documents de l'enveloppe.

Sur la photo, on voyait un amas de rocs mégalithiques.

— C'est un dolmen, commenta Lara. Ou plus exactement une allée couverte, une sorte de tombeau, un vestige de l'ère préhistorique.

— Ça ne nous dit pas où ça se trouve ! maugréa Patrice. Et quelle est la question ?

— Quel est le nom de la pierre de ces énormes rocs ?

— C'est la pierre locale, répondit Paula aussitôt. Elle a servi et sert encore à la construction de nombreuses maisons en pierre d'Erquy et des environs. C'est du grès rose d'Erquy.

— Bravo, Paula ! la félicita Simon. T'en connais vraiment, des trucs sur Erquy !

— Le grès rose d'Erquy, beaucoup de gens connaissent, quand même ! sourit Paula.

Patrice avait ouvert la carte IGN et balayait le document du regard.

— Là, j'ai trouvé ! C'est indiqué : « *Dolmen* » ! Lieu-dit : la Ville Hamon ! On y va ! C'est quand même bizarre qu'on n'ait pas croisé ceux de l'autre équipe !

— Pas tellement, répliqua Jo. Nous n'avons qu'une indication sur les lieux où nous rendre par les photos ; ensuite, nous choisissons notre propre itinéraire. Ils ont pris par un autre chemin, probablement.

— Oui, ça doit être l'explication ! convint Patrice.

Il prit la tête du groupe, suivit la route des Hôpitaux, puis celle d'Erquy jusqu'à la Ville Hamon. Les cyclistes traversèrent le hameau, puis atteignirent le site du dolmen. Reprenant leur souffle, ils contemplèrent quelques instants l'ensemble mégalithique, témoignage d'une présence humaine datant de plusieurs millénaires. Ils fouillèrent ensuite parmi les roches et Paula découvrit l'enveloppe cachée entre deux d'entre elles. Sur la photo figurait une vue du Centre Altaméga, la fiche ne contenait pas de questions, seulement une précision : « *Dernière étape de votre parcours : retour au camp pour la fin de l'épreuve.* »

Ils étudièrent la carte afin de décider de l'itinéraire, remontèrent sur leurs vélos, empruntèrent des petits sentiers pour rejoindre le Centre Altaméga. Une fois, Jo dut s'employer à rattraper Patrice qui accélérait, ne tenant plus compte de ses équipiers, en particulier Lara qui peinait à suivre son rythme. Arrivé à sa hauteur, Jo lui fit remarquer qu'il fallait rester ensemble, puisque le temps retenu à l'arrivée était celui du dernier de l'équipe. Patrice obtempéra de mauvaise grâce, râlant après ceux qui « n'avançaient pas », mais leva le pied, permettant ainsi au groupe de se reformer.

XIII

Mardi 18 août, 13 heures

Quand ils atteignirent le centre, Ed, qui les attendait dans la cour, arrêta le chronomètre. Jo regarda autour de lui : les autres ne semblaient pas encore arrivés.

— Vous êtes les premiers ! confirma Ed. Donnez-moi vos fiches-réponses.

Patrice les lui tendit. L'instructeur parcourut les réponses.

— Bien ! Vous avez tout bon ! Vous êtes donc sûrs de gagner cette épreuve ! Oh, je crois que vos adversaires arrivent ! dit-il en tendant l'oreille.

Pour les coéquipiers de Jo, ce fut un moment de grande effervescence : ils exultaient, heureux de leur performance et se précipitèrent à la rencontre de leurs adversaires. Jo en profita pour s'éclipser discrètement. Il s'enfonça dans le sous-bois, sortit son téléphone de sa poche et appela Audrey.

— Audrey, j'ai eu quelques renseignements importants ce matin. D'abord la confirmation qu'un des Zodiacs du centre est sorti en mer dimanche vers 16 h 30 au cœur de l'orage ; ensuite, le pilote du Zodiac portait un vieux ciré vert.

Jo donna les détails de sa rencontre avec le vieux marin-pêcheur, lui communiqua le nom de son informateur, puis se tut en attendant la réaction de sa femme.

Audrey resta silencieuse un instant, soupesant ces intéressantes nouvelles. Elle livra enfin son analyse.

— Donc, ce Zodiac a servi durant le créneau horaire faisant suite à la chute d'Antoine Trobert et dans la fourchette horaire des décès de Gwendal et sa fille, établie par le médecin légiste. Cela dit, cette fourchette est très large, les corps ayant séjourné dans l'eau de mer. Attention, il faut être prudent et ne pas tirer de conclusions hâtives en affirmant que le pilote du Zodiac l'a pris pour commettre un double meurtre. Tout ce qu'on peut dire, c'est que, vu la météo, ce Zodiac a été utilisé pour une raison d'urgence capitale ; on ne peut pas prendre un tel risque sans une raison majeure. Supprimer des témoins gênants en est une, évidemment. Puis il y a le ciré vert ; et justement, un lambeau de ciré vert a été trouvé coincé entre les torons du hauban du voilier. Donc un lien possible entre le pilote du Zodiac et le *Maïdal*. Mais pour avoir la preuve absolue, il faudrait retrouver ce ciré vert et voir si les fibres vertes prélevées sur le voilier lui appartiennent. Sinon, on ne pourra pas prouver grand-chose.

— D'accord, dit Jo. Je vais me mettre à la recherche de ce ciré vert dans le centre. Le tueur l'a peut-être caché dans un recoin.

— Espérons, souhaita Audrey. Mais il l'a peut-être abandonné quelque part dans la nature.

— On verra. Tu m'as parlé du médecin légiste. L'autopsie a donc eu lieu.

— Oui, réalisée dans la matinée. Alors, écoute bien : moi aussi, j'ai des nouvelles ! Je les tiens de mon commissaire qui m'a répété ce que son informateur au parquet lui a donné. L'examen du corps de Gwendal a confirmé les premières constatations : gorge tranchée par le hauban qui, en cédant a eu une trajectoire en coup de fouet et lui a attrapé le cou au passage.

Jo vit les images du drame défiler dans sa tête. Il refoula son émotion.

— Et pour Maïwen ?

— Le décès de Maïwen est imputable à un enfoncement du crâne si violent qu'il a provoqué une mort quasi-instantanée. Cependant – et c'est là que l'autopsie s'est révélée nécessaire ! – ce n'est pas le mât ou la bôme qui a causé le choc ! C'est quelque chose d'autre, un objet contondant, quelque chose en bois. Dans la blessure crânienne, le légiste a trouvé des résidus de bois verni.

— Du bois verni ! Mais il y a du bois verni sur le voilier : le panneau d'entrée de la cabine est en bois. Elle a pu être projetée contre le panneau et s'ouvrir le crâne !

— L'officier responsable de la brigade de recherche de Saint-Brieuc est venu à Rennes assister à l'autopsie et il est reparti à Saint-Brieuc avec un échantillon de fibres de bois prélevées dans la blessure de Maïwen. Avec son équipe, il les a analysées, ainsi que des fibres de bois provenant du voilier. Comme toi à l'instant, il pensait qu'il allait y avoir correspondance. Mais pas du tout ! Les fibres du panneau d'entrée et celles du crâne de la victime ne sont pas de même nature, les vernis n'ont pas les mêmes composants !

— Donc, l'objet contondant en bois ne vient pas du *Maïdal* ! conclut Jo. Ce qui veut dire qu'il vient du Zodiac. Mais quel objet ?

— On s'est posé la question, avec le commissaire. Il pensait comme moi. Rien, dans tout ça, n'est prémédité : le tueur a frappé avec ce qu'il avait sous la main. Il fallait que ce soit quelque chose d'assez long pour pouvoir atteindre sa victime…

— Un aviron ! C'est certainement un aviron. Ça fait partie de l'équipement obligatoire de sécurité. Je vais me renseigner auprès de Liz, l'instructrice pour les activités nautiques, pour savoir s'il y a des avirons en bois sur leurs Zodiacs. Et puis, Audrey… ?

— Oui, quoi ?

— Je n'ai pas rêvé : tu as bien parlé de « tueur » avec ton commissaire ? Ça veut dire que vous êtes maintenant convaincus qu'il s'agit de meurtres ?

— C'est bien ça, oui, confirma Audrey. Le commissaire vient d'appeler très officieusement le capitaine Danic, le chef de la brigade de recherche à la gendarmerie de Saint-Brieuc. Au début, la conversation a été plutôt tendue, Danic accusant le commissaire d'ingérence dans son affaire. Mon chef lui a expliqué qu'il était à l'origine de la demande d'autopsie et il a même dit que ta relation d'amitié avec la famille Souder avait permis de la convaincre de déposer cette demande.

— Il lui a dit que j'étais ici ?

— Non, juste que tu étais un ami des victimes. Il a fini par persuader Danic que l'affaire se serait conclue par un simple accident sans cette autopsie qui change tout. Danic est loin d'être un imbécile ! Il a reconnu l'aide indirecte du commissaire ; il a dit aussi qu'il n'avait aucune piste pour le moment et qu'un coup de main ne serait pas de trop. Mon chef lui a demandé si ça le gênerait de travailler ensemble sur cette affaire. Danic a tout de suite répondu que non, qu'au contraire, ça permettrait d'avoir plus de monde sur une enquête qui risquait de s'avérer très compliquée. En réalité, Danic sait que cette affaire va être requalifiée en homicides et que le parquet peut la confier à une autre juridiction que la sienne.

— Tu crois que tu peux être mise dessus ? s'enquit Jo, plein d'espoir.

— Oh, ne t'emballe pas ! Mais mon commissaire va essayer de nous la faire attribuer, au SRPJ. Le proc' va certainement désigner un juge d'instruction qui va attribuer l'enquête à un service. Sitôt connu le nom du juge d'instruction, mon chef essaiera de le convaincre d'émettre une co-saisine, c'est-à-dire de mettre deux services en co-responsabilité sur l'affaire, la BR de la gendarmerie de Saint-Brieuc et notre service.

— OK, ce serait bien que tu y sois !

— On verra, dit Audrey. Et toi, qu'est-ce que tu comptes faire par la suite ?

— J'ai l'intention de balancer un grand coup de pied dans la fourmilière et voir ce qu'il en ressort !

— C'est-à-dire ? Surtout, ne prends pas de risques…

— On m'appelle ! Je te laisse ! À ce soir !

Jo raccrocha, glissa son téléphone dans sa poche et revint vers les tentes. Il s'engouffra dans la sienne, changea rapidement son T-shirt et ressortit aussitôt. Il refermait l'entrée quand apparut Simon.

— Qu'est-ce que tu faisais ? T'as pas entendu qu'on t'appelait ? questionna Simon, impatienté. On y va, là ! On prend chacun notre sac de pique-nique et on file vers le Cap d'Erquy.

— C'est bon, j'arrive ! Je voulais me changer… et je crois bien que j'ai piqué un petit somme ! inventa Jo.

Ils rejoignirent les autres devant la cuisine. Jo essuya de nouvelles remarques aigres-douces. Simon justifia son absence par une raillerie sur son besoin d'une petite sieste. Jo haussa les épaules et s'excusa platement. À lui-même, il se promit de ne plus téléphoner aussi longuement en journée ; son absence n'était pas passée inaperçue, loin s'en fallait !

Lara lui tendit un sac papier contenant son pique-nique qu'il mit dans son sac à dos. Puis tous montèrent sur leurs vélos et se rendirent au point d'accès aux Lacs Bleus par le sentier que Jo avait emprunté dans la matinée. Ils firent halte à l'aire de pique-nique aménagée près du départ du GR et trouvèrent un coin pour s'installer un peu à l'écart de leurs concurrents.

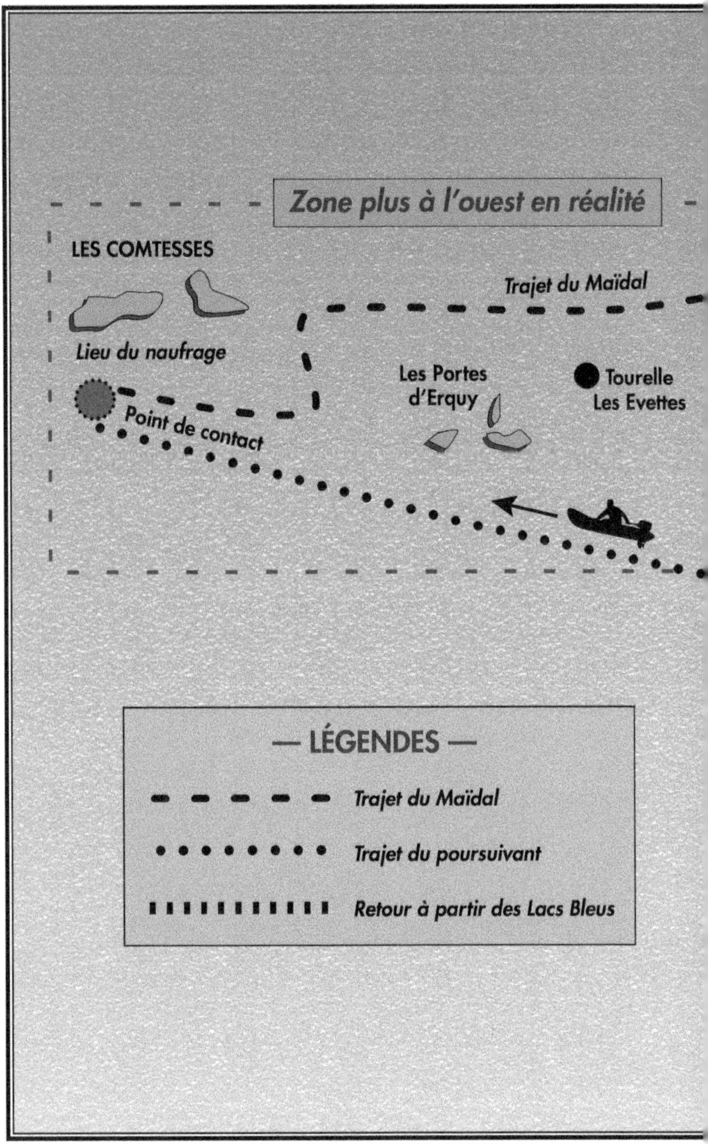
Zone plus à l'ouest en réalité
LES COMTESSES
Trajet du Maïdal
Lieu du naufrage
Les Portes d'Erquy
Tourelle Les Evettes
Point de contact
— LÉGENDES —
Trajet du Maïdal
Trajet du poursuivant
Retour à partir des Lacs Bleus

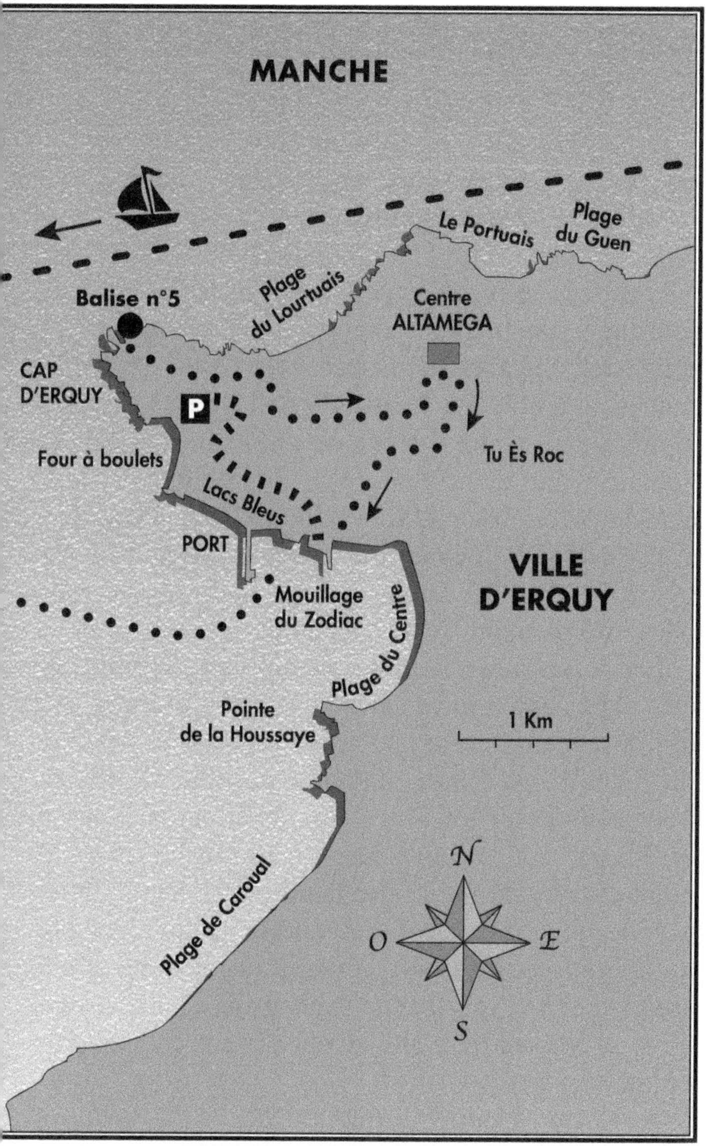
MANCHE
Le Portuais
Plage
du Guen
Plage
du Lourtuais
Balise n°5
Centre
ALTAMEGA
CAP
D'ERQUY
P
Four à boulets
Tu Ès Roc
Lacs Bleus
PORT
VILLE
D'ERQUY
Mouillage
du Zodiac
Plage du Centre
Pointe
de la Houssaye
1 Km
Plage de Caroual
N
O
E
S

XIV

Mardi 18 août, 14 heures

Une fois le repas expédié, les instructeurs leur fournirent un baudrier équipé d'un descendeur et d'une dégaine avec mousquetons, puis les emmenèrent juste à côté sur le site d'escalade du cap. Des clôtures anti-chute étaient en protection devant le haut des voies de grimpe. Avant la première barrière anti-chute, ils descendirent le sentier à gauche, mais l'accès final à la cuvette au pied du site se révéla très délicat… trop délicat pour Paula qui se décomposa littéralement sous les yeux de ses coéquipiers.

Livide, les yeux exorbités, tétanisée et tremblante, elle était dans une totale incapacité d'avancer. Jo, qui la précédait, remonta vers elle dans le passage difficile. Il aida Simon et Patrice qui étaient derrière à les contourner tous les deux. Prévenu par Patrice et Simon, Art' remonta jusqu'à Jo qui lui dit qu'il allait essayer de faire faire demi-tour à Paula, puisqu'elle ne pouvait pas descendre. Il était évident qu'elle ne pourrait pas participer à l'activité : Art' autorisa Jo à la sortir de ce mauvais pas, puis, voyant qu'il ne pouvait rien faire de plus, redescendit auprès des autres.

Jo se mit à parler à Paula d'une voix ferme et

posée, afin de la rassurer. Elle s'agrippait aux bras de Jo, comme quelqu'un qui se noie s'accroche à une bouée.

— Écoute-moi, Paula ! On va remonter tranquillement. Tu ne seras plus face à la pente et ça devrait aller. Maintenant, tu vas te retourner doucement et commencer à remonter, d'accord ?

Le regard fou, elle secoua la tête négativement.

— Paula ! Je vais t'aider. Regarde-moi ! Écoute-moi !

Il fallait qu'elle focalise son attention sur lui pour qu'elle se détourne de cet environnement si hostile pour elle. Il continua à lui parler encore et finit par accrocher son regard. La panique dans ses yeux s'estompa peu à peu et elle fut plus réceptive à ses paroles. Il lui expliqua à nouveau ce qu'il attendait d'elle et elle dit enfin qu'elle allait essayer. Elle commença à se tourner, mais elle s'accrochait toujours à ses bras.

— Paula ! Il faut me lâcher. Ne t'inquiète pas, je vais te soutenir.

Elle finit par le lâcher, tout en pivotant. Jo la tint sous les coudes. Le pied de son équipière glissa et elle perdit l'équilibre, mais Jo parvint à la retenir et à lui faire reprendre pied. Jo sentait ses tremblements. Il continuait à lui prodiguer des encouragements, comme à un enfant craintif.

— C'est bien, Paula. Maintenant, tu es face à la montée. Tu n'as plus à regarder vers le bas, sauf pour voir où tu poses les pieds. Allez, vas-y.

Pas après pas, Paula se remit en mouvement, s'accrochant partout où elle le pouvait. Elle finit par atteindre le haut du site. Elle reprit son souffle, tout en remerciant Jo pour son aide. Liz arriva à ce moment.

— Je suis remontée auprès de Paula, dit-elle. On va rentrer au centre toutes les deux ; les autres peuvent se passer de moi pour cette épreuve. Tu peux les rejoindre, Jo.

Jo redescendit le sentier jusqu'à la cuvette. Tous écoutaient Art' qui finissait d'expliquer l'épreuve suivante. Avant l'épreuve chronométrée, dit-il, il y aurait une séance d'entraînement ; toute l'activité aurait lieu sur des voies d'escalade plutôt faciles. Quand il eut terminé, il s'avança vers Jo et lui dit que ses équipiers le mettraient au courant. En attendant, il les prenait en main pour des explications techniques : comment assurer le partenaire qui grimpe ou comment contrôler sa descente en rappel. La corde assurant la sécurité était solidement attachée au baudrier du grimpeur, passait en haut de la paroi dans un mousqueton fixé à un solide anneau scellé dans la roche et redescendait jusqu'au pied de la muraille.

Ils s'exercèrent durant les deux heures suivantes à escalader la paroi, sous la surveillance vigilante de l'équipier qui assurait au bas du mur. Ils s'entraînèrent aussi au rappel en utilisant le "huit" pour freiner sa vitesse et en se repoussant des pieds contre la paroi. Sans être un spécialiste, Jo avait déjà pratiqué l'escalade – notamment dans des circonstances dramatiques ; Lara aussi avait une certaine expérience. Ils apportèrent de l'aide aux débutants Fabrice et Simon. Bientôt, ceux-ci eurent assimilé les premières bases de ce sport et parvinrent à grimper dans des voies faciles, à assurer le partenaire en toute sécurité et à descendre en rappel – pas comme des voltigeurs, bien sûr ! – mais à leur rythme.

Puis Art' les rassembla pour l'épreuve chronométrée.

C'était au tour de l'autre équipe de commencer l'épreuve. Ses membres s'étaient rassemblés pour se préparer. Pendant ce temps, les équipiers de Jo lui expliquèrent qu'il s'agissait d'une épreuve de relais.

— Chaque équipier escalade la paroi le plus rapidement possible, marque la fiche au sommet, redescend en rappel et passe au suivant la corde qui sert à nous assurer. Et ainsi de suite, détailla Fabrice.

— Lara passe deux fois pour que le nombre de relais soit le même pour les deux équipes, compléta Simon. Elle remplace Paula. Art' nous a précisé qu'il fallait que ce soit une femme à sa place. Donc elle fera le premier et le dernier relais.

— Art' nous a dit que l'équipe des instructeurs nous donnait une pénalité de 3 minutes pour la défection de Paula. Il ne va pas falloir traîner, soupira Lara.

Au signal d'Art', le premier des concurrents de l'équipe Narval s'élança à l'assaut de la paroi, encouragé et conseillé par ses coéquipiers, puis redescendit en rappel, transmit le relais – ou plutôt sa corde – au suivant, et ainsi de suite, jusqu'à la descente très rapide de Hugo, le dernier du groupe. Dès qu'il eut posé le pied au sol, Ed stoppa le chrono et nota le temps réalisé.

Quand arriva le tour de l'équipe Écovillpro, comme convenu, Lara attaqua le mur la première : elle grimpait vite, sans effort apparent. Jo l'assurait d'en bas, veillant à ne pas laisser de mou à la corde au cas où elle perdrait ses appuis. À la descente, Lara fit preuve d'une remarquable habileté qui lui fit toucher le sol en un temps record. Jo la félicita tandis qu'il détachait la corde de son baudrier pour l'attacher au sien. Simon s'était précipité pour saisir l'autre extrémité afin d'assurer Jo.

Jo grimpa relativement aisément et put ainsi enchaîner ses prises et appuis à bonne allure. Il se précipita pour cocher la fiche de route, passa sa corde dans son "huit", puis alla au bord de la paroi, se retourna, dos au vide, assura ses appuis contre le haut de la falaise, puis laissa filer sa corde en contrôlant sa vitesse de défilement. Il se repoussait des deux pieds tout en descendant rapidement et il atteignit le sol en trois ou quatre appuis. Il passa la corde à Patrice et l'aida à la fixer à son harnais, alors que Simon s'apprêtait à l'assurer.

Jo s'écarta ensuite. Il avait repéré Pierre-Yves, un des concurrents de Narval, assis seul dans son coin. Jo décida de l'aborder pour lui demander des précisions sur ce qu'il lui avait dit ce matin au décrassage. Depuis l'incident dû au vertige de Paula, Jo considérait qu'il pouvait la rayer de la liste des suspects : jamais elle n'aurait pu s'approcher de la falaise pour pousser Trobert dans le vide. Impossible ! Une telle crise de panique était on ne peut plus réelle. Il ne lui restait plus que Patrice comme suspect possible dans l'équipe Écovillpro et, d'après ce qu'il avait compris, Patrice était né dans le Berry et ne connaissait pas la mer et les bateaux. À vérifier bien sûr, mais sa liste se réduisait presque à néant ! Il fallait creuser plus largement. En commençant par Pierre-Yves…

— Tu t'es fait mal ? lui demanda Jo en s'asseyant près de lui.

— J'ai ressenti une douleur pendant mon ascension tout à l'heure. Une petite élongation peut-être.

— Heureusement que c'est la fin des efforts physiques de la journée.

— Pas tout à fait, il faut encore remonter le sentier et rentrer à vélo. Mais ça devrait aller, je pense.

Jo hocha la tête, tout en suivant du regard les évolutions de Patrice sur la paroi.

— Il est en train de vous faire perdre pas mal de temps, celui-là ! fit remarquer Pierre-Yves. La fille et toi, vous avez été rapides, mais lui…

— Bah ! L'essentiel, c'est de participer ! cita Jo en haussant les épaules. Ah, au fait ! Je voulais te demander : ce matin, tu m'as dit que tu avais entendu quelqu'un qui avait cru reconnaître Antoine

Trobert, alors, est-ce que tu te rappelles des paroles exactes ? l'interrogea Jo.

Pierre-Yves le regarda d'un air surpris.

— Pourquoi viens-tu me poser cette question ? Excuse-moi, mais c'est quand même bizarre : on est en plein milieu d'une épreuve d'escalade, ton coéquipier est en train de descendre à deux à l'heure, et toi, tu viens me parler d'Antoine et du type qu'il avait cru reconnaître !

Jo s'attendait à cette réaction. Il se mit à rire et hocha la tête, paraissant approuver l'observation de son interlocuteur.

— Oui, je sais ! Ça paraît un peu hors contexte, c'est vrai ! Disons que cet Antoine Trobert me prend la tête, peut-être parce que je le remplace… Je ne sais pas. Comment ce type si sportif a-t-il pu tomber de la falaise ? Je n'arrive pas à m'ôter de l'esprit ce que tu m'as dit. Alors, si tu peux m'aider en me rapportant ses paroles précises…

— Bon, OK. Alors… autant que je puisse m'en souvenir, il a dit quelque chose comme ça : « Eh ! Mais… il me semble qu'on se connaît ! D'ac ! C'est bien toi, D'ac ? » L'autre a répondu très sèchement : « Mais, on se connaît pas ! Je suis bien certain ! Je t'ai jamais vu ! » Et puis, l'autre a dû s'éloigner et j'ai entendu Trobert marmonner pour lui-même : « Bordel ! Je suis sûr que c'est lui, pourtant ! »

— Trobert n'a pas cité de nom ? Tu es bien sûr ?

— Oui, sûr ! Aucun nom !

— Dommage… Bien, je te remercie et excuse-moi du dérangement ! dit Jo en se levant.

— Pas de quoi ! grogna Pierre-Yves qui reprit le massage de son mollet.

Jo retourna vers ses équipiers. Pendant sa conversation avec Pierre-Yves, Simon avait succédé à Patrice ; il avait réalisé une bonne ascension et une descente plutôt rapide. Lara était maintenant de nouveau en action, effectuant à nouveau un excellent parcours. Lorsqu'elle mit pied à terre au terme de sa descente en rappel, Ed stoppa son chronomètre et annonça le temps total de l'équipe d'une voix forte.

— L'équipe Écovillpro réalise donc la meilleure performance avec 1 minute 45 secondes de moins que l'équipe Narval, conclut-il. Mais comme l'équipe Écovillpro a écopé d'une pénalité de 3 minutes, c'est donc l'équipe Narval qui gagne avec une avance de 1 minute 15 secondes.

À cette déclaration, répondirent des cris de joie du côté de Narval et des protestations du côté d'Écovillpro. Ed calma les esprits en menaçant ceux qui n'accepteraient pas le résultat de faire un tour du parcours d'obstacles à leur retour au centre. Le calme revenu, Ed donna le signal de la remontée. Ils gravirent péniblement le sentier, puis continuèrent jusqu'à leurs vélos.

Quelques minutes plus tard, alors qu'ils arrivaient à leurs tentes, Jo entendit Lara qui disait à Simon d'une voix trop forte pour être discrète :

— On aurait dû gagner. Si on n'avait pas eu dans l'équipe un lambin comme Patrice ou une pétocharde comme Paula dès qu'elle monte sur un escabeau, on l'aurait emporté.

— Tu es dure, Lara ! tempéra Simon un ton plus bas. Le vertige, ça ne se commande pas et Patrice n'avait jamais fait d'escalade.

Patrice avait entendu la remarque acide de Lara. Son regard blessé croisa celui de Jo ; celui-ci s'apprêtait à lui dire un mot de réconfort, mais Patrice le devança.

— Belle équipe, hein ! Soudée ! Sympathique ! Lara a oublié que c'était elle qui n'avançait pas ce matin sur son VTT… Et toi, Jo ? Tu pactises avec l'adversaire ! Tu trouves plus sympa d'aller parler avec eux plutôt qu'encourager tes coéquipiers en action ! Et ce matin, tu disparais, soi-disant pour réparer ton vélo ! T'es pas réglo !

Sur cette tirade, n'attendant pas de réponse, il plongea dans sa tente dont il tira la fermeture-éclair.

Jo se dit que les réactions d'hostilité envers lui ne faisaient que commencer. Quand il aurait donné un grand coup de pied dans la fourmilière, ce serait bien pire.

XV

Mardi 18 octobre, 18 heures

Jo passa vite fait sous la douche. Alors qu'il en sortait, Simon entra dans le local et le scruta d'un air interrogateur ; il avait certainement entendu la diatribe de Patrice contre Jo. Le jeune homme attendait peut-être que Jo lui en parle, ce que celui-ci se garda de faire. Il se contenta de lancer quelques propos anodins sur la fatigue engendrée par les activités de la journée.

Après avoir frotté énergiquement son linge sale, il alla l'étendre sur le séchoir, puis fila à sa tente déposer ses affaires de toilette et récupérer le chargeur de son téléphone. Il se dirigea ensuite vers le local VTT et y entra. Il n'y avait personne à l'intérieur. Il avait repéré une prise électrique cachée derrière un coffre rempli de matériel qui ne devait jamais servir, vu son emplacement. Il mit son appareil en charge. Se redressant, il constata que son installation n'était pas visible, même si on se penchait pour prendre un outil dans le coffre.

Il quitta les lieux et se dirigea vers le local affecté au nautisme. Liz y était ; elle préparait du matériel pour le lendemain.

— Tiens, Jo ! s'exclama-t-elle, visiblement surprise de recevoir sa visite.

— Je viens te voir parce que j'ai appris quelque chose aujourd'hui et je ne sais pas si toi et les autres encadrants du stage, vous êtes au courant de ça. Je suis un peu embêté parce que ça peut mettre en cause l'un de vous.

— Dis toujours, je verrai si je dois en parler aux autres, l'encouragea Liz.

Jo savait que la jeune femme ne pouvait pas être la meurtrière d'Antoine Trobert. Elle était celle qui avait ramené le premier groupe des rescapés de l'orage au centre. Comme tous ceux de ce groupe, elle n'avait pas eu le temps de poursuivre le voilier. C'était donc plus facile de s'adresser à elle pour lancer son travail de sape.

— Je suis allé sur le port ce matin pour poser la question sur la légende de l'ancienne ville d'Erquy, dit Jo. J'y ai vu un vieux marin et me suis dit qu'un ancien du coin connaissait peut-être l'histoire.

Liz hocha la tête, attendant la suite.

— Le vieil homme m'a donné la réponse. Il était curieux de savoir pourquoi je lui avais demandé ça. Je lui ai dit que j'étais stagiaire au Centre Altaméga et qu'il s'agissait d'un jeu. Là, il me dit : « Ah oui ! Altaméga ! Les gens un peu bizarres qui font des choses bizarres et qui vivent planqués dans un bois, là-haut ! Comme sortir en mer au plus fort de l'orage. Il faut être plutôt dingue pour faire une chose pareille ! »

— Qu'est-ce que tu dis ? réagit Liz, qui avait sursauté. Quelqu'un d'ici est sorti en mer pendant l'orage ?

— C'est ce qu'il m'a dit. Avec un de vos Zodiacs, vers 16 h 30. Il n'a pas pu voir qui c'était car le type portait un vieux ciré vert qui cachait son visage.

— Un ciré vert ? Un *vieux* ciré vert ?

Liz alla vers le fond du local. Elle jeta un coup d'œil vers les deux patères fixées contre la cloison. À l'une d'elles, pendait un ciré jaune qui n'était plus de première jeunesse.

— À côté du ciré jaune, il y a habituellement un vieux ciré vert. Il n'est plus là… C'était à Michel ; il le laissait là, en dépannage, au cas où l'un de nous se fasse surprendre ici par une grosse averse. Il appartenait à son père, je crois, ou peut-être même à son grand-père…

Encore une confirmation de la succession des événements menant aux meurtres des Souder, se dit Jo.

Les clés étaient accrochées à un tableau à côté des patères. L'assassin n'avait eu qu'à se servir.

— L'un de nous a pris le Zodiac en plein orage ? dit Liz d'une voix étouffée. Il faut être complètement fou pour faire un truc pareil… ou alors être obligé de le faire.

— Oui, certainement, approuva Jo.

— Bon, je crois que le mieux que je puisse faire, c'est d'aller en parler à Michel, soupira Liz, très ennuyée.

— C'est peut-être lui qui a pris le Zodiac ? suggéra Jo.

Liz réfléchit quelques secondes à cette éventualité, puis fit non de la tête.

— Impossible ! trancha-t-elle, catégorique. D'après ton horaire, le Zod' était en mer au moment où je ramenais mon groupe de stagiaires au centre ; Michel était là pour nous accueillir.

— OK, il est donc hors de cause, conclut Jo, autant pour Liz que pour lui-même. Ça semble être la bonne personne à informer. Au fait, tu sais quel est le jour de ramassage des poubelles ici ?

— Le vendredi, pourquoi ?

— Juste comme ça, pour savoir ! éluda Jo. Bon, je te laisse !

Jo sortit du local et s'en retourna vers sa tente. Alors qu'il s'éloignait, il jeta un coup d'œil en arrière et aperçut Liz qui se dirigeait vers le bureau de direction.

La bombe était lancée.

*

*   *

Mardi 18 août, 19 h 15

Les deux équipes de stagiaires au grand complet étaient attablées dans la salle à manger. Même Lara avait fait un effort pour être à l'heure. Par contre, à la table des instructeurs, Michel et Liz brillaient par leur absence.

— Ça fait un quart d'heure qu'on poireaute, pesta Lara. Bien la peine d'arriver à l'heure, tiens !

Le service était retardé, Michel n'étant pas présent. S'il avait à faire un point infos, il le tenait avant la distribution des plats.

— Les voilà, dit Simon. Oh ! Ils ont l'air de faire la gueule.

Le visage fermé, Michel et Liz se dirigèrent vers leur table. Michel fit signe à Chris, le cuisinier, qu'il pouvait envoyer les plats ; il n'y aurait pas d'intervention de sa part.

— Ouf ! fit Lara, en se levant pour assurer le service. Pas de discours, c'est déjà ça !

— Pfff ! feula Paula, lorsque Lara se fut éloignée. Elle ne manque pas d'air, celle-là ! D'habitude, c'est elle qu'on attend. Et puis, depuis qu'elle m'a remplacée à l'escalade, elle se prend pour une star. N'empêche qu'on n'a pas gagné, alors elle n'a vraiment pas de quoi frimer !

— On aurait gagné s'il n'y avait pas eu cette pénalité, objecta Simon, volant au secours de la jeune femme pour laquelle il avait un faible évident.

Lara revenait avec le plat d'entrée : des quiches individuelles.

— Ils discutent ferme à la table des instructeurs. Il s'est passé un truc grave, c'est sûr ! dit-elle en s'asseyant. J'ai entendu parler de Zod'. C'est quoi, Zod' ?

— Ça veut dire Zodiac, je pense, expliqua Paula. Ils nous ont dit qu'ils en avaient deux, samedi à notre arrivée, quand on a fait le tour du centre. Ils ont dû avoir un problème sur un Zodiac.

— C'est bizarre ! Ils ont l'air de regarder souvent vers nous, signala Patrice.

Jo se dit que le moment était venu d'enfoncer le clou.

— C'est possible que ce soit à cause de moi, annonça-t-il platement.

— Tu t'es encore distingué ? s'énerva aussitôt l'irascible Patrice.

— Je peux m'expliquer ? rétorqua Jo, sèchement. Voilà ce qui s'est passé.

Comme à Liz précédemment, Jo rapporta les propos du vieux marin à ses coéquipiers.

— Ce que je viens de vous dire, j'en ai déjà fait part à Liz. Il me semblait que l'équipe d'encadrement du stage devait être mise au courant.

— Bravo ! Bien vu ! railla Patrice. T'en rates pas une ! Tu ne pouvais pas garder ça pour toi ? T'as vu comment ils nous regardent ? S'ils avaient des fusils à la place des yeux, nous serions déjà morts.

— C'est vrai que t'as pas fait le meilleur choix, Jo ! appuya Lara. Cette histoire, il ne fallait pas t'en mêler. Ça ne peut être que l'un d'eux qui a pris ce Zodiac, alors ça ne concerne qu'eux !

— Oui, Jo ! T'as merdé grave sur ce coup-là ! renchérit Simon, suivant l'opinion de Lara comme d'habitude.

Paula se contenta de hausser les épaules, de la gêne au fond des yeux.

Elle ne voulait pas hurler avec les loups, semblait-il, mais ne souhaitait pas non plus défendre Jo, même si elle avait apprécié son aide lors de son vertige.

— Je vois ! dit Jo, faussement dépité. Bel exemple de solidarité entre équipiers : vos employeurs seraient fiers de vous.

Le reste du repas se déroula dans un silence maussade. Seuls, ceux de la table de l'équipe Narval parlaient, échangeaient des plaisanteries, s'esclaffaient.

Au moment de quitter la salle, Jo fut intercepté par un Michel glacial.

— Réunion au bureau tout de suite : tu es convoqué !

Jo suivit le mouvement. Les membres de l'encadrement au complet et Jo s'entassèrent tant bien que mal dans le petit bureau. Seul, Michel s'assit à son bureau ; de toute façon, il n'y avait pas assez de sièges pour tout ce monde. La tension était palpable.

— L'objet de cette réunion nous met chacun dans une situation pénible : celle des gens se sentant trahis par ceux à qui ils avaient accordé leur confiance. Il y avait déjà la chute mortelle d'Antoine pour lequel on ressentira toujours une part de responsable, mais comme ça ne suffisait pas apparemment, notre ami ici présent…

Marquant une pause, il afficha une expression méprisante en désignant Jo du menton.

— Notre ami ici présent, donc, a cru bon de signaler à Liz l'emprunt d'un des Zodiacs dimanche pendant l'orage.

— Je vois, dit Jo. On est prêt à exécuter le messager, comme chez les Romains jadis. C'est plus simple que de faire face…

— Ta gueule ! coupa Ed, rageur. Michel ne t'a pas donné la parole.

— Bon, reprit Michel. Tu n'as pas inventé cette histoire ; quel intérêt ça aurait pour toi ou ton équipe ? Mais ton témoin est-il fiable ? Il a pu voir un semi-rigide quitter le port, mais peut-être que ce n'était pas un des nôtres ?

— C'était un des bateaux du centre, aucun doute, affirma Jo. Et puis, il y a le vieux ciré vert qui a disparu apparemment, d'après Liz.

— Oui, Liz nous en a parlé, poursuivit Michel. Mais c'est peut-être une coïncidence : celui qui a pris le Zod' portait un ciré ressemblant à celui que je laisse dans le local voile.

Jo haussa les épaules sans rien ajouter, montrant qu'il n'y croyait pas du tout. Il observait les mains d'Ed qui s'ouvraient et se refermaient, témoignant de sa rage.

— Je ne veux pas me mêler de ce qui ne me regarde pas, ajouta Jo, mais c'est peut-être un autre que vous qui a emprunté votre bateau. Les clés sont dans le local du nautisme ; n'importe qui peut se servir.

Ça ne coûtait rien à Jo, de dire cela. Mais il tentait

de savoir si les instructeurs pensaient à d'autres suspects qu'eux-mêmes.

— Peut-être, intervint Ed d'une voix sourde. Mais il faut une personne capable de piloter ce genre de bateau, surtout par ce temps.

— Euh ! dit Matt, très hésitant. Je suis vraiment mal, là ! Je fais figure de coupable idéal. Pourtant, ce n'est pas moi, juré !

— Personne ne t'accuse ! le réconforta Ed.

— Tu dis bien, toi ! Mais, toi tu peux pas avoir fait le coup : t'étais sur le parking du cap à coordonner la course d'orientation. Liz, pareil : elle a ramené le groupe de stagiaires ici. Michel était ici à leur arrivée. Il n'y a que moi qui n'ai pas de témoin.

— Moi non plus, déclara Art'. Comme toi, Matt, j'étais sur le cap à rechercher les stagiaires manquants. Et moi non plus, je n'ai pas pris le Zod'. D'ailleurs, si j'ai quelques notions, je ne pense pas être capable de m'en sortir dans une tempête.

— Il y a les stagiaires récupérés plus tard, Paula, Patrice et Hugo, se rappela Ed. Un de ceux-là aurait eu le temps…

— Ils auraient eu plus de temps, en effet, comme Matt et Art', approuva Liz. Mais, de là à avoir les compétences…

— De toute façon, le Zodiac n'a pas été volé, n'a pas subi de dommages apparents, relativisa Michel. Je ne vois pas la nécessité d'aller porter plainte à la gendarmerie. Maintenant, si l'un d'entre vous l'a emprunté ou bien a simplement quelque chose de plus à dire là-dessus, il vient me voir et on en parle ensemble.

Pour Jo, sa liste de suspects n'évoluait pas : n'y figuraient que Matt, Art' et Patrice. Bien sûr, il n'était pas question d'en faire part. Les instructeurs n'avaient pas envisagé d'autres possibilités de suspects, ce qui semblait vraiment indiquer que le tueur était l'un des trois. Concernant Patrice, Jo avait un sérieux doute ; il se mettait aisément en colère, il avait un motif puissant d'en vouloir à Trobert, mais Jo pensait qu'il n'avait pas les qualités physiques requises, sans parler de ses compétences nautiques à vérifier. Quant aux deux instructeurs suspects, Art', spécialiste de l'escalade, n'avait peut-être pas les aptitudes nécessaires au pilotage du Zodiac par gros temps mais par contre, Matt, spécialiste d'activités aquatiques, en était certainement tout à fait capable. Il devenait le suspect numéro un, sinon le seul.

XVI

Mardi 18 août, 21 heures

La réunion tournait en rond. Enfin, Michel libéra Jo. Sans doute voulait-il conclure uniquement en présence de ses instructeurs. Jo sortit dans l'air frais du soir. Il souffla doucement, soulagé d'avoir quitté cette atmosphère tendue. Il pensa à Audrey, puis par association d'idée à son téléphone, regarda autour de lui afin de s'assurer qu'il était seul, et entra dans le local VTT. Il récupéra son appareil chargé à bloc, puis ressortit. Il fit un crochet par l'endroit où se trouvaient les conteneurs à ordure, derrière la cuisine. Il ouvrit celui des ordures ménagères, se pencha pour soulever ou déplacer les sacs-poubelles : rien. Il passa à celui des emballages, utilisa un bâton pour remuer son contenu : toujours rien. Le fameux ciré vert ne se trouvait pas là-dedans.

Une fois dans sa tente, Jo reprit son carnet et nota les faits notables de la journée. Il regarda sa montre : 21 h 45. Il sortit et avança dans le sous-bois pour téléphoner. Soudain, une violente bourrade l'atteignit dans son dos ; il évita la chute de justesse, se retourna pour faire face à son agresseur. Un Ed écumant de rage le menaçait, le poing levé. Le coup partit ; Jo dévia d'une parade-réflexe, puis rompit en recula prestement de quelques pas. Il fallait parler, si toutefois c'était possible, pour tenter de calmer la brute.

— Ed, arrête ce cirque ! Je peux comprendre que cette histoire de Zodiac t'ait énervé, mais ça ne sert à rien de vouloir me casser la figure !

— Merde ! gronda Ed entre ses dents serrées. J'en ai marre de tes grands airs, de tes accusations sur les copains. Matt et Art' sont complètement retournés. Ils ne comprennent pas ce qui a pu se passer ; ça les rend malades ! Se retrouver accusés, comme ça ! Par ta faute !

Il frappa à nouveau ; Jo esquiva. Hors de lui, Ed se lança dans une série de coups alternés des deux poings que Jo parvint à esquiver ou à parer. Il se dit qu'à rester ainsi sur la défensive, il allait finir par s'en prendre une bonne, d'autant que son adversaire, ancien sergent-instructeur de l'armée, avait certainement à sa disposition toute une panoplie de coups bas qu'il utiliserait en cas de besoin. Il fallait contre-attaquer. Ed entama une nouvelle série ; Jo para les deux premiers, puis, alors que l'instructeur avançait sur lui, il lui agrippa le devant de la veste en jean, se retourna dans un rapide mouvement de rotation du buste en tirant très fort sur le tissu, et fit passer Ed par-dessus sa jambe d'appui. Celui-ci se retrouva au sol, retourné comme une crêpe. Jo profita de son avantage pour se jeter sur lui et pratiquer un début d'étranglement. Ed toussa, éructa, râla, les yeux exorbités.

— On arrête les conneries ? offrit Jo.

Pour toute réponse, son adversaire lui saisit la main gauche, enfonça son pouce en un point si sensible que Jo dut desserrer son emprise. Ed en profita pour lui tordre les doigts ; Jo lui porta un coup à la gorge de son autre poing, contraignant ainsi Ed à lui lâcher la main. Celui-ci, malgré son souffle coupé, parvint tout de même à porter à Jo un coup aux côtes. Même si l'impact manquait de puissance, ce fut quand même très douloureux. Jo marqua un temps d'arrêt pour encaisser le choc, qu'Ed mit à profit pour le faire basculer sur le côté et se dégager. Jo bondit sur ses pieds, prêt à faire face, le flanc endolori. Ed, à genoux, se remit péniblement debout. L'air farouche, il se mit en garde, les poings levés. Soudain, son visage s'éclaira ; il baissa les mains et éclata de rire.

— Putain ! jura-t-il. Ça faisait bien longtemps que je ne m'étais pas battu comme ça ! Où t'as appris le judo, toi ?

— En catégories "jeunes". Judo et karaté.

— Tu devais être un bon, alors ? Parce que t'as de beaux restes !

— J'ai été sélectionné en équipe de France junior, mais j'ai ensuite dû arrêter pour mes études. Merci pour le compliment.

— Bon, il valait mieux s'arrêter là. On aurait fini par se faire mal. Je veux dire : vraiment mal.

— Mais tu m'as fait mal ! s'exclama Jo, en se tenant le côté. En tant qu'ancien militaire, je me doutais que tu allais utiliser des coups tordus, des trucs de close-combat, comme quand tu m'as enfoncé ton pouce dans la main.

— Ouais. Pas possible de résister à ça. Et j'en ai plein d'autres !

Ed hocha la tête, d'un air satisfait. L'honneur était sauf. Ce combat sans vainqueur aurait au moins permis à Jo, sinon de se faire un ami, d'établir une certaine connivence entre eux deux. Jo lui avait prouvé qu'il pouvait avoir recours à certains arguments frappants et ça les rapprochait.

— Il y a quand même un truc que je pige pas, dit Ed. Qu'est-ce que tu cherchais à faire en parlant à Liz ? T'aurais dû te douter que t'allais mettre le bordel !

Comme Jo ne répondit pas tout de suite, Ed continua :

— À moins que tu voulais vraiment mettre le bordel… Mais dans ce cas-là, qu'est-ce que tu veux ?

Comme Jo ne répondait toujours pas, Ed haussa les épaules et fit demi-tour.

*

Mardi 18 août, 22 h 15

Quand Jo fut certain qu'Ed fut suffisamment éloigné, il sortit son téléphone de sa poche en espérant qu'il n'avait pas été abîmé dans l'affrontement. Mais il s'alluma normalement et Audrey répondit à son appel.

— Jo, je suis à Erquy, dit Audrey sur un ton excité. J'ai eu l'affaire en co-saisine avec la brigade territoriale de Pléneuf et la brigade de recherche de la gendarmerie de Saint-Brieuc. C'est le juge d'instruction Delecour qui a été chargé par le proc' d'instruire l'affaire Souder. Tu sais, le juge qui avait suivi l'affaire rennaise à l'époque. Depuis il m'a à la bonne ; quand mon commissaire l'a contacté pour proposer mes services, il a aussitôt accepté.

— Génial ! se réjouit Jo. Si tu es à Erquy, tu peux peut-être monter jusqu'ici ?

— Oui, je suis si contente de te revoir !

Jo lui donna le nom d'une rue proche, la rue de Plaine Garenne où ils se retrouveraient. Ils raccrochèrent. S'éclairant à la lampe de poche, Jo sortit silencieusement du camp, remonta le sentier jusqu'à la route qu'il suivit jusqu'au croisement de la rue de Plaine Garenne.

Il attendit là pendant quelques minutes. Bientôt, les phares d'une voiture trouèrent l'obscurité et se rapprochèrent. Le véhicule s'arrêta à sa hauteur. Audrey lui dit de monter.

Peu après, ils s'attablaient à la terrasse d'un café du front de mer. Après avoir commandé leurs consommations, ils reprirent leur conversation.

— Tu es donc sur l'enquête, dit Jo.

— Oui, une enquête ouverte pour double homicide commis sur Gwendal et Maïwen, précisa Audrey. Il n'y a donc pour l'instant aucun lien avec la chute mortelle d'Alan Trobert.

— Tu enquêtes sur quoi, alors ?

— Cet après-midi, je suis allée à la gendarmerie de Saint-Brieuc. J'ai rencontré le capitaine Danic et son équipe de la brigade de recherche. Ils m'ont fait part des éléments matériels qu'ils avaient. Le hauban du voilier a bien été en partie sectionné à l'aide d'une pince coupante : des résidus métalliques différents de l'inox du hauban ont été trouvés. Il faudrait trouver la pince.

— Je verrai cela demain avec Liz, la spécialiste en voile.

— Ils ont analysé aussi les fibres du ciré vert : c'est un modèle de vêtement de pêcheur des années soixante en toile cirée lisse. Ils étaient tous comme ça à l'époque.

— J'ai dit à Liz que le pilote du Zodiac portait un ciré vert d'après notre témoin. Elle s'est alors aperçue que le vieux ciré vert habituellement accroché à une patère dans le local voile n'était plus là. Tout à l'heure, j'ai fouillé dans les conteneurs à ordures, mais je ne l'ai pas trouvé.

— Mais c'est déjà bien que tu aies découvert qu'il y avait ce type de ciré au centre, et qu'il a disparu précisément au moment de notre affaire. On a là un lien possible entre la sortie du Zodiac et l'assassinat de nos amis. Ce serait bien de retrouver ce ciré vert ! Mais, avec ce lien possible, je vais pouvoir m'intéresser au Centre Altaméga et prendre des témoignages, à commencer par celui du vieux pêcheur. Et si le juge d'instruction me suit, on pourra y lancer une perquise.

— Une perquisition ? s'étonna Jo. Pour rechercher le ciré ? Si ça se trouve, il ne se trouve même pas dans le centre. Il a pu être abandonné n'importe où à l'extérieur entre le port, le Cap d'Erquy et le centre.

— Tu as raison : c'est trop tôt. Et toi ? Tu voulais shooter dans la fourmilière : ça a donné quelque chose ?

— Ben, le coup dans la fourmilière, c'était de faire passer l'info du Zodiac sorti pendant l'orage. Réaction garantie : ça s'est agité dans tous les sens ! Personne n'a reconnu l'avoir emprunté, évidemment. Et moi, je me suis fait incendier de toutes parts. À tel point qu'un grand malabar de sergent-instructeur a voulu me filer une bonne rouste. Bon, j'ai juste calmé ses velléités en lui faisant comprendre que je ne me laisserais pas faire s'il persistait, mais j'ai quand même pris un coup aux côtes que je sens toujours.

— Et voilà ! Tu ne peux pas t'empêcher de t'exposer ! tempêta Audrey.

— Mais non ! Il a agi sous le coup de la colère, mais ce n'est pas lui l'assassin, c'est certain. Il n'a pas de raison de s'en prendre encore à moi.

— Et l'assassin, lui, s'il sent que le danger se rapproche, il va peut-être s'attaquer à toi ! Je te rappelle quand même qu'il a tué trois personnes. Tu devrais peut-être penser à quitter ce stage, puisque nous, les forces de l'ordre, allons maintenant enquêter officiellement.

— Je serai sur mes gardes, rassure-toi. Mais je veux encore continuer. Au moins tant qu'on n'aura pas de soupçons avérés sur l'assassin. À ce propos, j'ai oublié de te parler d'une chose ce midi. D'après Pierre-Yves, un des concurrents de l'autre équipe, Antoine Trobert aurait interpellé quelqu'un samedi, sans doute un homme, qu'il aurait reconnu. Mais l'autre a répondu qu'il se trompait, qu'ils ne se connaissaient pas.

— Tu veux dire quelqu'un qu'il n'aurait pas vu depuis longtemps ?

— C'est ça. Malheureusement, Pierre-Yves n'a pas pu voir cette personne. Trobert aurait dit : « D'ac ! Tu me reconnais ? D'ac ? » Et l'autre aurait répondu : « Mais, on se connaît pas ! Tu te trompes ! On s'est jamais rencontrés ! » ou un truc dans le genre. Ce qui veut dire que ce type ne voulait pas être reconnu, qu'il est peut-être ici sous une fausse identité et qu'il peut être un des instructeurs.

— Oui, c'est possible, admit Audrey. C'est ce qu'a dit Trobert qui me turlupine : « D'ac ! Tu me reconnais ? D'ac ? » C'est bizarre cette façon de parler.

— Il voulait dire : « D'accord. » « Tu me reconnais, d'accord ? »

— Hum, peut-être, dit Audrey, peu convaincue. Imagine : tu croises une personne, disons Tom, que tu n'as pas vu depuis très longtemps ; tu lui dis : « Hé ! Tom ! Tu me reconnais ? Tom ? » Tu l'appelles par son prénom, ou par son nom ou bien son surnom.

— Tu veux dire que « Dac » serait le nom du type ?

— Possible. Son nom, ou un surnom plutôt…

— Mettons que tu aies raison. Je ne vais pas m'adresser avec des « Dac » à chaque homme du centre pour voir comment il réagit.

— Non, c'est sûr ! dit Audrey en riant. Je ne vois qu'une chose à faire : je vais contacter la famille d'Antoine Trobert et leur demander s'il y avait un « Dac » dans ses relations de jeunesse.

— Oui, bonne idée, approuva Jo. Au fait, où est-ce que tu dors ?

— Avec l'épidémie, pas mal de locations saisonnières n'ont pas trouvé preneurs. Le service administratif de la PJ m'en a réservé une dans un gîte à Erquy, près de la Chapelle des Marins. J'ai une très belle vue sur la mer.

— Je peux visiter ? demanda Jo, d'un air innocent.

— Maintenant ? Je te ferai remarquer qu'il fait nuit, là ! Alors, pour la vue ! le taquina Audrey, mutine.

— Juste pour voir comment tu es installée… Et essayer le lit, éventuellement ! Parce que dormir sous tente, à la dure, c'est quand même pas génial !

Ils rirent tous les deux, heureux de se retrouver. Soudain pressée, Audrey se leva brusquement.

Voyant que Jo, surpris, écarquillait les yeux, elle lui lança :

— Eh bien, je t'attends ! Je croyais que tu voulais tester le lit ?

Mains sur les hanches, frémissante d'impatience, elle le toisait, la flamme du désir dansant au fond de ses yeux d'ambre. La bouche sèche, Jo vida le fond de son verre et se leva à son tour.

Cinq minutes après, ils se garaient dans une petite cour gravillonnée, autour de laquelle se devinait la silhouette d'une longère flanquée de deux bâtiments adjacents. Audrey logeait dans une de ces deux maisonnettes. L'intérieur rustique se répartissait en une cuisine-séjour de modestes dimensions, pourvue d'un mobilier à l'ancienne avec vaisselier, table de chêne massif et canapé de vieux cuir, une petite chambre avec armoire et lit ouvragés et une minuscule salle de bains.

Ils poussèrent la porte de la chambre, s'embrassant avec passion et se déshabillant mutuellement, puis tombèrent sur le lit où ils se laissèrent emporter par leur élan amoureux.

XVII

Mercredi 19 août, 6 heures

— Jo, réveille-toi ! s'exclama Audrey en découvrant l'heure qu'il était.

Elle secoua son mari qui grogna en se tournant de l'autre côté, prêt à replonger dans son sommeil.

— Jo ! Bouge-toi ! Il est temps que tu partes !

Jo émergea enfin. Il quitta le lit, fila à la salle de bains, se doucha rapidement, revint à la chambre pour s'habiller. Audrey avait enfilé un jogging et l'attendait.

Quelques minutes plus tard, elle le déposait aux abords du Centre Altaméga. Jo courut jusqu'au camp, puis se dirigea silencieusement vers les tentes. Il entra dans la sienne, s'apprêtant à passer un survêtement pour la séance de décrassage matinal, quand il vit une feuille de papier sur son sac de couchage. Il s'en saisit. Le message était écrit en grandes lettres majuscules d'imprimerie :

« ARRÊTE DE POSER DES QUESTIONS ET OCCUPE-TOI DE CE QUI TE REGARDE ! SINON TU POURRAIS AVOIR DE GROS ENNUIS ! »

L'avertissement était on ne peut plus clair. Jo

sentit son estomac se tordre. Pourtant, il n'était pas vraiment surpris ; il s'attendait à une réaction de ce genre de la part du meurtrier. Cependant, en y étant ainsi confronté véritablement, le danger prenait une consistance bien réelle. Jo sentait le souffle de l'assassin, là, tout proche, tapi dans l'ombre, prêt à lui tomber dessus. Le réveil avait dû être brutal pour lui, alors qu'il pensait certainement être hors de tout soupçon.

Il rangea le billet dans son sac de voyage et décida pour l'instant de ne pas parler à Audrey de cet avertissement menaçant. Il sortit de sa tente et se dirigea vers le terrain d'entraînement. Il souhaita le bonjour à ceux qui étaient déjà arrivés ; certains ne répondirent pas, d'autres se contentèrent d'une brève et froide réponse.

Après quelques tours de chauffe et exercices d'étirement inhabituellement silencieux, Jo s'était rendu compte que ses équipiers ne voulaient plus lui parler. Après la douche, ils se retrouvèrent autour de la table du petit déjeuner. Quand Jo voulut essayer de lancer une conversation sur les épreuves de la journée, chacun resta dans un mutisme total. Lorsqu'ils quittèrent la salle à manger, il rattrapa Patrice qui marchait rapidement vers sa tente et lui demanda à quoi rimait cet ostracisme à son égard. Patrice se retourna vers lui, plein de hargne.

— Tu demandes pourquoi ? Mais t'es con, ou quoi ? éructa-t-il. Tu fous la pagaille et après tu te plains qu'on te mette à l'écart ?

— Pourquoi tu te mets dans un tel état ? lança Jo. Tu as quelque chose à te reprocher ?

— Quoi ? Bien sûr que non ! répondit Patrice, outré. Qu'est-ce qui te fait dire ça ?

« Allez ! Autant pousser le bouchon, tant que j'y suis ! » se dit Jo. Et il demanda sur un ton faussement amusé :

— Ce n'est pas toi qui aurais emprunté le Zodiac dimanche ? Ça pourrait expliquer pourquoi tu es tout le temps sur la défensive ?

Patrice le regarda bouche bée : la surprise totale se lisait sur son visage. S'il était le coupable, il avait vraiment de remarquables dons d'acteur.

— Moi, prendre le Zodiac ? En plein orage ? T'es dingue ? Je ne connais pas la mer, ni les bateaux. Et pourquoi aurais-je pris cet engin ? Pour quoi faire ?

— OK ! dit Jo. C'était une vanne ! Excuse-moi. Je ne pensais pas que tu me prendrais au sérieux.

L'autre lui lança un regard noir, ne rajouta rien et s'éloigna. Jo avait maintenant la quasi-confirmation que Patrice ne pouvait être l'assassin.

*

* *

Mercredi 19 août, 9 heures

Après le topo de présentation du planning de la journée, instructeurs et stagiaires montèrent dans deux fourgons du centre pour se rendre au port. L'activité prévue pour la matinée était la voile. Chaque équipe monta à bord d'une caravelle, un dériveur collectif d'initiation pouvant accueillir jusqu'à six passagers. Ce modèle ancien en contreplaqué avait fait autrefois le bonheur des centres nautiques pour enseigner la voile aux débutants. Le Centre Altaméga avait fait l'acquisition de plusieurs bateaux de ce type et les avait remis en état. Les deux Zodiacs, pilotés par Liz et Matt, vinrent chercher les stagiaires à la cale, puis les emmenèrent jusqu'aux caravelles au mouillage dans le port.

Après quelques péripéties lors du transbordement du Zodiac au voilier, les cinq membres de chaque équipe étaient à bord. À cinq adultes, on s'y gênait un peu tout de même. Surtout quand certains, novices, montrèrent une certaine agitation sur cet engin qui bougeait tout le temps.

À bord, il n'y avait pas d'instructeur ; chaque équipe devait se débrouiller par ses propres moyens. Les Zodiacs suivaient pour porter assistance en cas de besoin. Jo allait prendre la direction des opérations, quand Paula excédée assigna à chacun une place où s'asseoir. Quand le calme fut à peu près revenu, elle demanda :

— Quelqu'un sait faire de la voile ? Moi, j'ai pas mal navigué sur des bateaux à moteur, mais je ne connais pas beaucoup la voile.

— J'ai une bonne pratique de l'activité, dit Jo alors que les autres répondaient par la négative.

Elle posa sur lui un regard glacial, visiblement déçue qu'il fût le seul à proposer ses services.

— Dans ce cas, vas-y, prends le relais.

Jo prit donc les affaires en main. Les autres l'écoutaient, mais tiraient une tête de dix pieds de long. Dans cette ambiance réfrigérante, il leur enseigna comment gréer les voiles, comment agir sur elles à l'aide des cordages, comment les utiliser par rapport à la direction du vent.

Quand les voiles furent hissées, ils les laissèrent faseyer en attendant que Liz et Art', à bord d'un des Zodiacs, viennent leur donner le signal du départ.

— Si vous êtes prêts, vous pouvez y aller, leur dit Art', penché vers eux au-dessus du boudin du Zodiac pour se faire entendre. Vous restez dans les parages quand même. Les autres n'ont pas fini de gréer, alors on reste près d'eux pour les conseiller.

Jo se demandait pourquoi ce n'était pas Liz qui passait les consignes ; c'était quand même elle la responsable voile, elle aurait dû assurer ce rôle. Elle était au volant du semi-rigide, arborant un air fermé, elle d'ordinaire d'un naturel enjoué. Cette attitude n'échappa pas à Lara qui demanda à Art' :

— Liz, ça ne va pas ? On dirait qu'elle fait la gueule !

— Ben, cette histoire du Zodiac emprunté dimanche, ça lui prend la tête ! Et puis, elle vient de s'apercevoir que c'est ce bateau-ci qui a été utilisé : le niveau de carburant a bien baissé et puis, il manque une pince coupante dans le coffre du bord.

Jo eut un sursaut en entendant cette dernière remarque.

— Une pince coupante ? insista-t-il.

— Ouais, le coffre est fermé à clé, mais la pince n'y est plus. On la laisse toujours dedans, parce qu'on en a parfois besoin pour bricoler les chaînes de mouillage, ou un truc dans le genre. Là, Liz est en train de se retourner la cervelle pour essayer de comprendre ce que "l'emprunteur" du Zod' a bien pu faire avec.

— Putain ! Art', t'as besoin de raconter ta vie, là ? cria Liz.

Art' lui fit signe qu'elle pouvait y aller et elle accéléra brutalement, créant un gros remous qui causa un fort roulis à la caravelle, arrachant des cris de frayeur et d'indignation à son bord.

— Allez, on y va ! commanda Jo. Paula, tu prends la barre ? Je vais larguer l'amarre et je m'occuperai des voiles ensuite.

Jo libéra le bateau, borda le foc et la grand-voile dont il confia la responsabilité à Lara pour l'un et Simon pour l'autre. Tandis que la caravelle prenait de la vitesse et commençait à se pencher au grand désarroi des novices, Jo prodiguait explications et conseils sur la façon de tirer ou de relâcher les voiles – border ou choquer, en termes marins – juste ce qu'il fallait pour un réglage optimal. Le vent soufflait en brise légère, ce qui était parfait pour cette séance de découverte. Jo leur apprit comment virer de bord, choquer les voiles, virer, puis reprendre les voiles sur l'autre bord. Les premières frayeurs surmontées, les virements successifs devinrent plus harmonieux, plus rapides aussi. Ensuite, ils passèrent à l'empannage, la technique de virement par vent arrière. La manœuvre fut vite acquise. Paula montrait une très grande maîtrise dans ses attitudes ; elle était habile à la barre, montrant son aisance à tenir le cap et à sentir le vent. Bientôt, tous furent capables de manœuvrer correctement ensemble. Lorsqu'ils s'approchaient de l'autre caravelle, ils s'apercevaient que l'équipage adverse était nettement plus en difficulté qu'eux.

À un moment, un bord les amena à proximité de dériveurs du centre nautique d'Erquy. Jo reconnut le jeune animateur qui donnait ses consignes debout dans son bateau de sécu : c'était le garçon qu'il avait croisé hier et qui lui avait dit de s'adresser au vieux marin. Lui aussi avait reconnu Jo ; il fit tourner son bateau et vint vers la caravelle.

— Salut ! dit-il quand il fut à portée de voix.

Jo lui fit un vague signe de la main ; il n'avait pas vraiment envie de parler du vieux marin en présence de ses coéquipiers.

— Les flics sont venus interroger le vieux Martin Savinec sur le port ce matin. Quand ils sont repartis, le vieux Martin était tout retourné. Il était tout tremblant ; il est venu au centre nautique pour récupérer un peu. Il nous a dit que les flics voulaient son témoignage à propos du Zodiac de chez vous qu'il a vu sortir dimanche pendant l'orage. À mon avis, vous allez recevoir la visite des flics dans votre centre.

— Oh ! Merci de prévenir ! répondit Jo.

— Pas de quoi ! C'est quand même marrant que vous ayez interro…

Les clameurs de surprise agacée retentirent sur la caravelle couvrant la voix du jeune animateur : Jo, pressentant qu'il allait dire que lui-même avait interrogé le vieux Savinec sur le Zodiac, s'était levé brusquement et s'était déplacé de l'autre côté du bateau, causant ainsi une très forte gîte qui arracha ces cris d'orfraie.

— Bon, salut ! coupa Jo. Ça s'agite fort ici ! À la prochaine !

Là-dessus, il donna une série d'instructions pour virer de bord. Le jeune, sans doute un peu surpris par la fin brutale de la conversation, fit un salut un peu hésitant et remit les gaz pour s'écarter.

Après le virement de bord, ses coéquipiers le regardèrent de travers. Patrice attaqua.

— Les flics, maintenant ! T'as vu où ça nous mène, ton histoire de Zodiac !

— Et puis, comment ils sont au courant, les flics ? ajouta Simon en regardant Jo d'un air soupçonneux.

— Oui, ça ne peut-être que toi qui les as prévenus ! accusa Lara.

Jo haussa les épaules.

— Pourquoi « que moi » ? Depuis que j'ai parlé à Liz hier soir, tout le monde est au courant, répliqua-t-il d'un ton ferme.

Jo ressentit toute l'hostilité dirigée contre lui. Seul, le regard peiné de Paula posé sur lui, lui laissait penser qu'elle ne l'avait pas encore totalement condamné comme les autres. C'était vraiment une désagréable sensation, cette aversion contre lui ! Il lui vint soudain l'envie de tout leur révéler. Après tout, l'assassin ne se trouvait pas parmi eux. Patrice, le dernier suspect potentiel de ce groupe, était le seul à n'avoir rien fait sur le bateau depuis le départ. Il était assis, les yeux hagards, les mains entre les genoux, et se mettait à crier dès que le bateau penchait un peu. Non, celui-là ne pouvait pas avoir pris le Zodiac. Jo s'apprêtait à tout déballer, mais se retint au dernier moment, en se disant que l'un d'eux ébruiterait ses révélations et tout le centre serait bientôt au courant.

Le Zodiac de Matt et Ed s'approchait. Ed leur hurla :

— On se rassemble pour la régate. On a placé les bouées. Vous allez vous placer dans la zone de départ, derrière la ligne entre les deux Zodiacs.

Profitant du beau temps, les deux hommes sur le semi-rigide s'étaient mis torse nu. L'un et l'autre possédaient une musculature impressionnante qu'ils aimaient certainement exhiber. L'avantage artistique allait cependant à Matt qui offrait aux regards des amateurs le magnifique tatouage dorsal d'une tête de loup émergeant d'un feuillage débordant sur les épaules et le cou.

Lara surprit le coup d'œil appréciateur de Paula alors que le Zodiac s'éloignait.

— Pas mal ! dit-elle, admirative.

Et se tournant vers Paula, elle ajouta :

— Une petite aventure avec un des deux, voilà qui soignerait tes désillusions sentimentales !

Paula la foudroya du regard, mâchoires serrées, tandis que Simon affichait un regard de chien battu, lui qui n'avait pas précisément les mêmes caractéristiques morphologiques que les deux instructeurs. Jo les ramena aux manœuvres à effectuer. Alors qu'ils reprenaient de la vitesse, la vision du loup tatoué sur le dos de Matt lui revint à l'esprit, comme un symbole : la meute était là, sur ce bateau, s'entre-déchirant à belles dents.

XVIII

Mercredi 19 août, 11 heures

Audrey et le capitaine Danic avaient procédé à l'audition de Martin Savinec, le vieux marin-pêcheur. Celui-ci avait fait le même récit qu'à Jo et les enquêteurs avaient enregistré son témoignage. Ensuite, ils avaient rejoint la brigade de gendarmerie de Pléneuf où on leur avait affecté un bureau pour les besoins de l'enquête.

Alors qu'ils passaient l'affaire en revue avec le commandant de la brigade Jean-Marc Cousin, Audrey avait reçu un appel du lieutenant Boursot, son adjoint dans son équipe du SRPJ, resté à Rennes. Boursot avait pris des renseignements sur les individus signalés par Jo à Audrey. Matt, 45 ans, était un ancien plongeur professionnel ayant travaillé dans des entreprises spécialisées dans les travaux en milieux marins ; c'était un profil très intéressant, un homme habitué des missions périlleuses et qui, bien sûr, savait piloter des bateaux puissamment motorisés. Art', 34 ans, était un spécialiste de la montagne, habitué au danger également, mais pas nécessairement ceux de la mer. Il était tout de même embauché chez

Altaméga pour la belle saison depuis six ans ; il avait donc eu le temps d'apprendre à se servir d'un Zodiac. Et puis, il y avait les deux suspects d'Écovillpro, maintenant écartés par Jo, mais dignes d'intérêt tout de même. Patrice, 46 ans, ayant le mobile de sa rivalité professionnelle avec Antoine Trobert, mais peu crédible, vu son manque de compétences nautiques. Et Paula, 45 ans, ayant le mobile de la vengeance possible de la femme bafouée, mais affligée d'un vertige du plus haut degré – Boursot avait même retrouvé un certificat médical qui l'attestait. Autre information intéressante dénichée par le lieutenant : elle était titulaire du permis bateau à moteur option hauturière. En creusant un peu à partir des infos données par Jo sur ses vacances passées à Erquy dans sa jeunesse, il avait appris qu'elle avait de bonnes aptitudes en navigation sur hors-bord puissant ; son père possédait un semi-rigide et l'avait initiée très tôt au pilotage du bateau.

Pour Audrey, Matt faisait un excellent suspect. Paula aurait pu faire une toute aussi intéressante candidate, si elle n'avait pas été affectée de ce terrible vertige.

Donc, il fallait se concentrer sur Matt. Mobile possible : il aurait été reconnu par Antoine Trobert et l'aurait tué pour cacher ce fait. La chose n'allait pas de soi, c'était le moins que l'on pouvait dire. Mais il fallait suivre cette piste, remonter dans le passé de Matt pour y traquer la moindre anomalie. Audrey rappela Boursot pour lui confier ce travail. Elle lui demanda aussi de lui fournir les coordonnées des parents de Trobert. Boursot chercha dans le dossier et lui donna l'info, en lui signalant qu'ils habitaient près de Nice.

Après avoir raccroché, elle hésita, se disant que cet appel risquait d'être pénible pour eux, alors qu'ils étaient plongés dans le chagrin d'avoir perdu leur fils. Tant pis, allons-y ! se décida-t-elle. Il allait falloir procéder avec tact. Elle sortit son téléphone et forma le numéro communiqué par Boursot.

— Bonjour, dit-elle à l'homme qui avait décroché, je suis la capitaine de police Audrey Fauvel. Je vous prie d'excuser mon intrusion dans d'aussi pénibles moments.

Elle présenta ses condoléances ; monsieur Trobert père ravala un sanglot pour balbutier un remerciement.

— Mais pourquoi m'appelez-vous, poursuivit-il d'une voix éteinte, puisque l'enquête sur son décès a conclu à un accident ? Il y a autre chose ?

— Non, Monsieur, rien de nouveau, répondit Audrey. Je voulais simplement savoir si vous vous rappelez si votre fils avait un certain Dac parmi ses relations de jeunesse.

— Qui vous dites ? Dac ? Et le prénom ?

— On a juste ce nom : Dac. Qui est peut-être un surnom, d'ailleurs.

— Dac… Non, je ne vois pas. Écoutez, je vais vous passer ma fille Vanessa, la sœur d'Antoine. Elle était plus que moi au courant des relations de son frère. Elle est chez nous pour les obsèques ; la cérémonie a lieu demain.

Audrey l'entendit héler sa fille : « Vanessa ! Tu peux venir, s'il te plaît ! C'est la police. » Elle remercia le vieil homme, s'excusa encore du dérangement, puis la voix inquiète de sa fille retentit à son oreille :

— Je suis Vanessa Donelli, la sœur d'Antoine. Qu'est-ce qu'il se passe ?

— Excusez-moi, rien de grave, Madame, éluda Audrey. Je voulais juste avoir une précision sur les amis de jeunesse de votre frère. Avait-il un ami qui s'appelait Dac ?

— Comment avez-vous dit ? balbutia Vanessa d'une voix blanche.

Audrey perçut immédiatement le désarroi de son interlocutrice.

— Dac, répondit-elle, vous le connaissez ?

— Vous dites « Dac », ce ne serait pas « Dag » plutôt ?

— Peut-être que c'est Dag, c'est très possible ! acquiesça Audrey, dont le cœur avait fait un bond dans sa poitrine. « Bingo ! Ça matche ! » se dit-elle.

— Dag, c'était mon petit ami de l'époque, pas vraiment un copain d'Antoine.

Elle avait prononcé ces derniers mots sur un ton amer, laissant supposer une relation difficile entre les deux jeunes hommes.

— Pourquoi me posez-vous des questions sur Dag ?

Audrey décida de lui apporter une réponse très limitée.

— Un témoin nous a dit que votre frère avait cru reconnaître quelqu'un la veille de sa mort, et l'aurait appelé Dag. Cette personne lui a répondu qu'il se trompait.

— Comment ça serait possible ? Dag ?

La pauvre femme semblait complètement désemparée. Audrey poursuivit en douceur.

— Antoine a pu reconnaître cet homme. Vous avez semblé dire qu'ils ne s'appréciaient pas spécialement autrefois, et Dag n'a pas souhaité répondre qu'ils se connaissaient…

— Antoine a… avait un gyrus fusiforme anormalement développé. Depuis tout petit…

— Gyrus fusiforme ? s'enquit Audrey.

Elle pensait savoir de quoi parlait Vanessa Donelli, née Trobert, mais voulait s'assurer d'être sur la même longueur d'onde.

— Le gyrus fusiforme, c'est une partie de l'encéphale spécialisé dans la reconnaissance des visages. Mon frère a été capable depuis son plus jeune âge de reconnaître des visages à peine vus une seule fois parmi plein d'autres visages. C'était devenu un jeu pour lui. Au début, mes parents pensaient que c'étaient des bêtises de gamin, mais ils ont rapidement eu la confirmation de l'exactitude des faits. Il a vu des tas de médecins spécialistes du cerveau qui lui ont fait faire des tas d'expériences. Ils n'avaient jamais vu ça ! Ils l'ont même mis une fois en concurrence avec un logiciel de reconnaissance faciale, le modèle dernier cri à l'époque. Battu à plate couture, le logiciel ultra-perfectionné ! Les informaticiens étaient si déçus qu'ils ont cru que leur matériel était bon pour la casse.

Vanessa Trobert s'étourdissait de mots, se refusant à aller plus loin dans ce qu'impliquaient les paroles de son frère. Audrey décida de la pousser un peu.

— Donc, ça veut dire qu'Antoine a *vraiment* reconnu Dag, affirma la policière.

Vanessa mit du temps à répondre.

— Oui, dit-elle enfin. Il n'a pas pu se tromper : il a reconnu Dag, c'est certain ! Oh ! Comment est-ce possible ?

— C'est le genre de choses infiniment improbables qui peuvent se produire malgré tout. Les chances qu'ils se croisent un jour en Bretagne étaient minimes, mais c'est arrivé.

— Vous ne comprenez pas ! Dag est mort ! Il est mort depuis très longtemps ! révéla Vanessa Donelli.

— OK, fit Audrey. Et si vous m'expliquiez depuis le début !

La jeune femme, d'abord réticente, finit par se confier.

— Dag, c'était mon premier amour. J'étais folle de lui, comme on peut l'être à 18 ans. Mais c'était une tête brûlée, comme on dit. Sans doute pour combler un grand vide affectif. Il était un gamin de l'Assistance publique, élevé en famille d'accueil, des gens très bien d'ailleurs, mais qui ne pouvaient pas lui apporter tout ce qu'il attendait. Dag avait des copains, fondus de parapente. Jeunes ados, ils allaient sur les sites au-dessus de Nice. Dag s'éclatait. Puis il a voulu encore plus d'adrénaline ; alors il s'est lancé dans le parachutisme. Il a progressé super vite…

— Et il a eu un accident ? anticipa Audrey qui voulait abréger.

— Non… enfin, oui… Mais plus tard… Voyez-vous ! C'était un truand ! Je ne savais pas, hein ! Il a participé à un hold-up qui a mal tourné : il y a eu deux morts chez les transporteurs de fonds. Ses complices ont été tués. Lui, a réussi à s'enfuir en voiture. Apparemment, c'était lui le chauffeur ! Et puis, on a lu sa cavale dans les journaux. Les flics ont retrouvé sa trace dans les environs de la station de ski d'Isola 2000. Un groupe de randonneurs avait signalé la chute mortelle d'un homme dans le précipice bordant un sentier de crête à la frontière franco-italienne. L'enquête de la police a révélé l'identité de la victime : c'était Dag qui avait tenté de passer en Italie – il y avait encore la frontière à l'époque – mais il a perdu l'équilibre et il est tombé.

— Je suis désolée pour vous, murmura Audrey mécaniquement, sous le coup de cette révélation qui marquait la fin de cette piste. Dag, c'était son surnom ? Comment s'appelait-il ?

— Damien Agoscan… Dag, c'était une contraction de son prénom et de son nom. Les secours n'ont rien pu faire ; la sécurité civile, la gendarmerie de haute montagne côté français et leur équivalent côté italien ont eu beau fouiller tout le massif, ils n'ont pas pu trouver le corps.

— Son corps n'a pas été retrouvé ? fit Audrey en écho.

Bien sûr… Ce type n'était pas tombé au fond du ravin, pensa-t-elle. C'était un as de la voltige ; il avait fait croire à une chute mortelle, mais il avait planifié tout ça. Il était passé en Italie où il avait changé d'identité.

— Votre frère Antoine le connaissait donc bien ?

— Oui, bien sûr ! Dag venait souvent à la maison. Mon frère faisait des études d'architecture à Nice et vivait encore chez mes parents. Mais Antoine ne l'aimait pas trop ; il disait qu'il était un casse-cou sans cervelle… Après coup, on ne peut pas dire qu'il avait tort.

— Dag avait un parachute chez lui ?

— Oui, il avait tout l'équipement.

Audrey remercia et raccrocha. Elle appela Jo, tomba sur sa messagerie et laissa un message : « J'ai une piste très prometteuse. L'assassin pourrait s'appeler Damien Agoscan, dit Dag, porté disparu depuis plus de vingt-cinq ans, considéré comme mort dans un accident de montagne. Il vit bien sûr sous une fausse identité depuis. »

Elle réfléchit quelques secondes, puis reprit son smartphone, chercha dans les Pages jaunes sur internet le numéro de l'hôtel de police de Nice et téléphona. Elle demanda qu'on lui passe le service traitant du grand banditisme, la BRB. Un lieutenant prit son appel. Quand elle lui expliqua que l'objet de son appel était une affaire de braquage vieille de plus de vingt ans, il la coupa et lui dit qu'il allait consulter son commandant de groupe, le capitaine Pardo qui était déjà dans le groupe à l'époque. Elle donna son numéro sur sa promesse de la recontacter au plus vite.

Vingt minutes plus tard, le capitaine Pardo lui-même rappelait.

— Capitaine Fauvel ? Pardo, de la BRB à Nice. Je suis allé récupérer le dossier aux archives ; il n'est pas numérisé. Vous cherchez des renseignements sur une affaire très ancienne ! Je me rappelle bien : un braquo qui tourne mal. Bilan : deux flics tués, les truands tués sauf leur chauffeur et un acolyte blessé par un collègue. Ces deux-là ont réussi à prendre la fuite dans leur caisse avec le butin. Le lendemain, on a retrouvé la bagnole avec l'acolyte mort de sa blessure. L'enquête menée a permis d'identifier le chauffeur : dès le lendemain, on avait un nom : Damien Agoscan. Un pote des truands morts avait lâché son nom pour ne pas avoir d'emmerdes. Mais quand on s'est pointés chez lui pour l'encrister, l'oiseau s'était envolé. Il avait piqué une tire sur un parking, mais le vol nous a été vite signalé et la caisse a ensuite été repérée sur un parking de la station d'Isola 2000. On a compris qu'il voulait passer en Italie. Les gendarmes de haute montagne du PGHM ont lancé la traque. Mais peu après, des randonneurs ont averti les secours qu'ils avaient vu un homme correspondant à son signalement tomber dans le vide en franchissant un passage difficile. Voilà, fin de l'histoire ! Votre gus est mort !

— Eh bien non, justement ! répliqua Audrey. Il est bien vivant. Il vous a simplement fait croire qu'il l'était.

— Vous rigolez ?

— Pas du tout. Vous aviez perquisitionné chez lui à l'époque ?

— Oui, bien sûr. Tout a été fait dans les règles.

— Il y a donc eu une liste d'inventaire ?

Elle entendit le bruit de feuilles de papier qu'on manipule.

— Elle figure au dossier. Je l'ai en main.

— Pouvez-vous me dire si un parachute figure dans cette liste ?

Le capitaine Pardo marqua un temps d'arrêt, le temps pour lui de consulter la liste.

— Pas de parachute dans la liste d'inventaire, finit-il par dire sur un ton d'excitation contenue. Ce qui veut dire que…

— Que notre soi-disant victime d'une chute vertigineuse a en réalité pris son envol vers la liberté. Vanessa Trobert, son ancienne petite amie m'a dit qu'il en possédait un chez lui. Il a sauté dans le vide en prenant bien soin d'attendre des témoins de sa chute, des randonneurs qui passaient sur ce sentier. Il va falloir rouvrir l'enquête chez vous, et nous,

nous allons poursuivre la nôtre pour trois homicides dont il est suspecté. Nous aimerions nous appuyer sur tous les éléments que vous aviez relevés à l'époque.

— Bien entendu, Trois homicides, vous dites ? Racontez-moi ça.

Audrey passa le quart d'heure suivant à relater les détails de son enquête.

— Si Antoine Trobert a reconnu Agoscan, analysa Pardo, celui-ci avait donc un excellent mobile pour l'éliminer. En tout cas, de notre côté, nous allons tenter de retrouver sa piste à partir de sa disparition. Il a disparu en Italie : il faudrait enquêter là-bas. Si on parvenait à apprendre sa nouvelle identité, ce serait le pied. Je viens de faire une recherche dans nos fichiers d'identification : il n'est ni dans le FNAEG, ni dans le FNAED. Ce qui est compréhensible, vu qu'il était inconnu de nos services avant ce braquo.

Audrey comprit ce que voulait dire Pardo qui ne voulait pas trop s'appesantir là-dessus sans doute : l'absence des empreintes d'Agoscan dans le FAED, le fichier automatisé des empreintes digitales, n'avait rien d'étonnant. D'une part, ce type avait été considéré comme mort, d'autre part, les empreintes collectées dans le FAED étaient celles relevées par les services de police sur le suspect lui-même, lors d'une garde à vue par exemple. Or, Agoscan n'avait jamais été arrêté, n'avait pas fait l'objet d'un relevé officiel d'empreintes digitales. Quant au FNAEG, le fichier national des empreintes génétiques, il n'existait même pas à l'époque du braquage.

— En attendant de recevoir l'ensemble du dossier que je vais vous envoyer, poursuivit Pardo, je vais faire numériser ce qu'il y a dedans d'intéressant pour vous, comme ses empreintes digitales qui avaient été relevées chez lui lors de la perquise et sa photo de l'époque.

— Génial ! se réjouit Audrey. Merci, on se rappelle.

Elle tint ensuite une réunion avec les officiers de gendarmerie Danic et Cousin et les informa de toutes ses recherches. Ils décidèrent de faire une visite à Altaméga, puis d'effectuer une reconstitution non officielle de l'itinéraire supposé de l'assassin dimanche dernier à l'heure des crimes. Il fallait s'assurer le concours de la brigade nautique de la Gendarmerie pour cette opération. Le groupe de gendarmes essaierait d'évaluer le temps mis par une personne en bonne condition physique pour effectuer le parcours entier du meurtrier, établi par Jo.

Il était midi largement passé. Son estomac commençait à crier famine. Alors que Cousin, le chef de brigade, était rentré chez lui à son appartement, elle proposa à Danic d'aller manger un morceau sur le port de Pléneuf.

XIX

Mercredi 19 août, 12 h 30

Jo et ses coéquipiers étaient de retour au centre après les épreuves de la matinée. S'étant montrée largement plus habile et efficace, son équipe avait largement emporté la régate sur des adversaires pas du tout spécialistes de la voile. Malgré la victoire, ses coéquipiers ne s'étaient pas réjouis, ni congratulés, car ils savaient qu'ils la devaient principalement à Jo.

Il était prévu de pique-niquer sur place dans la cour du centre, l'activité de l'après-midi étant la plongée en apnée, il était nécessaire de s'équiper pour cela après le repas. Chacun alla récupérer son panier-repas en cuisine où Chris, le cuisinier, faisait la distribution en échangeant des plaisanteries avec les stagiaires.

Il entendit la provocatrice Lara qui évoquait les musculatures puissantes d'Ed et Matt. Ce dernier, non loin d'elle, répliqua en riant :

— On regarde, on ne touche pas ! Nos femmes sont plus musclées que nous ! Alors, fais gaffe à toi !

Lara se mit à rire, un peu trop fort.

— Si je parle d'œuvre d'art, c'est à propos de ton superbe tatouage, dit-elle, consciente d'être allée un peu trop loin.

Ed intervint en interpellant Chris. Il dit au cuisinier :

— Chris ! Cette jeune dame aime l'art, elle l'a dit ! Alors, montre-lui ton tatouage ! Il est magnifique aussi !

Chris, un peu gêné d'être l'objet de l'attention générale, tenta de refuser, disant qu'il avait à s'occuper du service. Mais Ed insista, tant et si bien que le cuisinier sentit qu'il devait s'exécuter s'il voulait qu'on le laisse tranquille. Il ôta son T-shirt blanc pour révéler un torse large et épais, recouvert d'un tatouage de dragon cracheur de feu couvrant une grande partie de son dos et de serpents s'enroulant sur ses bras. Par ailleurs, on discernait plusieurs cicatrices courant sur sa peau. Des cris enthousiastes saluèrent son exhibition, puis il renfila son T-shirt en disant « Au suivant ! »

Quand Jo s'approcha et croisa son regard, l'expression joviale sur le visage de Chris s'effaça, remplacée par un rictus de colère. Jo prit son panier, remercia et allait s'éloigner quand Chris dit, plein de colère rentrée :

— Toi, on peut dire que t'es un sacré fouteur de merde ! Même les flics ont débarqué pour interroger le vieux Savinec. Un vieux gâteux que personne n'écoute en temps normal !

Jo haussa les épaules, comme si ça lui était complètement égal. Une lueur dangereuse s'alluma dans les yeux du cuisinier.

— Tu ferais mieux de te barrer d'ici, ou ça risque de mal finir pour toi ! T'as beau te croire plus fort que les autres, tu fais pas le poids, crois-moi !

Ces paroles menaçantes rappelèrent le billet d'avertissement qu'il avait trouvé ce matin dans sa tente. Se pouvait-il que le cuisinier du centre ait pu écrire ces lignes ? Se pouvait-il qu'il ait quelque chose à voir avec les crimes ? Jo n'avait jamais vraiment envisagé de le placer sur la liste des suspects, mais il n'y avait pas de raison évidente de l'écarter. Il allait falloir étudier de plus près son emploi du temps du dimanche après-midi.

Jo retrouva ses coéquipiers à l'ombre à la limite du sous-bois. La façon dont ils le regardèrent l'incita à s'asseoir un peu à l'écart. Il mangea rapidement en silence, n'essayant même pas d'intervenir dans la conversation. Après s'être débarrassé de ses déchets à la poubelle, il retourna vers sa tente. S'assurant que nul n'était dans les parages, il la dépassa et s'enfonça dans le sous-bois pour téléphoner.

Il alluma son portable, écouta le message d'Audrey et la rappela. Il avait par-dessus tout envie d'entendre une voix amie et réconfortante après tant d'hostilité dirigée contre lui. Il n'en pouvait plus de ce rôle et en arrivait à se considérer comme le pire traître qui soit, agissant sournoisement, avide de la moindre bribe d'information qui pourrait nuire à quelqu'un. Ce comportement était tellement à l'opposé de ce qu'il s'efforçait d'être : quelqu'un de juste et droit, soucieux des autres, haïssant le mensonge. Pourtant, il n'oubliait pas la raison qui l'avait fait venir ici : découvrir la vérité sur la mort de ses amis. À cette fin, il devait tenir, accepter de supporter cet environnement oppressant.

— Audrey ? dit-il quand elle eut décroché.

Dans la voix apparemment assurée de son mari, Audrey perçut immédiatement une infime fêlure : le vibrato en était subtilement altéré. Elle demanda à Danic de l'excuser, se leva et s'écarta de leur table.

— Jo, tout va bien ? s'enquit-elle, inquiète.

— Ça va mieux maintenant que je t'entends, mon cher amour. Ça va me donner la force de continuer au milieu de ces gens, uniquement préoccupés d'eux-mêmes habituellement, et qui là, savent se mettre d'accord pour me pourrir la vie, ironisa Jo.

— C'est trop dangereux, Jo ! Il vaut mieux arrêter tout de suite. On a maintenant assez d'éléments pour mener une enquête policière normale dans ce Centre Altaméga.

— Tu as trouvé de nouvelles infos sur ce Dag ? questionna Jo.

Audrey lui rapporta ce qu'elle avait appris auprès de Vanessa Donelli et de la BRB de Nice.

— OK, dit Jo en sifflant entre ses dents. Ce mec-là, c'est un malin et un dur qui n'a peur de rien.

— Raison de plus pour t'en aller de là ! insista Audrey.

— Non, ce Dag a réussi à rester caché sous une fausse identité pendant si longtemps. Même s'il doit penser, comme tous ceux du centre, que c'est moi qui ai renseigné les flics, il ne tentera rien contre moi. Il ne veut surtout pas attirer l'attention sur lui.

— Et le billet de menaces ?

— Rien ne prouve que c'est lui ! Au début, j'ai pensé qu'il ne pouvait être que de l'assassin. J'en suis moins sûr maintenant. Tout le monde m'en veut ici : je n'ai que l'embarras du choix ! Plusieurs m'ont déjà dit de ficher le camp d'ici.

— Bon, écoute ! Fais comme tu le sens ! Peut-être que cette affaire va être résolue rapidement maintenant qu'on connaît sa véritable identité. Les flics de Nice vont nous envoyer sa photo et ses empreintes digitales. Dès qu'on aura reçu la photo, le capitaine Danic va mettre dessus son TIC spécialisé en informatique pour la traiter avec un logiciel de vieillissement. On va savoir rapidement à qui il ressemble. Je t'enverrai la photo travaillée sur ton téléphone par MMS.

— J'espère qu'elle sera à peu près nette, car mon téléphone est un modèle vraiment basique.

— On verra bien ! En attendant, je vais demander au juge d'instruction Delecour une commission rogatoire pour relever les empreintes des éventuels suspects. Si l'une d'elles correspond à celles de Damien Agoscan que vont nous envoyer les flics de Nice, on tiendra notre assassin.

— D'accord, pourvu que ça marche ! souhaita Jo.

— En attendant, on va poursuivre l'enquête au Centre Altaméga, poursuivit Audrey. On va s'intéresser de près à ce Zodiac, interroger quelques témoins, Liz notamment, pour lui demander si elle a noté des changements à bord depuis dimanche.

— Je peux déjà te dire qu'il y avait une pince coupante à bord et qu'elle n'y est plus. Elle a vu aussi que le niveau de carburant avait baissé.

— OK, bien vu ! Ça se confirme pour le Zodiac, on dirait. Merci pour l'info.

— Ah, au fait ! se souvint Jo. Est-ce que tu sais si ce Dag avait un tatouage ?

— Non, je n'en sais rien. Je pourrai demander à Vanessa Donelli, la sœur d'Antoine Trobert si Agoscan en portait un à l'époque. Pourquoi ? Tu crois qu'il en a un ?

— J'ai deux tatoués : Matt et Chris, le cuisinier. On peut le rajouter à la liste des suspects, ce Chris. Il a un physique d'ours, puissant et épais. Et il a l'air aussi dangereux que cet animal à son réveil printanier. Son tatouage, c'est un dragon dans le dos, des serpents sur les bras et les épaules ; celui de Matt, c'est un loup dans le dos sur un fond de forêt.

— OK, je vais voir avec la sœur de Trobert.

— Oh, une chose encore ! Cet après-midi, on fait de la plongée en apnée. Les deux Zodiacs devraient être sur l'eau. Alors si tu veux inspecter le Zodiac du crime et interroger Liz, tu as intérêt à appeler le directeur du centre et lui dire que l'un et l'autre doivent être accessibles.

— D'accord, je l'appelle tout de suite.

Ils raccrochèrent là-dessus, se souhaitant mutuellement bonne chance.

Elle revint vers Danic.

— Excusez-moi d'avoir été si longue.

Elle lui communiqua rapidement les nouvelles infos de son informateur, sans lui dire qu'il s'agissait de son mari. Un signal de son smartphone lui annonça l'arrivée d'un message.

— C'est de Pardo, de la BRB de Nice. Il a envoyé la photo et les empreintes digitales d'Agoscan. Elle transféra les documents sur le portable de Danic.

— Super ! J'envoie ça tout de suite à Hamon, mon TIC spécialisé dans les technologies du numérique. S'il ne peut pas traiter la photo à Saint-Brieuc parce qu'il n'a pas l'équipement suffisant, il l'enverra à Rennes, expliqua-t-il tout en pianotant ses instructions sur son clavier.

Il appuya sur la touche « Envoi », puis ajouta :

— C'est parti ! Je lui ai communiqué votre adresse-mail ; il vous adressera ses résultats en même temps que moi.

— Parfait, merci, répondit-elle en reprenant son téléphone. J'appelle le directeur d'Altaméga.

XX

Mercredi 19 août, 13 h 45

Alors qu'instructeurs et stagiaires s'apprêtaient à embarquer dans les véhicules pour descendre au port d'Erquy, Michel sortit de son bureau, siffla fortement entre ses doigts pour réclamer silence et attention.

— Il y a du nouveau et ça n'arrange pas nos affaires en termes d'organisation. Nous allons recevoir la visite de la police. La capitaine que j'ai eue au téléphone exige de voir le Zodiac qui a prétendument servi à un inconnu pendant l'orage ainsi que la personne responsable de l'entretien de ce bateau. Liz, tu iras donc le chercher ; tu le chargeras sur une remorque et tu le ramèneras ici. Tu te feras aider par Art' et tu attendras qu'ils arrivent pour t'interroger. Pour les autres, l'activité de plongée de cet après-midi est maintenue. Normalement, les deux équipes devaient embarquer chacune sur un Zodiac. L'équipe Narval montera à bord du Zodiac restant ; l'équipe Écovillpro prendra la caravelle qu'ils avaient ce matin, puisqu'ils ont prouvé qu'ils pouvaient bien naviguer à la voile. Pour renforcer la sécurité de l'activité, j'ai demandé à Chris s'il pouvait assurer l'accompagnement du groupe avec son semi-rigide personnel. Je précise qu'il n'est pas habilité à prendre en responsabilité un groupe de stagiaires à son bord ; c'est pourquoi on a besoin d'une équipe sur la caravelle.

Il marqua une pause dans son discours.

— C'est évident pour tout le monde ici qu'il y a un informateur de la police parmi nous, reprit Michel en fixant Jo d'un regard sévère. Et il ne fait guère de doute que nous savons tous qui il est. Mais nous nous posons tous la question du pourquoi. Pourquoi y a-t-il un informateur parmi nous ? S'il a été envoyé par la police, pourquoi s'intéresse-t-elle donc à nous ? Que s'est-il passé ici de particulier dimanche pendant l'orage ? Nous le savons en partie : l'accident mortel d'Antoine et "l'emprunt" du Zodiac. Mais y a-t-il un rapport entre ces deux faits ? Je dois dire que tout ça m'inquiète…

Michel regagna son bureau après avoir donné une tape amicale sur l'épaule de Chris en guise de remerciement.

*

*   *

L'assassin remuait de sombres pensées ; si Michel était inquiet, lui essayait d'endiguer la vague de panique qui montait en lui. Il s'obligea à réfléchir pour ne pas se laisser submerger. Ce Jo était venu tout flanquer par terre. Intentionnellement ou par pur hasard ? Contrairement à Michel, le meurtrier n'était pas aussi certain que Jo soit un informateur envoyé par la police. Celui-ci pouvait réellement être tombé par hasard sur le vieux marin-pêcheur et avoir rapporté son témoignage à Liz sans arrière-pensée. Mais cela revenait finalement au même : la police était maintenant sur le coup, qu'elle ait été aiguillée ou non par Jo vers le vieil homme. Car maintenant, pas de doute : la sortie du Zodiac dimanche dernier était un fait établi pour les flics et, s'ils creusaient cette piste alors que le centre n'avait déposé aucune plainte, c'était parce qu'ils pensaient que ce bateau avait pu servir à autre chose qu'une balade en mer, surtout par ce temps. Cela ne voulait dire qu'une seule chose ; ils avaient certainement fait le lien avec le voilier naufragé et qu'ils considéraient que le naufrage n'avait rien d'accidentel.

Alors, quelle décision prendre ? Éliminer ce Jo, en supposant qu'il soit un indic des flics ? Ça ne servait à rien, maintenant qu'ils enquêtaient sur le Zodiac et donc sur le centre. Fuir et disparaître avant qu'ils interrogent tout le monde ? Non, ce serait un aveu, or les flics ne devaient pas avoir de suspect précis. Il fallait simplement se faire le plus discret possible.

*

*   *

Ayant tous revêtu une combinaison de plongée fournie par le centre, ils prirent place dans les véhicules pour se rendre au port.

Alors qu'ils démarraient, Jo aperçut Chris qui enfourchait une puissante moto.

— Je croyais que Chris venait avec nous ? fit-il remarquer.

— Il va nous rejoindre sur le plan d'eau, expliqua Art' qui conduisait le véhicule. Là, il va au mouillage des Hôpitaux. C'est là que son bateau est amarré pour la saison.

Jo hocha la tête. Chris venait maintenant en bonne place sur sa liste des suspects. Le mouillage des Hôpitaux était trop éloigné de la pointe du Cap d'Erquy ; avec son bateau, il aurait eu beaucoup de mal à rattraper le voilier. En tout cas, certainement pas dans le temps imparti. Tandis qu'avec un de ceux du centre…

Au port, l'embarquement se fit en plusieurs étapes. Comme la marée était basse, les deux Zodiacs étaient restés au mouillage en eaux profondes en avant des installations portuaires. Lizz et Art' devaient donc s'occuper de remonter au centre le Zodiac utilisé dimanche dernier. Alors qu'Ed et Liz allaient récupérer leur Zodiac respectif en annexe, Matt, Jo et ses équipiers durent porter la caravelle de son mouillage au port jusqu'à la mer. Ed revint au rivage chercher les stagiaires de Narval, tandis que l'équipe Écovillpro embarquait sur la caravelle. Ils firent route vers le plateau des Jaunes, au large de Pléneuf et de l'îlot du Verdelet. Au moment où ils atteignaient les abords du plateau, ils virent approcher un semi-rigide. Quand celui-ci fut plus près d'eux, ils reconnurent Chris qui leur adressait de grands signes. Visiblement familier des lieux, le cuisinier leur donna des indications sur les fonds et l'endroit où il fallait jeter l'ancre, non loin du Zodiac de l'autre équipe. Sous la houlette de Jo, avec Paula à la barre, l'équipage de la caravelle exécuta une manœuvre remarquable pour venir face au vent, voiles faseyantes au moment où Jo jetait l'ancre. Ensuite, ils affalèrent et ferlèrent la toile. Jo souligna d'un bref commentaire enthousiaste l'aisance croissante de l'équipage dans le maniement du dériveur. Aucun ne répondit à son compliment, mais il crut discerner une esquisse de sourire sur les lèvres de Paula et une lueur de plaisir dans les yeux de Lara et Simon. Patrice restait toujours aussi renfrogné ; sans doute ne se sentait-il pas concerné, vu qu'il ne participait pas à la manœuvre.

Puis chacun se prépara à la plongée.

*

* *

Mercredi 19 août, 15 heures

Pendant ce temps, Audrey et Danic s'étaient rendus sur le Cap d'Erquy où ils avaient retrouvé Cousin et ses hommes de la gendarmerie de Pléneuf. Ils tinrent une réunion informelle à proximité du four à boulets pour définir l'organisation de la reconstitution prévue. Cousin présenta un de ses subordonnés, le gendarme Léo Prioul, jeune homme à l'allure sportive, qu'il avait choisi pour remplir le rôle du meurtrier supposé.

— Je suis prêt, Capitaine, dit-il à Audrey. Je cours tous les matins de bonne heure. Je fais aussi du VTT le dimanche matin.

Jaugeant le nouveau venu d'un œil critique, Audrey exprima sa réserve avec le plus de tact possible.

— On ne vous a pas demandé un champion de course à pied ou de vélo, Chef ! Il ne s'agit pas de battre un record ; on veut seulement vérifier si un individu moyennement performant peut réaliser le parcours de l'assassin supposé dans le délai estimé.

— Je n'ai pas vraiment le choix, répliqua Cousin un peu vexé. J'ai demandé un volontaire et Prioul a été le seul à se proposer. Soit mes autres hommes sont trop âgés, soit ils ne courent pas souvent.

— Je suivrai un rythme moyen, Capitaine, dit le jeune gendarme.

— Bon, d'accord, consentit Audrey. Ce n'est pas vous qui prenez le Zodiac pour aller jusqu'au lieu du naufrage, si ?

— Non, intervint Cousin, tout en faisant signe à Prioul qu'il pouvait se rendre au bout du Cap d'Erquy d'où il devait s'élancer.

Il revint à Audrey :

— J'ai contacté la brigade nautique à Lézardrieux qui nous envoie un semi-rigide avec deux gendarmes. L'un des deux prendra le relais de Prioul pour effectuer le trajet en mer supposé de l'assassin. Je leur ai dit de prendre une annexe gonflable. Ils vont la placer près du parc à annexes comme si c'était celle du Centre Altaméga.

— Le gendarme de la nautique est bien au courant qu'il devra rester environ 5 minutes aux Comtesses ? rappela Audrey.

— Oui, ils ont le tableau des temps estimés que vous avez établi, assura Cousin.

La radio qu'il portait à la ceinture se mit à crachoter. Il la saisit :

— Ici, la brigade nautique. On est à notre poste : le Zodiac amarré, l'annexe gonflée et attachée près du parc à annexes. Mon équipier restera à côté en surveillance-radio et au chronométrage, pendant que, moi, je prendrai le relais du collègue qui court.

— OK, fit Cousin, en s'avançant vers le bord de la falaise pour avoir une vue sur le port. Vous serez prévenus lorsqu'il sera en approche. J'ai mis un de mes hommes en haut de l'escalier pour vous communiquer son arrivée par radio.

Il regarda Audrey et dit :

— Tout le monde est en place. On donne le signal ?

— On y va ! confirma Audrey.

Cousin parla à nouveau dans sa radio :

— À tous ! On va lancer l'opération ! Prioul est prêt ?

— Il est prêt, Chef ! répondit le gendarme qui assistait Prioul au départ.

— Attention ! Top, c'est parti ! annonça Cousin.

L'ordre fut transmis à Prioul qui démarra sur un rythme relativement soutenu. Il évita le parking, comme avait dû le faire l'assassin, pour suivre le sentier sur le côté nord du cap, prit à droite à l'embranchement, délaissant le GR, puis continua tout droit vers l'est, atteignit la route bitumée de Plaine Garenne, tourna plus loin à gauche vers le Portuais. À quelques dizaines de mètres, il emprunta le sentier qui le mena à l'entrée du centre. Un de ses collègues l'accueillit à cet endroit, tenant un VTT à sa disposition ; celui-ci lui signala qu'il était parti depuis 11 minutes, et devait attendre 5 minutes avant de repartir, temps mis par le meurtrier pour récupérer les clés du bateau. Ce délai écoulé, il bondit sur le VTT et fila vers le départ du sentier des Lacs Bleus, rue du Four à boulets. Comme Jo la veille, il dévala le sentier, porta son vélo dans certains passages, le laissa en haut de l'escalier à son collègue de faction qui, radio en main, s'apprêtait à prévenir son collègue de la brigade nautique. Prioul descendit les marches en courant, arriva en bas à la route du Port, sprinta jusqu'au parc à annexes. Prioul, essoufflé, rendit son salut aux gendarmes maritimes. L'un des deux parlait dans sa radio.

— Je suis Marc Duval, dit celui qui avait la radio. Tu as mis 9 minutes pour faire la distance du centre à ici.

— Moi, c'est Olivier Baudroie, lui dit l'un des deux hommes. Je prends le relais. Marc te tiendra compagnie en attendant mon retour.

Le dénommé Marc déclencha le chronomètre, tandis que son collègue Baudroie détachait l'annexe puis s'engageait sur la jetée en la portant sur son dos. Il la mit à l'eau, libéra les pagaies de leurs attaches, embarqua et se dirigea en pelletant à grands coups vers leur Zodiac à l'amarrage. Une fois grimpé à bord, après 14 minutes au chronomètre, il démarra le moteur, largua l'amarre, embraya et accéléra doucement pour sortir du port. Puis il mit les gaz pour atteindre une vitesse de 10 nœuds qu'il maintint jusqu'aux Comtesses. Il parvint à ce plateau rocheux 21 minutes plus tard, passa 5 minutes à laisser dériver tranquillement son Zodiac, puis mit le cap sur le port d'Erquy. Il effectua un retour bien plus rapide, ainsi qu'avait dû le faire l'assassin, avec le vent et la mer dans le dos. Il amarrait le semi-rigide 10 minutes plus tard. Le rangement estimé du Zodiac, le retour à terre en annexe, suivi de son portage jusqu'au parc à annexes prit 15 minutes. Enfin, Baudroie releva la tête, en écartant les bras.

— Top ! Fini pour moi ! À toi, mon gars ! lança-t-il à Prioul.

Celui-ci fit un salut de la main tandis que Duval signalait son top départ à la radio. Il gravit l'escalier en courant sans trop forcer, récupéra son VTT, le porta sur son épaule jusqu'en haut du sentier, l'enfourcha, pédala vers la pointe du cap sur la route du Four à boulets, bifurqua sur la droite en empruntant la voie aménagée, abandonna le VTT un peu plus loin, puis termina à la course par des petits sentiers qui le menèrent au parking. Le chronométreur qui l'attendait coupa son chrono. Le temps intermédiaire était de 17 minutes depuis son départ du port. Le temps total du parcours censé être celui de l'assassin était de 107 minutes, soit 1 h 47 minutes.

— On est à peu près dans la fourchette de durée possible, constata Audrey. Mais là, il n'y a pas de marge. J'espère qu'on ne se fourvoie pas en considérant le déroulement des faits de cette façon.

Elle s'était attendue à un temps moins serré : si la performance avait été meilleure de 4 ou 5 minutes, cela aurait laissé la place à une variation possible du temps réalisé sur chaque tronçon du parcours. Elle doutait : Jo se serait-il trompé dans son hypothèse de départ ?

Le jeune Prioul dut comprendre l'hésitation de la policière ; timidement, il prit la parole.

— J'aurais pu faire le parcours plus rapidement. J'ai suivi un rythme tout à fait moyen, comme on me l'a demandé.

— Et le trajet en Zodiac a été volontairement lent jusqu'aux Comtesses, ajouta Cousin.

— Oui, mais tout ça tient compte des difficultés liées aux conditions météorologiques, objecta Audrey.

— Ce qui est sûr, c'est qu'il ne faut pas perdre de temps en route, reprit Cousin. Mais on a certainement affaire à un suspect très entraîné, à la course comme au pilotage d'un Zodiac. Il me semble qu'on a ce genre de client parmi les instructeurs d'Altaméga, non ?

— Sans doute, acquiesça faiblement Audrey, pas totalement convaincue.

— Écoutez, reprit Cousin. On a quand même des certitudes : le Zodiac est bel et bien sorti sous l'orage, et pas pour faire du tourisme ! Une des deux victimes du voilier, la jeune fille, a été frappée avec un objet en bois qu'on n'a pas trouvé sur le voilier.

— Sans parler du hauban volontairement sectionné, intervint Danic qui s'était tenu jusque-là à l'écart de la discussion.

— D'accord, je constate que vous pensez tous que je vois un problème là où il n'y en a pas, sourit Audrey, réconfortée. Je vais me ranger à votre avis et dire que l'opération s'est révélée concluante.

Son téléphone se mit à vibrer dans sa poche. Elle décrocha : Vanessa Donelli.

— Vous avez essayé de me joindre tout à l'heure ? demanda la sœur d'Antoine Trobert.

— Oui, merci de me rappeler. Je voulais savoir si Damien Agoscan avait un tatouage.

— Non, désolée, Dag n'avait pas de tatouage.

— Bon, tant pis ! Excusez-moi de vous avoir dérangée pour rien, dit Audrey qui s'apprêtait à raccrocher.

Après tout, il avait pu se faire tatouer plus tard.

— Attendez ! s'écria Vanessa Donelli. Je viens de me rappeler qu'il parlait souvent de s'en faire faire un pour cacher une tache de naissance qu'il trouvait horrible.

— Une tache de naissance ? reprit Audrey, intriguée. Située à quel endroit ?

— Si je me rappelle bien, c'était sous l'omoplate gauche… une marque brune de la taille d'une pièce de vingt centimes, je dirais.

— Je vous remercie bien, dit Audrey en raccrochant.

Damien Agoscan s'était donc très certainement fait faire un tatouage. Les soupçons sur Matt et Chris s'en trouvaient renforcés.

— On va au Centre Altaméga, décida Audrey. Il est temps de mettre la pression sur les suspects.

XXI

Mercredi 19 août, 16 heures

Les deux Zodiacs étaient à l'ancre à une vingtaine de mètres l'un de l'autre. Du semi-rigide de Chris, Jo et ses coéquipiers suivaient du regard les évolutions aquatiques de la sculpturale Paula. Elle évoluait avec un mélange de fluidité et de puissance, sans efforts apparents. Jo ne s'apercevait vraiment que maintenant des remarquables capacités athlétiques de cette femme. Telle une seconde peau, la combinaison de plongée révélait les contours de son corps à la fois élancé et musclé. Soudain, crevant la surface au terme d'une longue apnée, elle surgit de l'onde en brandissant à bout de bras le filet contenant les balles lestées de couleur fluo qu'elle avait récoltées. Elle prit appui sur le boudin du Zodiac de Chris et vida le filet dans le bateau. Puis elle disparut à nouveau sous la surface pour l'apnée suivante.

La première partie de l'activité avait été consacrée à l'entraînement à la technique de la plongée en apnée : chacun s'exerçait à bien exécuter la bascule – le fameux “plongeon canard” –, à se libérer de la pression de l'eau sur les tympans en appliquant la “manœuvre de Valsalva” durant la descente, puis à atteindre le fond jusqu’à 4 mètres de profondeur environ. Il avait ensuite fallu se préparer à l’épreuve qui allait suivre en allant pêcher les balles lestées qui avaient été immergées. Cela consistait à descendre au fond, ramasser le plus possible de balles dans le filet accroché à sa ceinture, les remonter, les verser dans le Zodiac et repartir pour l’apnée suivante.

Durant la deuxième partie de l’activité, les deux équipes s’affrontaient au cours d’une épreuve de relais où chaque participant plongeait tour à tour du Zodiac affecté à chaque équipe – celui du centre pour Narval, celui de Chris pour Écovillpro – et devait donc effectuer le plus de prises possibles sur un temps de 6 minutes, puis passer le relais au suivant.

Paula avait commencé pour l’équipe Écovillpro : elle avait déjà effectué quatre descentes et récolté de nombreuses balles lestées. Chris les comptabilisait. Elle réapparut dans une gerbe d’eau, vida son filet, souffla et inspira plusieurs fois, plongea à nouveau. Ayant consulté son chronomètre, Chris avait annoncé : « Dernière descente ! » avant qu’elle disparaisse. Quand elle surgit, environ une minute plus tard, elle donna une telle impulsion avec ses battements de palmes qu’elle s’arracha littéralement à l’élément liquide, prit appui avec ses mains sur le boudin du Zodiac et se retourna pour terminer en position assise sur le caoutchouc du flotteur. Elle vida son filet, tandis que Chris reversait à la mer toutes les balles collectées qu'il avait mises dans une caisse. Elle passa le filet à Patrice qui prenait le relais suivant. Patrice bascula en arrière pour s'immerger au moment où Chris jetait les dernières balles de Paula à l'eau.

Jo, admiratif de la performance de Paula, la félicita de sa belle moisson. Alors qu'elle reprenait son souffle, elle accrocha son regard et il put lire dans ses yeux verts le plaisir du compliment se mêlant à la joie un peu sauvage d'avoir réalisé une belle prouesse.

La suite fut nettement moins productive. Patrice réalisa trois descentes avec une durée au fond trop courte pour espérer ramasser plus de deux ou trois balles à chaque fois. Son temps passé en surface pour reprendre son souffle était trop long pour faire davantage de descentes. Simon se débrouilla un peu mieux, réalisant cinq descentes rapprochées, mais trop courtes pour qu'il puisse faire une bonne collecte. Lara, quant à elle, souffrit beaucoup. Elle ne fit que deux descentes, mais se sentait bien trop oppressée pour pouvoir pêcher dans de bonnes conditions : elle ne récupéra qu'une seule balle à sa première descente et paniqua tellement lors de la deuxième qu'elle remonta sans avoir pu en ramasser une seule, suffocante et blême, ayant vécu l'impression effroyable qu'avait sonné sa dernière heure. Simon se fit un devoir de la réconforter, tandis que Paula se contenta d'un regard sans aménité.

Jo avait déjà fait de la plongée. Il n'avait pas

pratiqué l'activité depuis un bon moment et sentait que le temps qu'il pouvait passer au fond était limité. Il choisit de faire plus de descentes avec des apnées plus courtes. Quand il atteignait le fond, il se dépêchait d'attraper les balles, de les fourrer dans son filet. Dès qu'il sentait qu'il venait à manquer d'air, plutôt que d'insister en forçant son apnée, il remontait d'un coup de talon, expulsant l'air résiduel durant la montée, faisait quelques inspirations et expirations forcées et basculait à nouveau. Il effectua ainsi six descentes, totalisant une belle récolte, inférieure toutefois de deux unités à celle de Paula.

— Bravo, Paula ! Je mesure mieux ta performance après être passé moi-même. J'ai pourtant l'impression d'avoir tout donné ! reconnut Jo.

— Vous, les mecs, vous vous croyez toujours les plus forts. Comme quoi il ne suffit pas d'être grand et costaud, et d'avoir une grande gueule ! réagit-elle froidement.

Jo fut surpris de cette repartie cinglante qui sonnait comme un défi, d'autant qu'il avait cru à une certaine forme de complicité avec elle après son passage dans l'épreuve tout à l'heure. Cette femme avait certainement souffert du comportement de certains hommes, à commencer par le dernier en date : Antoine Trobert.

Matt avait relevé l'ancre et Ed manœuvra son Zodiac pour venir vers eux. N'étant plus qu'à quelques mètres, Ed mit au point mort et Matt sortit une fiche de sa poche. D'une voix forte, il annonça les résultats.

— Équipe Écovillpro : 102 balles remontées. Équipe Narval : 114 balles remontées. Vainqueur : équipe Narval ! L'équipe Narval a été beaucoup plus régulière que son adversaire.

Les cris d'allégresse retentirent sur le Zodiac d'Ed et de Matt, contrastant bien évidemment avec la déception qui régnait sur celui de Chris.

— C'est sûr ! siffla rageusement Paula entre ses dents. Avec trois boulets nuls en sport, ça n'aide pas !

— Allez, zou ! dit Chris. Vous soignerez les bobos plus tard ! Je vous ramène à la caravelle.

Le transbordement s'effectua sans difficulté : malgré tout, l'équipage apprenait et progressait. Même Patrice ne se plaignit pas. Une fois les voiles hissées, ils reçurent d'Ed la consigne de lever l'ancre et de rentrer au port d'Erquy. Ils durent louvoyer pour le retour, une bonne brise thermique de secteur nord-nord-est les y contraignant. Les virements de bord s'enchaînaient de plus en plus proprement. Paula barrait avec finesse et les équipiers contrebalançaient la gîte du bateau en effectuant un rappel de plus en plus efficace, leurs pieds calés sous la sangle de rappel, le corps penché en arrière vers l'extérieur. Nul ne parlait, mais chacun goûtait le plaisir de filer sur l'eau, de s'exposer à la caresse du vent et aux picotements salés des embruns produits par les vagues se brisant sur la coque.

Ils exécutèrent une jolie manœuvre d'arrivée pour attraper leur bouée de corps-mort et s'amarrèrent. Le Zodiac, qui était allé déposer l'équipe concurrente à la cale, revint les chercher pour les emmener à terre à leur tour. Il était 17 h 45 quand ils grimpèrent dans le fourgon d'Ed pour revenir au centre.

Quand ils arrivèrent, Ed grommela en voyant les véhicules sur le parking :

— Merde ! Les flics sont là !

XXII

Mercredi 19 août, 17 h 30

Audrey et les gendarmes étaient au Centre Altaméga depuis environ une heure. Danic et un de ses hommes avaient aussitôt entrepris l'examen minutieux du Zodiac que Liz et Art' avaient remorqué jusqu'au centre. Vêtus de leur tenue blanche de spécialistes, les TIC prenaient des photos, inspectaient le matériel de bord, effectuaient des prélèvements. Ils savaient que les éléments récoltés, comme les cheveux ou les empreintes digitales seraient à écarter pour la plupart, dans la mesure où de nombreuses personnes étaient montées dans ce bateau depuis dimanche dernier. Ils avaient trouvé à bord deux avirons en bois qu'ils avaient emballés soigneusement et déposés dans une longue boîte. Ils effectueraient leur examen dans leur labo à la gendarmerie de Saint-Brieuc et expédieraient des échantillons au labo central de la Gendarmerie nationale pour des analyses plus poussées.

Audrey et Cousin s'étaient d'abord présentés à Michel David, le directeur, qui les avait accueillis avec raideur et ne se montrait guère enclin à leur faciliter les choses. Ils avaient même dû insister pour qu'il les reçût dans son bureau.

Quand ils furent installés, Cousin se chargea de le ramener à de meilleurs sentiments en lui rappelant certains souvenirs pénibles.

— Nous nous connaissons bien, le directeur et moi-même, dit-il en faisant semblant de s'adresser à Audrey. Il nous a contactés dimanche dans la soirée pour nous signaler la disparition d'un de ses stagiaires, Antoine Trobert, que nous avons malheureusement retrouvé sans vie, consécutivement à une chute mortelle au Cap d'Erquy.

Audrey hocha la tête, tandis que le visage de Michel David exprimait maintenant embarras et consternation.

— Un bien terrible accident, se crut-il obligé d'ajouter, alors que disparaissait toute trace d'arrogance dans son attitude.

— Un drame tragique, éluda Audrey.

Ni Audrey, ni Cousin ne tenaient à corriger le terme « accident » employé par Michel David, puisqu'ils n'avaient pour l'heure aucun élément concret accréditant la thèse de l'homicide.

— Venons-en à ce qui nous amène, attaqua ensuite Audrey. Votre Zodiac a été aperçu dimanche après-midi quittant le port en plein orage. Vous confirmez ?

— En quoi les mouvements de nos Zodiacs peuvent-ils intéresser la police ? répliqua Michel.

— C'est nous qui posons les questions, rétorqua Audrey. Alors, ce Zodiac, pourquoi est-il sorti cet après-midi-là ?

— Je n'en sais rien ! Je ne sais même pas s'il est sorti. Vous me dites que quelqu'un l'a vu. Il est fiable, votre témoin ?

— Il l'est. Vous dites que vous ne savez pas. En tant que directeur, vous devriez le savoir pourtant, non ?

Michel David regarda Audrey d'un air furieux.

— Je suis normalement au courant de tout, effectivement. Si ce Zodiac est sorti, c'est que quelqu'un a pris les clés au tableau du local des activités nautiques.

— Donc quelqu'un du centre ?

— Sans doute, répondit Michel en haussant les épaules. Mais ce local n'est pas fermé à clé : quelqu'un d'extérieur aurait eu la possibilité de les prendre.

— Vous voulez dédouaner votre personnel d'encadrement ou vos stagiaires ?

— Un stagiaire, j'ai des doutes quand même. Cependant, on fait le tour avec eux, des installations et de notre matériel, à leur arrivée pour les familiariser avec les lieux ; ils étaient donc au courant pour les clés.

— Reste donc le personnel du centre…

— Mes instructeurs sont des gens bien qui ne feraient pas ce genre "d'emprunt" sans m'en parler. Ils m'ont d'ailleurs juré n'y être pour rien, tous.

Michel David se mordit la lèvre ; il en avait trop dit.

— Vous reconnaissez donc que vous saviez que ce Zodiac était sorti dimanche.

Michel David regarda la policière d'un air las.

— On savait, oui. Par Liz depuis hier en fin d'après-midi. C'est Jo, un de nos stagiaires qui lui a dit qu'il avait interrogé un vieux marin dans le cadre d'une de nos épreuves. Le vieil homme lui a alors parlé de la sortie du Zodiac dimanche.

— Donc vos instructeurs vous ont tous juré qu'ils n'y étaient pour rien ?

— Oui. Je les ai interrogés un par un. Je suis sûr qu'aucun ne m'a menti. J'ai confiance en eux. Si l'un d'eux l'avait pris, il me l'aurait dit.

— Tout dépend de ce que l'on a à cacher, murmura Audrey.

— Certaines personnes mentent très bien avec un air de parfaite innocence, vous savez, ajouta Cousin. Surtout quand le mal qu'elles ont fait est important.

— Vous voulez dire que vous enquêtez sur quelque chose de grave et que mon Zodiac aurait servi pour ça ? demanda Michel David, effaré.

— L'affaire est suffisamment grave en effet pour que "l'emprunteur" de votre Zodiac vous ait menti. À ce propos, il portait un vieux ciré vert avec une capuche. Ça vous dit quelque chose ?

— Autant tout vous dire : on en a parlé avec Jo, le stagiaire. Ce ciré vert était à moi, enfin, à mon grand-père. Je l'ai toujours gardé, en souvenir de mon enfance. Je le laissais dans le local nautisme. Il n'y est plus.

— OK ! conclut Audrey. On va interroger chaque personne présente au Centre Altaméga dimanche après-midi. Quand tout le monde sera là, j'expliquerai ce que nous attendons de la part de chacun d'entre vous. En attendant, nous voulons poser quelques questions à Liz.

— Bien, dit Michel David en se levant. Je vous l'envoie tout de suite.

*

Deux minutes plus tard, une jeune femme hâlée entra dans le bureau. Audrey lui désigna un siège pour s'asseoir.

— Vous êtes Élisa Bonniec, instructrice spécialisée dans les activités nautiques, c'est bien ça ? questionna Audrey.

— Oui, mais on m'appelle Liz, répondit la jeune femme.

— C'est à vous qu'un de vos stagiaires, le dénommé Jo, a confié que le Zodiac avait été utilisé dimanche après-midi, c'est bien ça ?

— Oui, il me l'a dit et j'en ai parlé à Michel. Mais…

Liz s'interrompit, toussota : elle était sur le point d'ajouter quelque chose, mais hésitait maintenant.

— Oui, Liz ? l'encouragea Audrey. Si vous savez quoi que ce soit, même que vous jugez de peu d'importance, il faut nous le dire. On fera le tri après.

— D'accord. Ce matin, à bord du Zodiac, je me suis aperçue que le niveau de carburant avait bien baissé par rapport à la dernière fois que je l'ai pris. J'ai aussitôt su que c'était ce Zod'-là qui avait servi dimanche. Alors j'ai fait un rapide tour du bateau pour voir s'il n'avait pas été endommagé : pas de problèmes apparemment. J'ai regardé dans les coffres et c'est là que j'ai vu qu'il n'y avait plus la pince coupante. Et puis j'ai aussi remarqué qu'il manquait les gants de caoutchouc épais que je mets quand je jette l'ancre ou quand je bricole à bord.

L'assassin avait trouvé les gants et les avait enfilés pour ne pas laisser de traces, se dit Audrey. Au retour, il ne les avait pas remis à leur place dans le coffre pour ne prendre aucun risque ; il s'en était débarrassé, peut-être en même temps que le ciré vert.

Le téléphone d'Audrey émit un signal. Elle le consulta. C'était le juge Delecour qui lui faisait parvenir en pièces jointes toutes les commissions rogatoires nécessaires à la manifestation de la vérité, selon la formule consacrée, avec notamment l'autorisation de procéder aux auditions des témoins, d'effectuer des prélèvements d'ADN et de relever les empreintes digitales des personnes suspectes.

Audrey revint à Liz et la questionna sur son emploi du temps précis au moment de l'orage. La jeune instructrice lui confirma ce que Jo lui avait déjà appris : elle avait ramené le premier groupe de stagiaires au centre et Michel était là à leur arrivée. Puis, ne voyant rien de plus à lui demander, Audrey la libéra. À ce moment, ils entendirent des bruits de véhicules qui se garaient sur le parking du centre.

XXIII

Mercredi 19 août, 17 h 50

Audrey se hâta de prévenir Michel David qu'elle voulait parler à tous avant qu'ils ne se dispersent dans le centre. Michel hocha la tête, entra dans le bureau, en ressortit presque aussitôt une petite trompe de cuivre à la main. Il souffla dedans : le coup de trompe, puissant pour la taille de l'instrument, fit tourner vers lui toutes les têtes. Il fit le signe de converger vers eux.

Bientôt, tous, membres du personnel du centre comme stagiaires, furent rassemblés devant eux, y compris Chris qui venait d'arriver sur sa moto.

— Voici la capitaine de police Fauvel chargée d'une enquête nous concernant tous, dit Michel David en guise de présentation. Elle va elle-même vous informer de ce qu'elle attend de nous.

— Merci, monsieur David, dit Audrey sur un ton empreint de gravité. Avec les gendarmes de la brigade de Pléneuf et les techniciens en investigations criminelles de la brigade de recherche de Saint-Brieuc, nous devons poursuivre notre enquête parmi vous dans le cadre de la mission que nous a confiée le juge d'instruction chargé de l'affaire. Je vais vous demander votre entière coopération. Nous enquêtons sur une affaire de double homicide ayant été perpétré en mer : ceux de deux navigateurs, Gwendal et Maïwen Souder, tués sur leur voilier dimanche dernier vers 17 heures.

Ménageant ses effets, elle marqua une pause, balayant l'assistance du regard. On eût entendu une mouche voler. Elle vit des visages tendus ou ébahis, des yeux écarquillés, à l'annonce d'une affaire de meurtres qui les touchait de si près. Elle surprit le regard de Jo empli de fierté à son égard ; il lui fit chaud au cœur car, en réalité, elle se sentait loin d'être aussi à son aise qu'elle le paraissait.

— Nous savons que le meurtrier a utilisé un des Zodiacs du Centre Altaméga, reprit-elle. Un témoin l'a vu sortir du port vers 16 h 30. Nous allons recueillir le témoignage de chacun d'entre vous, relever vos empreintes digitales et prélever votre ADN. Vous allez peut-être trouver la procédure abusive, mais nous avons tous les mandats nécessaires la justifiant et je dois ajouter qu'en l'état actuel des choses, vous êtes tous suspects. En vous soumettant de bonne grâce à nos prélèvements, nous vous écarterons plus rapidement de la liste des suspects parce que nos vérifications d'empreintes digitales ou génétiques pourront être effectuées plus facilement. Voilà, je vous remercie de votre attention.

La consternation et l'abattement se lisaient sur la plupart des visages. Le discours volontairement percutant d'Audrey avait pour but d'informer chacun, que les enquêteurs recherchaient un meurtrier. Maintenant, tous étaient au courant et Audrey comptait là-dessus pour que ceux qui n'avaient rien à se reprocher coopèrent sans rechigner.

*

Passé le premier moment de stupeur après le discours de la policière, l'assassin sentit monter en lui une rage meurtrière. Il tombait de haut : le naufrage du voilier, entraînant la mort de ses deux occupants, jusqu'alors considéré comme un tragique accident ainsi qu'il l'avait escompté, était maintenant traité comme étant d'origine criminelle. Pire, les investigations conduites par les enquêteurs les avaient menés directement ici, au Centre Altaméga. Tout ça à cause du malencontreux témoignage d'un vieux marin-pêcheur presque sénile ! Et ce vieillard, à qui avait-il parlé "par hasard" de la sortie en mer du Zodiac du centre ? À Jo… Que faisait réellement ce type ici ?

L'assassin eut une nouvelle bouffée de colère ; ce qui arrivait maintenant ne se serait jamais produit si ce Jo ne s'en était pas mêlé. Tout s'était si bien déroulé pendant la poursuite sous l'orage, pourtant… Un véritable exploit quand il y repensait.

Il revécut avec ferveur ces intenses moments…

*

*   *

Dimanche après-midi 16 août, entre 16 heures et 18 heures, en plein orage

L'assassin courait aussi vite que lui permettait la pluie qui rendait glissants les sentiers du Cap d'Erquy. Il emprunta un étroit chemin détourné pour éviter de croiser un de ceux d'Altaméga, puis atteignit un embranchement avec la rue de Plaine Garenne. Il n'avait qu'une idée chevillée au corps : rattraper le voilier et éliminer ses passagers. Il n'y avait pas d'autre option. Le skipper l'avait observé dans ses jumelles ; il pourrait donner de lui un signalement précis. Tant pis pour lui et celle qui l'accompagnait ; il ne fallait pas être si curieux…

Arrivé au centre, il y entra discrètement, en surveillant les abords des locaux, mais personne n'était dehors par ce temps. Il s'introduisit dans le local des activités nautiques et récupéra les clés d'un des deux semi-rigides. Il s'apprêta à ressortir, quand son regard tomba sur un vieux ciré vert suspendu à une patère. Il l'enfila par-dessus son coupe-vent et mit la capuche sur sa tête, afin de passer encore plus inaperçu. Il se rendit ensuite au local voisin, celui des VTT, s'empara du premier vélo, s'assura que la voie était libre avant de se glisser au dehors. Il sauta en selle et quitta le centre à toute allure.

Il coupa au plus court par un petit chemin pour rejoindre la route du Four à boulets. Debout sur les pédales, il lança le sprint jusqu'au départ du sentier au-dessus des Lacs Bleus. Abandonna son VTT en haut de la forte pente. Dévala le sentier jusqu'au premier lac, franchit au galop la passerelle en bois, contrôla miraculeusement une glissade dans une forte courbe avant d'aborder l'escalier menant au port d'Erquy. Il descendit les marches quatre à quatre avant de débouler dans la rue du Port. Il se précipita vers le parc à annexes en haut de la cale.

La mer montait ; elle serait haute dans deux heures. Le semi-rigide, équipé d'un puissant moteur, était en eau, heureusement. Vite ! Il ne fallait pas traîner. Il repéra l'annexe rigide marquée au nom du Centre Altaméga, déverrouilla le cadenas, la dégagea du portique, faillit être renversé par une violente poussée quand une forte rafale prit dedans. Il la plaqua au sol pour qu'il y eût moins de prise au vent. Une pagaie ! Il n'y avait pas de pagaie ou d'aviron, outil indispensable pour atteindre le Zodiac. Il jeta un regard affolé autour de lui ! Là ! Un aviron dépassait de sous une plate posée à l'envers sur le bitume. Il s'en saisit, attrapa le bout d'amarrage de l'annexe, la tira sur la cale, la mit à l'eau et embarqua d'un bond souple. À genoux sur l'avant, il s'employa à pagayer avec une énergie décuplée, tant le sentiment d'urgence le tenaillait.

La distance n'était pas grande jusqu'au Zodiac et il eut vite fait de monter à bord. Il amarra l'annexe à la bouée du corps-mort. Avant de manœuvrer, il déverrouilla et inspecta le coffre du poste de pilotage pour voir le matériel du bord. Il y trouva une paire de gants en caoutchouc épais qu'il enfila aussitôt. En plus du matériel de sécurité habituel, il découvrit un coffret de plastique noir contenant un pistolet lance-fusées de détresse et trois fusées ; il engagea une des cartouches dans l'engin. Puis il avisa une lourde pince coupante ; il siffla entre ses dents, imaginant déjà l'usage qu'il pourrait en faire. Satisfait de son rapide inventaire, il abaissa le moteur dans l'eau et utilisa la clé pour lancer le moteur. Puis il manœuvra pour sortir du port.

Le vent violent le cueillit dès qu'il eut dépassé le môle. Il accéléra ; le Zodiac se mit à faire un rodéo dangereux sur les crêtes des vagues. Le pilote ne pouvait pas donner la pleine mesure de la puissance du moteur, mais la vitesse atteinte devrait suffire pour lui permettre de rattraper le voilier. Il avait l'expérience des semi-rigides ; il savait comment prendre les vagues, savait quand il fallait ralentir et quand il pouvait donner un peu plus de gaz. Il estimait que le voilier n'avait pas plus d'une demi-heure d'avance, au grand maximum. Son skipper chercherait certainement à s'abriter au port de Saint-Quay et son bateau ne devait progresser que lentement dans une mer formée, par des vents contraires. À l'aide du GPS, l'assassin mit le cap sur Saint-Quay. Le vent soufflait de plus en plus fort de sud-ouest.

Vingt minutes plus tard, le voilier était en vue, tout proche : il était en train d'effectuer un virement de bord pour repartir plein ouest, sous voilure réduite. Les récifs du plateau des Comtesses avaient contraint son skipper à tirer un précédent bord au sud afin d'éviter cette ligne de hauts-fonds orientée est-ouest. Maintenant, le bateau longeait ces dangers à distance respectueuse par le sud. Le vent lui arrivant de bâbord, il gîtait fortement sur tribord.

L'assassin jaugea la situation, prit instantanément sa décision : il fallait les pousser au naufrage. Il glissa le pistolet lance-fusées dans la poche du vieux ciré vert et plaça la pince coupante à portée de main. Il fondit à bonne allure sur le voilier, puis ralentit pour une approche discrète sur bâbord. Les deux marins, assis côté bâbord de leur bateau, lui tournaient le dos. Absorbés par leur navigation, ils ne l'avaient pas vu arriver.

Il ricana sauvagement. Donna brusquement des gaz. Lança son bolide contre le dessous visible de la coque du voilier. Le boudin avant du Zodiac entra brutalement en contact. Le choc, amorti par le caoutchouc, ne causa aucun dégât, mais le voilier se coucha très dangereusement sous la poussée. Les barres de flèches effleurèrent la surface de l'eau, la quille était presque à l'horizontale. L'homme qui barrait parvint à laisser filer l'écoute de grand-voile pour tenter de soulager son bateau, mais le Zodiac poussait toujours. Le cockpit du voilier était quasi-vertical. La jeune équipière glissa, tomba vers la voile, fut retenue par le filin de son harnais. L'homme s'arc-boutait comme il pouvait, pour ne pas glisser à son tour. Le Zodiac poussait toujours. Une partie de la grand-voile était dans l'eau. Les contraintes sur le mât étaient terriblement fortes. Effaré, le skipper découvrit soudain la silhouette encapuchonnée de vert qui se dressait, debout dans son Zodiac, une pince à la main.

L'assaillant avait mis son moteur au point mort ; les deux bateaux étaient bord contre bord, ballottés par les vagues. L'assassin s'accrocha à la filière du voilier, attrapa le hauban gauche dans ses pinces, exerça une forte pression sur les bras. Par-dessus le fracas de la tempête, un claquement suivi d'un sifflement se fit entendre : le hauban rompu balaya le pont, attrapa le skipper à hauteur de la gorge. Un flot de sang jaillit, aspergeant le meurtrier. Le skipper tomba à son tour vers la fille. Le mât bascula sur tribord. La jeune femme parvint à éviter la chute des espars, puis attira contre elle le corps de l'homme et tenta en vain de comprimer la blessure, toute barbouillée du sang du blessé. Il mourut exsangue dans ses bras, alors qu'elle pleurait et hurlait son désespoir et sa rage impuissante.

L'assassin avait aussitôt compris que le hauban rompu avait tué le skipper. Il s'essuya le visage du sang du marin, se disant qu'il fallait maintenant s'occuper de la fille. Il allait poser la pince coupante au fond du Zodiac, lorsqu'une grosse vague souleva et projeta le semi-rigide contre la coque du voilier. Dans l'embardée, le criminel fut contraint de lâcher la pince coupante qui rebondit sur le boudin du Zodiac et tomba dans l'eau. Reprenant son équilibre, il vit la fille accrochée au mourant au fond du cockpit. Il renonça à utiliser le pistolet lance-fusées : ce n'était pas une bonne idée s'il voulait faire croire à un accident ! Comment faire ? se dit-il en examinant tout autour de lui. Son regard tomba sur un des avirons… Voilà ce qu'il me faut ! pensa-t-il.

Le Zodiac était projeté par à-coups contre le voilier. Il fallait faire vite ! C'était vraiment dangereux. Il s'empara de l'aviron, jeta un coup d'œil vers le fond du cockpit du voilier : l'homme était mort, constata-t-il, et la fille, comprenant qu'il y allait de sa survie, essayait de reprendre pied pour lui faire face, mais elle était en mauvaise posture, empêtrée dans les voiles et les bouts. Elle hurla de plus belle lorsqu'elle le vit apparaître au-dessus d'elle.

Malgré les embardées du Zodiac, il parvint à assurer momentanément son équilibre. Il brandit son aviron et asséna sur le crâne de sa victime un coup d'une extrême violence. Il la vit basculer en arrière par-dessus la filière, uniquement retenue par son harnais, au moment où lui-même était brutalement projeté contre la coque du voilier. Le choc lui causa une très vive douleur au côté. Il se repoussa pour éviter de tomber entre les deux bateaux qui s'écartaient l'un de l'autre, mais glissa et tomba lourdement au fond du Zodiac en criant.

Proche de la panique, il s'insulta, se traita de mauviette, hurla qu'il n'allait pas crever comme ça, pas après tout ce qu'il avait fait. Il devait se relever, trouver la force…

Quoi ? Qu'est-ce qu'il entendait ? Ce fracas des

vagues tout proche ! Les déferlantes se brisant contre les rochers des Comtesses ! Il fallait bouger, et vite… Sinon il s'écraserait lui aussi sur les récifs.

En vociférant à pleine gorge, il mobilisa toutes ses forces, toute sa volonté surtout, pour se redresser malgré la douleur aiguë qui lui tenaillait le flanc. Courbé en deux, écartant les jambes comme un homme ivre, il parvint à reprendre place à son poste de pilotage. Il embraya et s'écarta du voilier désemparé. Il était moins une ! Les récifs étaient là, tout proches. Déjà, les déferlantes drossaient le bateau sur les premiers écueils ; celui-ci ne tarda pas à se disloquer sous les coups de boutoir des puissantes lames.

Détachant son regard du spectacle, l'assassin fit effectuer une volte à son Zodiac et mit le cap sur Erquy. Il jeta un coup d'œil sur sa montre ; l'attaque n'avait même pas duré cinq minutes. Pourtant, le temps lui avait paru bien plus long, comme étiré, dilaté, décomposé en une mosaïque d'images séquentielles paroxystiques, une sorte de kaléidoscope de fureur et de sang, une œuvre de mort surréaliste aux accents tarantiniens.

Il effectua un retour ultrarapide avec vents et courants portants. Avant de quitter le bord, il inspecta du regard le Zodiac. La mer et la pluie avaient effacé les traces du sang de la victime ; il remit l'aviron à sa place, referma le coffre à clé et jeta les gants à la mer. Il sauta dans l'annexe, lâcha l'amarrage, pagaya à toute force vers la cale déserte.

Après avoir remisé l'esquif et replacé la pagaie sous la plate, l'assassin entama au pas de course la remontée de l'escalier au flanc de la falaise. Malgré son flanc douloureux, il parvint à maintenir un rythme soutenu jusqu'en haut de la côte. Quelques minutes plus tard, hors d'haleine, il retrouvait son vélo. Ayant rejoint la route du Four à boulets, il enfourcha d'un bond son VTT et se propulsa à toute vitesse en direction du Cap d'Erquy. Un peu avant le Four à boulets, il décida d'une approche discrète du parking ; il tourna à droite pour s'engager sur la voie aménagée, franchit la barrière et accéléra sur une centaine de mètres, prit un sentier sur la gauche à la sortie d'un bosquet. Alors qu'il allait dépasser les derniers pins, il serra les freins et stoppa dans un dérapage maîtrisé sur la terre détrempée. Il abandonna le VTT au pied d'un arbre et, ne perdant pas de temps à tenter de le cacher, repartit en courant sur le sentier. Quelques dizaines de mètres plus loin, il se dit qu'il lui fallait aussi se débarrasser du ciré. Il s'arrêta, ôta le vieux vêtement. En le pliant sommairement, il nota mécaniquement que la pluie et les embruns l'avaient partiellement lavé du sang du marin. Il avisa un buisson d'ajonc assez dense et l'enfouit au cœur du massif épineux. Puis il reprit sa course folle pour rejoindre le parking par des sentiers détournés.

*

*   *

Mercredi 19 août, 18 heures

L'assassin émergea de ses pensées tumultueuses. Tous les risques qu'il avait pris ne pouvaient avoir été vains ; c'était impossible ! Il se rassura en se disant que, même si la police savait que le naufrage du voilier n'était pas accidentel et que le Zodiac avait servi à le poursuivre, elle ne trouverait aucune preuve contre lui. Elle allait tourner en rond, car elle n'aurait ni mobile, ni suspect… Rien. Et il suffirait de faire en sorte que Jo continue à se heurter à un mur d'hostilité pour qu'il n'apprenne plus rien de nouveau.

*

Pendant qu'elle interrogeait Liz, Audrey avait reçu un fichier sur son téléphone ; c'était un envoi du gendarme Hamon, le TIC spécialisé en technologies numériques. Elle l'ouvrit : c'était la photo du visage d'un homme de quarante-cinq ans environ. Le texte qui accompagnait la photo disait : « *J'ai obtenu la photo de Damien Agoscan traité par logiciel de vieillissement. Voici la photo d'Agoscan avec 25 ans de plus*. »

Elle rejoignit Danic qui était avec ses hommes autour du Zodiac. Elle lui montra l'image sur son téléphone.

— Oui, je l'ai eue aussi.

Il sortit son propre téléphone et afficha la photo

d'Agoscan jeune. Audrey et Danic rapprochèrent leurs écrans pour comparer les deux photos du même homme avec 25 ans d'écart.

— Il a pas mal changé, constata Danic.

— Oui, il est fiable, votre logiciel de vieillissement ?

— On en dit le plus grand bien, assura le chef des TIC avec un haussement d'épaules. C'est la première fois qu'on le met à contribution pour une affaire à nous, mais les collègues de la section de recherche de Rennes disent qu'il est remarquable de précision.

— Donc on peut s'y fier, conclut Audrey. Je n'ai pas vraiment eu l'occasion d'observer les visages des individus du centre pour le moment. Pour l'instant, ça ne me dit rien.

Le visage d'Agoscan n'avait rien de particulièrement remarquable : visage large et rond, front haut et dégarni, nez camus, lèvres ni très épaisses ni très minces.

— Quand on prendra leurs empreintes digitales tout à l'heure, on pourra les regarder de plus près, proposa Danic.

— Il faut commencer rapidement les relevés d'empreintes digitales. C'est ça qui nous mènera directement à Agoscan. Commencez par Matt, l'instructeur en natation et plongée, et par Chris, le cuisinier, ensuite Art', le spécialiste de l'escalade, d'accord ? Vous avez leurs noms complets là-dessus.

— D'accord ! répondit Danic en prenant la liste des personnes présentes au centre que lui tendait Audrey. On laisse le Zodiac et on s'y met de suite. Ah ! Tant que j'y pense ! On va passer le Zodiac à la Crime-lite pour voir si on trouve des traces de sang. Mais il nous faudra attendre la nuit.

La Crime-lite était une lampe spéciale servant à éclairer la scène de crime d'une lumière d'une couleur particulière et ainsi révéler ce qui n'est pas visible à l'œil nu : toutes sortes de traces pouvaient ainsi apparaître, notamment les traces de sang, même si le meurtrier avait lavé à fond.

— Vous pourrez trouver des traces de sang ? Sur un bateau qui a été soumis à la pluie et aux vagues pendant la tempête ?

— Oui, certainement, confirma Danic. On en a bien retrouvé plein à bord de l'épave du voilier. C'était évoqué dans le rapport initial, mais comme on pensait que c'était le hauban qui avait accidentellement égorgé la victime, on n'a pas insisté là-dessus.

— Oui. Par contre, si on constate la présence du sang de Gwendal sur le Zodiac, cela prouvera de manière irréfutable sa proximité avec le bateau des Souder au moment du drame.

— Exactement, approuva Danic.

XXIV

Mercredi 19 août, 18 h 15

Quelques minutes plus tard, le capitaine Danic et ses subordonnés Mangin et Verdon étaient prêts à effectuer les prélèvements dans le bureau de direction qu'ils avaient réquisitionné pour l'occasion. Pendant qu'ils s'installaient, Audrey avait fait passer l'info par le directeur Michel David que les membres du personnel du Centre Altaméga devaient se tenir prêts à répondre à la convocation ; l'heure du dîner serait retardée à 20 heures. Elle lui avait remis une fiche avec les noms inscrits dans l'ordre de passage.

Quant à Audrey et Cousin, ils recevraient les témoignages dans le minuscule cabanon réservé à l'infirmerie, contigu au bureau du directeur.

Le premier à se présenter à Danic et ses TIC fut Chris Sorfrain, le cuisinier, alors que le premier nom sur la liste d'Audrey était celui de Matt. Danic vint informer Audrey, qui venait de prendre place dans son bureau improvisé, de la modification.

— Chris Sorfrain dit qu'il souhaite témoigner en premier parce qu'il doit s'occuper de la préparation du dîner.

— Oui, requête légitime, approuva Audrey. On peut inverser l'ordre de passage entre le dénommé Matt et lui.

Quelques minutes plus tard, le cuisinier entrait dans le “bureau” d'Audrey et Cousin. À l'invitation d'Audrey, il s'assit face aux deux enquêteurs. Il les regardait tranquillement, ne montrait aucun signe d'inquiétude, aucune fébrilité, contrairement à de nombreux témoins, même parmi ceux n'ayant rien à se reprocher.

— Vous vous appelez, Sorfrain, Christophe, célibataire. Date et lieu de naissance ? interrogea Cousin.

Il avait été convenu que le gendarme mènerait la partie initiale de l'audition à savoir les renseignements sur l'état-civil, l'emploi actuel et les emplois passés du témoin. Cela laissait le temps à Audrey d'observer attentivement le visage de l'individu et de les comparer au portrait vieilli de Damien Agoscan. La ressemblance ne sautait pas aux yeux ; c'était le moins qu'on pouvait en dire. Chris Sorfrain avait le crâne rasé, alors que le portrait d'Agoscan présentait un front haut surmonté de cheveux se raréfiant. Sur l'écran, elle cacha les cheveux de sa main ; les fronts pouvaient éventuellement correspondre. Les yeux étaient bruns dans les deux cas, mais ceux de Chris paraissaient plus grands. Mais ça ne collait pas du tout pour le reste ! Le nez de Sorfrain était différent, plus étroit que le nez épaté d'Agoscan. Les joues de Chris étaient nettement plus creuses et ses maxillaires plus marqués.

— Le 10 mai 1975 à Niort, répondit Chris. J'ai 46 ans.

— Votre emploi ici, c'est donc…

— Cuisinier.

— Vous êtes ici depuis quand ?

— Depuis que le Centre Altaméga a été ouvert, il y a 8 ans. J'ai répondu à une annonce de Michel.

— Et avant ?

— J'ai travaillé dans plusieurs restaurants un peu partout, jusqu'au rang de cuisinier en second.

— Et vous avez préféré venir ici ?

— Je suis mon propre patron, répondit Chris, évasif.

— Vous avez toujours été dans la restauration ?

— Non, avant j'étais dans l'humanitaire. Je bossais au sein d'une association intervenant dans plusieurs pays africains.

Audrey nota le nom de l'association donné par Chris, puis jugea qu'il fallait accélérer l'interrogatoire ; ils pourraient toujours se renseigner par la suite pour en savoir davantage. Elle intervint à son tour en ramenant l'entretien sur les meurtres des Souder.

— Monsieur Sorfrain, où étiez-vous et que faisiez-vous dimanche dernier entre 16 heures et 18 heures ?

— Dimanche après-midi, j'étais chez ma voisine, madame Allibert, une dame assez âgée. J'habite aux Hôpitaux. Elle avait des ennuis avec une fuite d'eau depuis la veille. Je lui avais promis de faire la réparation dimanche après-midi.

— Ça vous a pris tout l'après-midi ?

— Ben, c'était un assez gros chantier, répondit Chris en se frottant le crâne. À vrai dire, je ne pensais pas y passer tout ce temps. J'ai commencé vers 15 heures et je suis parti vers 18 h 30, parce qu'il fallait que je revienne au centre préparer le dîner. J'ai fini la plomberie et j'ai rebouché la saignée, mais il faudra que je lui termine ça proprement.

— Vous êtes parti de chez elle vers 18 h 30 ? Mais vous avez eu le temps de préparer le repas pour 19 heures ?

— Pour 20 heures. Le dimanche, le dîner est reculé à 20 heures pour me laisser profiter de ma journée. Je prépare les plats à l'avance et je n'ai plus qu'à réchauffer.

— Bien, nous demanderons à votre voisine de confirmer vos dires. Merci pour votre coopération.

Audrey se leva pour aller voir Danic en attendant que le dénommé Matt arrive.

— On a son ADN, mais je doute que ça puisse nous servir. J'ai envoyé à Hamon le fichier de l'empreinte digitale de Christophe Sorfrain que j'ai scannée. Il l'a aussitôt comparée à celle d'Agoscan envoyée de Nice par Pardo, expliqua Danic.

— Et alors ?

— Pas de correspondance, ce n'est pas lui.

— Il ne ressemble pas non plus au portrait retravaillé d'Agoscan. Espérons qu'on aura plus de chance avec le suivant.

Justement, Matt arrivait. Audrey espéra qu'il

n'avait pas entendu sa dernière phrase. Il entra dans le bureau alors que la policière retournait dans le sien.

— Les empreintes d'Agoscan ne correspondent pas à celles de Sorfrain.

Cousin haussa les épaules.

— Ça aurait été trop facile aussi ! dit-il, fataliste.

Ils entendirent frapper à la porte du cabanon. Le spécialiste en natation et plongée du centre s'avança et s'assit sur la chaise qu'on lui désignait. Il semblait nerveux, son regard bleu passant sans arrêt d'enquêteur à l'autre.

— Vous vous appelez, Lasnier, Matthieu, vous vivez en union libre, c'est ça ? interrogea Cousin à nouveau.

Acquiescement du témoin.

— Date et lieu de naissance ? poursuivit Cousin.

— Le 2 décembre 1976 à Lorient.

Audrey étudiait les traits de l'instructeur. Il ressemblait davantage à Agoscan que Sorfrain. Son visage était plus rond, les os moins saillants. Mais il y avait les yeux : bleu azur pour Matthieu Lasnier, bruns pour Agoscan.

— Vous portez des lentilles de contact, monsieur Lasnier ? intervint Audrey.

Il posa sur elle un regard étonné.

— Non, répondit-il. Vous savez : quand on pratique la natation ou la plongée, ça paraît difficile d'en porter.

Elle fit signe à Cousin de poursuivre. Elle était

déçue : cet homme n'était pas Agoscan non plus. Elle se sentit perdre pied dans cette enquête. Ces deux hommes faisaient pourtant des suspects de premier ordre. À part eux, qui restait-il ?

— Vous êtes donc instructeur spécialisé en plongée, c'est bien ça ?

— C'est ça.

— Et avant ?

— Avant j'ai travaillé pour plusieurs sociétés spécialisées dans les travaux sous-marins. Mais j'avais envie de me poser, alors quand j'ai appris que ce centre recrutait un spécialiste de la plongée, j'ai postulé et voilà.

— Où étiez-vous et que faisiez-vous dimanche dernier de 16 heures à 18 heures ? questionna Audrey.

— J'étais sur le Cap d'Erquy avec mes collègues et nos stagiaires. Nous avions organisé une course d'orientation, mais le temps a tout gâché.

— Jusqu'à provoquer la chute mortelle d'un de vos stagiaires ?

— Oui, ça a été l'enfer. La panique totale. L'orage nous est tombé dessus si soudainement. On n'a rien vu venir ! Il ne devait se déclencher qu'en fin d'après-midi, selon les prévisions météo. C'est pour ça qu'on a maintenu l'épreuve. Quand Ed a reçu le coup de téléphone de Michel qui disait de tout arrêter et de rentrer, il était 16 h 30. Ed était au parking ; il nous a contactés par talkie-walkie en nous disant de chercher les stagiaires égaillés partout sur le cap pour les prévenir. Moi, j'ai cherché, mais je n'ai rencontré personne. Vers 17 heures, il y avait pas mal de monde revenu au parking ; ils avaient froid, certains paniquaient. Liz les a ramenés au centre et nous avons continué à chercher ceux qui manquaient.

— Qui cherchait qui ? coupa Audrey qui était au courant de tous ces faits par Jo.

— Il manquait Patrice, Paula et donc Antoine de l'équipe Écovillpro et aussi Hugo de l'équipe Narval. Ed était sur le parking, Art' et moi, on était à courir partout sur le cap pour les retrouver. On a reçu un appel de talkie-walkie d'Ed un peu avant 18 heures, je crois, pour nous dire qu'il avait récupéré Paula, Patrice et Hugo et qu'il les ramenait au centre. Art' et moi avons continué à chercher Antoine.

— Vous n'avez donc croisé personne entre 16 heures et 18 heures ?

— Non, même plus de 18 heures, en fait… Écoutez, je sais que j'ai pas d'alibi, dit Matt. Je suis pas idiot. Vous recherchez quelqu'un parmi nous qui aurait pu quitter la course d'orientation, qui aurait couru jusqu'au port pour prendre le Zodiac… Ah ! J'oubliais ! Il fallait d'abord passer ici prendre les clés du Zod'. Ensuite, il aurait rattrapé en mer les navigateurs sur leur voilier, les aurait tués et serait revenu à temps sur le cap pour retrouver Ed et les autres sur le parking… Tout ça sous l'orage… Vous êtes sûrs de ne pas vous gourer ? En tout cas, votre surhomme, c'est pas moi !

— On a chronométré. Ça tient ! répliqua Audrey, en ayant le sentiment de se raccrocher aux branches.

— Si vous le dites. En tout cas, moi, je sais piloter un semi-rigide, mais je serais jamais sorti en mer par un temps pareil.

— Bien, nous vous remercions, le congédia Audrey qui sentait une grande lassitude l'envahir.

L'instructeur sortit du local. Audrey alla voir Danic qui lui dit :

— C'est pas lui non plus ! On a vérifié : ses empreintes digitales ne sont pas celles d'Agoscan.

Audrey secoua la tête. Quelle déception ! Ni Chris Sorfrain, ni Matthieu Lasnier n'étaient Damien Agoscan.

— Il est presque 20 heures, dit-elle, se sentant soudainement épuisée. Ça va être l'heure du dîner pour ceux d'ici. Nous, on peut peut-être aller manger un morceau quelque part ?

— Oui, ça ne nous fera pas de mal, approuva Danic. Je vais voir avec mes gars quels sont ceux qui veulent venir, vu qu'il faudra revenir à la nuit pour l'examen du Zodiac à la Crime-lite. Et pour les auditions ?

— On arrête là pour ce soir. On reprendra demain. En espérant plus de réussite !

XXV

Mercredi 19 août, 20 h 15

Dans la salle à manger du centre, nul ne parlait. L'atmosphère était lourde. On n'entendait que le tintement des couverts sur les assiettes. Chacun semblait se concentrer uniquement sur lui-même, ruminant ses pensées, observa Jo. Des pensées du genre : « Je dois vivre avec un meurtrier qui se cache parmi nous… » ou « Pourvu que les flics le trouvent rapidement… » ou encore : « Encore trois jours à tenir dans cet enfer ! » Ce stage qui se déroulait dans un environnement réduit au contact des mêmes individus 24 heures sur 24 se transformait en un suffocant huis clos. Nombreux devaient être ceux qui ici se posaient une foule de questions : le meurtrier était-il fou ? Sinon pourquoi s'en serait-il pris à des gens de passage sur leur bateau ? Pourquoi ceux-là, dans des conditions aussi difficiles ? Et ce tueur, s'il était fou, pouvait-il dans un nouvel accès de folie s'en prendre à eux ?

Jo pouvait lire l'appréhension sur certains visages. À leur table, Lara n'avait pas touché à son repas et

Simon était d'une pâleur extrême. Paula et Patrice avaient le nez plongé dans leur assiette. Jo aurait voulu les tranquilliser, leur dire que le tueur n'était pas fou et qu'ils ne risquaient rien, mais il aurait fallu qu'il explique son hypothèse de l'élément déclencheur, le meurtre d'Antoine Trobert et ses témoins de hasard. Il espérait vraiment qu'Audrey et ses gendarmes puissent identifier au plus vite cet Agoscan et l'arrêtent.

Au moins, maintenant, ses coéquipiers ne ressentaient plus la même animosité à son égard. Ils le considéraient désormais comme la seule personne réellement insoupçonnable puisqu'il était arrivé après le drame. Leurs yeux effarouchés se posaient sur lui de temps à autre tels des oiseaux blessés : ils s'accrochaient quelques secondes à son propre regard, puis reprenaient d'un battement d'ailes leur vol désordonné.

Jo décida de rompre le silence de plomb.

— On se croirait dans un monastère ici. On n'a pourtant pas fait vœu de silence ! lança-t-il à mi-voix.

— Tu as le cœur à plaisanter, toi ? grimaça Patrice, en relevant brusquement la tête. Avec un fou parmi nous ?

— Un fou ? Pourquoi le tueur serait-il fou ? lui demanda Jo.

— Ça me semble évident ! Seul un fou peut poursuivre un voilier inconnu sur une mer déchaînée et tuer ses occupants, non ?

Les autres approuvèrent sans enthousiasme, mais sans restriction.

— En tout cas, intervint Lara, je ne pense pas que le tueur soit parmi nous… dans notre équipe Écovillpro, je veux dire.

— Qu'est-ce qui te fait dire ça ? demanda Paula, toujours agressive quand il s'agissait de Lara. Tu veux jouer au détective, maintenant ? Tu devrais aller voir les flics et leur exposer ta théorie.

Lara haussa les épaules et se tut, vexée.

— Vas-y, dis-nous ce que tu penses, l'encouragea Jo. Ça vaut toujours mieux d'en parler que d'échafauder des théories chacun dans son coin.

— Eh bien, se décida Lara, si on étudie nos cas perso' un par un, aucun de nous ne répond à tous les critères correspondant à ceux du tueur.

— Dis donc, t'as vachement bien étudié la question ! railla Paula, faussement admirative.

Jo fronça les sourcils en direction de Paula et invita d'un geste Lara à poursuivre.

— Bon, commençons par toi, Jo. Toi, tu n'es arrivé que le lendemain, donc ça ne peut pas être toi.

— Bravo, belle déduction ! ponctua Paula, ironique.

— Arrête, Paula, s'il te plaît ! intima Jo, agacé. Laisse-là finir !

— Simon et moi non plus. On n'aurait pas eu assez de temps puisqu'on est rentrés rapidement ici avec Liz. D'ailleurs, on peut aussi enlever Liz de la liste des assassins potentiels.

— D'accord, approuva Simon qui reprenait vie. Toi et moi, on est hors de cause. Restent Paula et Patrice.

— Paula et Patrice auraient pu avoir le temps, eux, puisqu'ils ne sont revenus que bien plus tard avec Ed. Mais, cela ne peut être Paula, parce qu'elle a fait une chute qui l'a assommée et elle est restée sans connaissance pendant un certain temps. Patrice, on peut le rayer aussi, je pense, parce qu'il ne sait pas piloter un Zodiac.

« Alors que Paula, elle, en est parfaitement capable… » compléta Jo in petto.

Tous hochaient la tête, approuvant le raisonnement de Lara. Jo étudia le visage de la jeune femme ; il y avait toujours cette peur dans son regard. Il soupesa ses déductions, passa en revue les critères des compétences nécessaires au meurtrier. Il lui sembla comprendre ce que Lara voulait exprimer : quand elle affirmait qu'elle pensait que le meurtrier n'était pas dans leur équipe, ce n'était pas la vérité. Elle était une fine mouche qui avait choisi de révéler ses soupçons tout en affirmant qu'elle n'en concevait à l'égard de personne dans leur groupe. Elle avait énoncé des alibis incontournables pour chacun d'entre eux, sauf pour… Paula. Elle avait attribué à Paula un alibi qui n'en était pas un : sa chute sur le cap et sa perte de connaissance. Incontestablement, Paula était tombée lourdement, son front en portait encore les stigmates, mais personne ne pouvait témoigner de sa perte de connaissance. Lara, qui était visée en permanence par l'ironie mordante de Paula et qui la craignait manifestement, avait ainsi voulu démontrer que Paula était la seule du groupe à pouvoir être soupçonnée.

Bien sûr, à Lara comme aux autres, il manquait une partie importante du puzzle : la mort de Trobert, l'élément déclencheur qui conditionnait tout le reste, pour laquelle Paula ne pouvait être suspectée, à cause de son vertige. Et puis, de toute façon, le tueur avait été désigné : il s'appelait Damien Agoscan et il était présent ici sous une fausse identité qui n'allait plus tarder à tomber.

*

*   *

Mercredi 19 août, 21 h 30

Audrey, Danic et un de ses hommes nommé Le Bert quittèrent la terrasse du café-restaurant sur le front de mer d'Erquy où ils avaient dîné d'un copieux steak-frites. Ils revinrent au Centre Altaméga. Il ne faisait pas encore suffisamment sombre pour utiliser la Crime-lite alors ils regagnèrent le bureau.

Audrey décida d'appeler le lieutenant Boursot, son adjoint au SRPJ pour lui demander d'effectuer plusieurs recherches.

— Jean-Paul, je voudrais que tu t'attelles demain à faire des recherches sur Matthieu Lasnier, dit Matt ; Arthur Favre, dit Art' ; Christophe Sorfrain, dit Chris ; Paula Sidant ; Patrice Guilchert ; Hugo Samain. Tu fouilles tout, en détail, hein ? Merci.

Danic la regarda d'un air un peu surpris :

— Vous conservez Sorfrain et Lasnier dans les suspects ? Et puis, on recherche un homme, alors pourquoi Paula Sidant ?

— Parce que quelque chose nous échappe dans tout ce bazar ! fit Audrey en soupirant. Alors j'élargis la liste et je reprends à zéro.

Danic hocha la tête, désolé de ne pouvoir apporter davantage son aide.

— Un visage, ça peut se transformer, murmura soudain Audrey.

Les souvenirs d'une ancienne enquête dans laquelle Jo était au cœur de l'affaire remontaient à la surface. Comme elle avait souffert à cette époque-là…

— Chirurgie esthétique, dit-elle. Agoscan a pu faire transformer son visage.

— Admettons, convint Danic. Mais pour les empreintes, comment aurait-il fait ?

Audrey inspira fortement par le nez, eut un geste d'agacement.

— Je ne sais pas… Bon ! Il fait bien nuit, maintenant. On y va ?

Ils sortirent du bureau, allèrent s'équiper au camion-labo et s'approchèrent du Zodiac. Il faisait bien nuit maintenant et il n'y avait pas de lune. Le Bert alluma la Crime-lite qui diffusa une lumière bleue. Les deux TIC commencèrent par examiner le boudin de gauche, alors qu'Audrey restait en retrait. La lumière bleue ne fit rien apparaître de remarquable. Ils passèrent sur la droite du bateau. Sous la lumière bleue se matérialisèrent de nombreuses taches dont une très allongée sur le dessus du boudin qui se prolongeait par un moucheté de plus petites marques. C'était saisissant. Danic invita Audrey à s'approcher.

— Vous voyez : sans conteste, c'est du sang, expliqua Danic. Cette grosse tache allongée correspond certainement au premier jet, ensuite le corps de la victime a été projeté en arrière dans le cockpit du voilier et le reste du sang s'est écoulé dans le bateau en grande quantité, ce qu'on a constaté lors de notre examen de l'épave. On va récupérer des échantillons de sang sur le boudin et le faire analyser ; si les résultats montrent bien que ce sang appartient à Gwendal Souder, alors on aura la meilleure preuve que ce Zodiac a été utilisé pour commettre les homicides.

Audrey approuva de la tête.

— Super, beau boulot ! dit-elle.

Son téléphone émit son signal. Elle décrocha : c'était Jo.

— Oui ? dit-elle en s'écartant des deux gendarmes.

— Je vous vois avec votre lampe à la lumière bleutée : je suis en lisière du sous-bois, signala Jo.

— Je vais en avoir fini ici. De grandes traces de sang ont été révélées sur le boudin du Zodiac.

— Le sang de Gwendal ! Comme j'aimerais mettre la main sur le salopard qui a fait ça ! rugit Jo.

— Jo, rejoins la route comme hier soir et je te prends au passage. J'ai besoin de te parler.

Ils raccrochèrent. Elle se rapprocha des deux gendarmes qui raclaient la surface caoutchouteuse pour prélever des échantillons qu'ils déposaient dans des tubes.

— Je dois y aller, leur dit Audrey. Bon courage pour terminer.

Ils se souhaitèrent le bonsoir et Audrey monta dans sa voiture.

XXVI

Mercredi 19 août, 22 h 30

Quelques minutes plus tard, Audrey et Jo arrivaient au gîte qu'occupait la policière. Elle n'avait pas desserré les dents depuis qu'elle avait fait monter Jo dans sa voiture. Jo l'enlaça et l'embrassa fiévreusement, mais elle le repoussa avec douceur mais fermeté.

— Pas maintenant, Jo. Il faut qu'on parle, dit-elle avec lassitude.

— OK, j'ai bien compris au téléphone qu'il y avait quelque chose qui n'allait pas. Vas-y, explique-moi.

— Rien ne correspond entre nos deux principaux suspects et Agoscan : ni son visage passé par un super-logiciel de vieillissement, ni ses empreintes digitales.

— Oh ! La tuile ! Pourtant, tout semblait s'emboîter parfaitement.

— Ouais, trop bien… On a cru trop vite qu'on allait résoudre facilement cette affaire.

Jo était abasourdi, sa femme l'était tout autant. Pourtant, il fallait réagir ! Il resta quelques instants sans rien dire, passant mentalement en revue les éléments concernant Agoscan.

— Je ne crois pas qu'on se soit planté sur toute la ligne. La piste Damien Agoscan, j'y crois. Vanessa Donelli t'a dit que le gyrus fusiforme d'Antoine Trobert était plus performant qu'un logiciel de reconnaissance faciale. Partons du principe que, lui, a reconnu Dag ! Le logiciel de vieillissement a produit une image de ce que pourrait être Agoscan maintenant, mais la marge d'incertitude sur 25 ans doit être importante ; les paramètres peuvent fluctuer selon que le sujet a été malade ou que sa corpulence a changé…

— Je disais à Danic, le chef des TIC, qu'Agoscan avait pu recourir à de la chirurgie faciale, suggéra Audrey.

— Pourquoi pas ?

Jo sortit son téléphone de sa poche et afficha la photo remaniée d'Agoscan que lui avait envoyée Audrey.

— Attends ! lui dit Audrey avec un pauvre sourire.

Elle fit apparaître le visage du suspect sur l'écran de son propre téléphone : c'était quand même nettement mieux !

— Regarde, dit Jo. Son visage est plutôt rond ; les mâchoires ne sont pas saillantes, les joues ne sont pas creuses, le nez est plutôt large. Alors, imaginons ce qui a pu se passer il y a sans doute longtemps. Ce type est recherché par la police ; il a changé d'identité, mais a peur qu'on le reconnaisse. Il décide de changer de tête. Son visage est rond et charnu : son chirurgien le lui amincit. Il désépaissit les tissus des joues, les retend sur les pommettes, sur les mâchoires, amincit son nez épaté. Je pense que ça peut donner un visage beaucoup plus mince.

— D'accord, je te suis. Mais les empreintes digitales, il n'a pas pu les changer.

— Non, mais il y a certainement une explication. Réfléchissons ! D'abord es-tu sûre que les empreintes qu'on t'a fournies sont celles d'Agoscan ?

— Jo ! C'est le flic de la BRB de Nice qui me les a envoyées ; elles viennent du dossier du braquage. C'est obligatoirement celles d'Agoscan.

— Hum ! fit Jo, dubitatif. Redis-moi comment elles ont été relevées ; je ne me rappelle plus vraiment.

— Ben, elles ne sont pas enregistrées au FAED. Aucun flic n'a jamais relevé ses empreintes directement. Elles ont été relevées chez lui après qu'il ait été identifié comme complice des braqueurs.

— D'accord. Donc elles ont été relevées chez lui avec probablement d'autres empreintes ; des potes à lui, sa copine… Un jeune homme seul dans son appart' n'est généralement pas un accro du ménage ; il y a les copains qui passent souvent…

— Où veux-tu en venir ? questionna Audrey.

— Il y a pu avoir un mélange, et on a les empreintes de quelqu'un d'autre, voilà !

— Jo ! Qu'est-ce que tu peux être agaçant parfois ! Tu crois que les flics de Nice font mal leur boulot et que Pardo m'a envoyé des empreintes comme ça sans rien vérifier ?

— Mais je n'ai pas dit ça ! Ne te fâche pas ! Je ne pense pas que l'erreur lui soit imputable, s'il y en a eu une. Je pense simplement qu'à l'époque les flics ont relevé un tas d'empreintes différentes dans son appart', qu'ils ont commencé à les collecter pour les identifier, etc. Sans doute un travail de fourmis plutôt long et fastidieux. Et puis, Agoscan a un accident mortel en montagne avec des témoins pour l'attester : fin de l'enquête. Le mec est mort, le dossier va être fermé, alors pourquoi aller se faire suer à tenter d'identifier clairement les empreintes digitales d'un défunt ?

Audrey regarda Jo un long moment sans proférer un mot. Elle évaluait l'hypothèse de son mari.

— C'est possible, finit-elle par consentir. Mais je me demandais si le fait d'admettre ton hypothèse n'était pas simplement parce que nous voulons que ce soit ainsi, parce que ça nous arrange de penser ça. Nous voulons qu'il y ait eu une confusion d'empreintes parce que celles-là ne collent pas dans notre enquête. Des erreurs judiciaires ont été commises pour moins que ça.

— Je comprends ce que tu veux dire, mais il faudrait quand même vérifier.

— Il y a peut-être une possibilité, S'il y a plusieurs empreintes dans ce dossier, il faudrait toutes les comparer avec celles de Chris Sorfrain et de Matthieu Lasnier. S'il y en a une qui matche avec l'une ou l'autre de nos suspects, on tiendra Agoscan.

Elle regarda sa montre : 23 h 05.

— Il est tard, mais tant pis, je vais appeler Pardo.

Quelques secondes plus tard, il décrochait.

— Pardo, c'est Fauvel, du SRPJ de Rennes. Excusez-moi de vous déranger à cette heure tardive.

Elle lui expliqua l'échec de la comparaison d'empreintes digitales.

— Merde, pas de bol ! fit-il. Vous êtes bien certain qu'il s'agit d'Agoscan ?

— Au point où on en est, on a de moins en moins de certitude, c'est sûr. Mais on aimerait bien pouvoir procéder à d'autres vérifications.

— Oui ? dit Pardo sur un ton montrant qu'il ne voyait pas bien où elle voulait en venir.

Pour Audrey, il s'agissait de présenter maintenant les choses avec tact.

— Vous m'avez dit qu'il y avait dedans pas mal d'empreintes digitales différentes.

— C'est vrai, mais celles que je vous ai envoyées sur votre téléphone étaient étiquetées « Damien Agoscan » dans le dossier.

— Je n'en doute pas et je ne voudrais surtout pas vous mettre en cause. Mais peut-être qu'à l'époque, une inversion d'empreintes aurait pu se produire…

— Dites donc, Fauvel ! Vous nous accusez de négligence, là !

— Je ne veux pas accuser qui que ce…

— Arrêtez votre numéro ! De toute façon, après 25 ans, c'est impossible de savoir s'il y a eu une erreur. Enfin, vous verrez bien, puisque vous devriez recevoir rapidement le dossier. Demain peut-être.

— Toutes les empreintes digitales relevées dans son appart' y seront ? demanda Audrey.

— Oui, vous allez tout avoir… Vous allez toutes les comparer avec celles de vos suspects, c'est ça ?

— Oui, c'est l'idée.

— OK, bonne chance !

Après avoir raccroché, elle poussa un long soupir de soulagement.

— Espérons que ce dossier soit là demain ! dit-elle. Et toi, tu as du neuf ?

Jo lui raconta le dîner, évoqua l'atmosphère angoissée qui régnait au centre, rapporta l'intervention de Lara et livra l'interprétation qu'il en faisait.

— C'est vrai que cette Paula Sidant ferait une bonne suspecte, convint Audrey. Elle a le mobile, elle a eu le temps de commettre les meurtres et elle semble avoir les capacités physiques et techniques requises. Mais elle a ce vertige qui la paralyse. Sauf si elle simule…

— Non, je suis formel. Je l'ai constaté pendant la séance d'escalade hier. Sa terreur du vide n'était pas feinte.

— J'ai mis Boursot à contribution pour creuser dans la vie de tous ceux qui ont eu le temps de commettre les meurtres : Sidant en fait partie. On verra ce qu'il trouvera sur elle. Et sur les autres.

— Donc tu écartes la piste Agoscan ? demanda Jo.

— Non, mais il faut explorer toutes les pistes éventuelles au cas où on se planterait sur Agoscan. D'ailleurs, il faut que, demain, j'interroge la vieille dame chez qui Chris Sorfrain était à faire de la plomberie dimanche après-midi.

Jo hocha la tête. Il se leva.

— Bien, il est temps de se mettre au lit. J'ai eu une rude journée aujourd'hui. Ça fatigue, la plongée en apnée !

— Je prends une douche et j'arrive, répliqua Audrey en déposant un baiser prometteur sur les lèvres de son mari.

Quand elle entra dans la chambre cinq minutes plus tard, Jo dormait à poings fermés. Elle eut un petit sourire apitoyé et se glissa sous le drap sans le réveiller.

XXVII

Jeudi 20 août, 7 heures

Au décrassage matinal, l'ambiance restait morose, comme la veille au dîner. Audrey avait conduit Jo au Centre Altaméga peu avant le réveil des stagiaires. Après avoir enfilé sa tenue de sport, il était ressorti de sa tente juste au moment où Lara émergeait de celle de Simon. La jeune femme lui avait adressé un sourire un peu embarrassé avant de s'engouffrer dans sa tente pour se préparer. Jo comprit qu'elle avait passé la nuit avec Simon. Il se dit qu'elle ne voulait sans doute pas rester seule dans son petit abri, à la merci du tueur et avait cherché refuge auprès du jeune homme.

Jo était arrivé parmi les premiers sur le terrain. Ses tentatives pour dérider les autres s'étaient révélées totalement infructueuses et il avait fini par se taire. Simon était arrivé ensuite, une expression béate peinte sur son visage, contrastant avec les mines sinistres affichées autour de lui.

Lara les rejoignit ensuite, aussitôt couvée du regard par Simon.

— Eh bé ! ironisa Paula à voix basse à l'intention de Jo à son côté. Il est certainement le seul à avoir apprécié sa nuit, vu l'air idiot qu'il a ! La pauvre chérie si trouillarde avait besoin de réconfort et il a bien profité de la situation.

Jo haussa les épaules.

— Et pourquoi pas ? répliqua-t-il en souriant. S'ils ont envie de se rapprocher pour mieux faire face ?

— Oui, pourquoi pas. Moi aussi, j'aurais eu besoin de m'épancher avec quelqu'un hier soir. Mais ta tente était vide. Toi, le réconfort, tu vas le chercher ailleurs ! Tu profites d'être loin de ta femme pour sauter sur tout ce qui bouge ? Vous êtes bien tous les mêmes !

— Paula ! Tu deviens indiscrète, là ! Ça ne te regarde pas ! protesta Jo.

Ainsi, Paula avait constaté son absence de la nuit passée. Elle avait jeté son dévolu sur lui… Et le lui avait fait savoir… Elle lui avait même reproché ce qu'elle pensait être son infidélité, mais son amer commentaire sur les hommes volages « qui sautent sur tout ce bouge » laissait supposer que, quitte à tromper sa femme, il aurait dû s'intéresser à elle. Curieuse réaction quand même…

Ed, visage fermé, les invita à s'élancer pour le footing.

*

*   *

Jeudi 20 août, 8 h 45

Après le petit déjeuner, les stagiaires se rassemblèrent dans la cour.

La policière et les gendarmes étaient arrivés au centre depuis un quart d'heure. Michel David prit la parole en présence d'Audrey.

— J'ai parlé avec la capitaine Fauvel. Elle m'a dit vouloir ne perturber nos activités que le moins possible. Elle souhaite cependant entendre le témoignage d'Art' avant que vous ne partiez pour l'épreuve prévue ce matin : la course de kayak. Elle et les gendarmes entendront d'éventuels témoignages de stagiaires dans la soirée. Vous allez donc pouvoir vous équiper en attendant Art' ; vous mettez des combinaisons néoprène légères, pas les combinaisons de plongée d'hier.

Dans le silence, tous allèrent se préparer.

Art' se dirigea vers le bureau réquisitionné par les enquêteurs. Lorsque les TIC eurent effectué sur lui un prélèvement buccal et scanné ses empreintes digitales, il fut reçu par Audrey et Cousin. Celui-ci débuta l'interrogatoire comme la veille, tandis qu'Audrey se tenait en position d'observatrice.

Elle vit tout de suite que le craintif jeune homme face à eux ne répondait pas au critère de l'âge : Agoscan était bien plus âgé qu'Art'. Mais comme il restait un de ceux qui avaient eu matériellement le temps de commettre les assassinats sur le voilier, elle revint sur ce moment.

— Dimanche après-midi dernier, sur le Cap d'Erquy, vous êtes en pleine activité de course d'orientation. Qu'est-ce que vous faites à ce moment-là ?

— C'est l'horreur ! L'orage est violent. Ça pète de partout : les éclairs, le tonnerre, la pluie ! On ne voit pas à cinq mètres. Je me dis qu'il faut arrêter, que c'est bien trop dangereux. La foudre peut tomber sur le cap, frapper l'un de nous. Puis, Ed nous dit par talkie-walkie qu'on stoppe tout, qu'on doit faire se replier tous les stagiaires au parking du cap. Je cours partout, mais dans cette purée de pois, on n'y voit rien. C'est arrivé plusieurs fois que j'aperçoive une silhouette ; j'appelle, mais la personne n'entend pas. De temps à autre, je perds mes repères ; mais, un peu plus loin, je reconnais un endroit et je m'oriente à nouveau. Le temps passe super vite. Ed appelle, nous dit que Liz rentre avec un groupe de stagiaires, mais qu'il en manque plusieurs, alors je continue à chercher, longtemps, pour rien, jusqu'à ce que j'entrevoie une silhouette qui court, puis qui trébuche et tombe. Je m'approche : c'est Paula qui est par terre. Elle est à moitié dans les vapes ; elle saigne du front. Je l'aide à se relever. Tous les deux, on rejoint le parking où sont déjà arrivés Patrice et Hugo. Je suis content, mais il manque encore Antoine. Alors, on a continué à chercher…

Il fit un geste d'impuissance. Audrey réfléchissait à un détail dans le récit du témoin. Il lui semblait que Jo, en lui rapportant hier soir les propos de Lara au dîner, avait dit que Paula était restée inanimée pendant un long moment. Or, Art' affirmait qu'il l'avait vu chuter et lui avait aussitôt porté secours. Peut-être était-ce un détail insignifiant, mais il faudrait vérifier ce point.

— Qui a placé la balise n° 5 ? questionna Audrey.

— Moi.

— Pourquoi l'avoir placé dans cet endroit très escarpé ?

— Ben, on en met toujours au moins une dans un endroit difficile d'accès. Les stagiaires doivent être placés dans des situations un peu difficiles ; ça fait partie de la philosophie du stage.

— Une situation si difficile que ça a coûté la vie à un homme, commenta abruptement Audrey.

— D'habitude, il n'y a aucun problème. C'est l'orage qui a rendu cette balise difficile à atteindre, se défendit le jeune homme.

— Elle est toujours placée à cet endroit précis ?

— Oui.

— Vous savez piloter un Zodiac ?

— Oui, il faut pouvoir tout faire ici. Et nous sommes en milieu marin, c'est donc obligatoire. Mais je ne suis pas un expert, et je peux vous assurer que je ne suis pas assez fou pour aller me risquer en mer par un temps pareil !

Audrey le fixa du regard : aucune ombre dans les yeux du jeune instructeur, aucune raideur dans sa posture. Elle pensa qu'elle pouvait l'enlever de sa liste des suspects.

Elle lui signifia la fin de leur entrevue.

— Eh bien, dit Cousin en se levant de sa chaise. Ce n'est pas celui-là ! Qu'est-ce qu'on fait maintenant ?

— On va aller interroger madame Allibert, la voisine de Christophe Sorfrain.

Ils prirent la voiture d'Audrey pour se rendre chez Annick Allibert, demeurant rue de Clairville, à l'entrée des Hôpitaux.

Cinq minutes plus tard, ils sonnaient à la porte de son modeste pavillon. Quand elle ouvrit, elle écarquilla légèrement les yeux en découvrant l'uniforme du gendarme. Cousin les présenta tous les deux avant de lui demander de mettre un masque. Elle les convia dans son salon.

— Madame Allibert, dit Audrey, nous n'allons pas vous déranger longtemps. Nous sommes sur une affaire qui concerne les gens présents au Centre Altaméga dimanche dernier après-midi. Nous effectuons une enquête de routine afin de savoir où étaient ces personnes à ce moment-là. Monsieur Sorfrain est votre voisin, je crois ?

— Oui, il habite la maison d'à côté. C'est quelqu'un de très gentil, très serviable.

— Il est venu chez vous dimanche après-midi ?

— Oui, il y avait une fuite d'eau dans un mur. Ça suintait depuis quelques jours, mais samedi, ça s'est aggravé. Il est venu réparer la canalisation. Il a dû casser le mur pour l'atteindre un tuyau mais c'est impeccable maintenant.

— D'accord. À quelles heures est-il arrivé, puis reparti ?

— Attendez, que je réfléchisse un peu… Il a dû arriver vers les 15 heures et il est reparti à 18 h 30. Il en a passé du temps avec ça !

— Il est resté là pendant tout le temps ?

— Ben oui, c'est ce qu'il m'a dit.

— Ce qu'il vous a dit ? répéta Audrey, l'esprit soudain en alerte. Vous n'êtes pas restée avec lui tout ce temps ?

— Ben non, pas tout le temps. C'est que le dimanche, je vais voir ma sœur à Plurien. C'est là qu'elle habite. Je vais pour le goûter : je pars vers 15 h 30 et je reviens vers 18 heures, 18 h 30. Avec le temps qu'il faisait, j'ai eu peur de pas être de retour à temps avant qu'il parte à son travail.

— Oui, je comprends, dit Audrey en regardant Cousin qui hocha la tête.

— Monsieur Sorfrain savait que vous vous absenteriez ? demanda-t-il.

— Oui, il sait bien depuis longtemps je vais voir ma sœur le dimanche après-midi. Mais je lui fais confiance, hein ! C'est un homme honnête !

Les deux enquêteurs se levèrent. Alors qu'ils se dirigeaient vers la sortie, Cousin se tourna vers elle :

— Il serait possible de voir la réparation ?

Madame Allibert accepta et leur dit de la suivre à la cuisine.

Audrey déclina l'invitation, dit qu'elle attendrait

dehors et la remercia pour son témoignage. Elle sortit et inspecta du regard les maisons voisines.

Quelques instants plus tard, Cousin le rejoignait. Il avait vu la saignée rebouchée, mais, selon lui, rien ne permettait de dire que la réparation avait nécessité autant de temps.

— Cette intervention ne lui donne qu'un alibi très flou, ajouta-t-elle. Prêt pour l'enquête de voisinage ?

— Qu'est-ce que vous voulez faire ? demanda Cousin. On interroge les voisins pour savoir s'ils ont vu quelque chose dimanche après-midi.

— C'est ça. Il a une grosse moto qui fait du bruit : elle attire l'attention. On ne sait jamais !

— OK, je prends les voisins de droite et de gauche. Prenez ceux d'en face.

Audrey traversa la route. Elle sonna à la porte de la maison juste en face. Un homme assez âgé vint ouvrir. Elle lui demanda s'il avait aperçu Chris Sorfrain sortir de chez lui ou de chez la voisine d'en face dimanche après-midi dernier sous l'orage. La réponse fut négative. Elle passa à la maison voisine : même chose. Elle revint sur ses pas sonner à un pavillon situé en face de chez Sorfrain. Une femme d'une trentaine d'années ouvrit avec réticence, après qu'Audrey eut été contrainte de décliner son identité à travers le battant fermé. Elle questionna la jeune femme déjà prête à refermer le battant. Celle-ci lui répondit qu'elle n'avait rien vu dimanche après-midi, que tout le monde était terré chez lui à attendre la fin de l'orage. Alors qu'elle disait déjà un au revoir pressé, Audrey aperçut un garçon d'une dizaine d'années derrière elle. Il avait dû entendre une partie de l'échange entre sa mère et la policière, car il s'approcha d'elles.

— Moi, je l'ai vu ! affirma-t-il.

— Ne fais pas ton intéressant, le rabroua sa mère.

— Laissez-le dire, s'il vous plaît, coupa Audrey. Comment t'appelles-tu ?

— Léo.

— Alors, dis-moi, Léo. Qu'est-ce que tu as vu ?

— Monsieur Sorfrain qui partait sur sa moto sous l'orage. Elle est géniale, sa moto. C'est une Honda NTV 700. Je m'étais mis à la fenêtre de ma chambre pour regarder les éclairs et je l'ai vu.

— Tu peux me dire à quelle heure c'était ?

— Je sais pas trop : entre 15 h 30 et 16 heures, je pense.

— D'accord. Et est-ce que tu sais à quelle heure il est revenu ?

— Non, je sais pas.

— D'accord, je te remercie.

Elle retourna à sa voiture ; Cousin l'y attendait déjà. Ils montèrent dans le véhicule. Elle rapporta à Cousin les propos du garçon, alors qu'ils reprenaient la route du Centre Altaméga. Un sourire éclaira ses traits.

— Et moi, j'ai vu le voisin de Sorfrain, celui de l'autre côté par rapport à madame Allibert. Eh bien, lui, il a entendu Sorfrain arriver sur sa moto vers

18 heures. Il l'a vu la ranger sous son abri puis Sorfrain est entré chez Annick Allibert.

— Ce qui nous fait un temps d'absence de plus de deux heures correspondant parfaitement au temps estimé pour les meurtres, évalua Audrey. Il n'est peut-être pas Agoscan, mais il fait figure de suspect.

XXVIII

Jeudi 20 août, 10 h 30

Arrivés au Centre Altaméga, ils rejoignirent Danic au bureau de direction. Ils firent le point sur tout ce qu'ils avaient. Mais il fallait reconnaître qu'il manquait un lien décisif entre les éléments collectés. Audrey décida d'appeler Boursot pour savoir s'il avait de nouvelles infos.

— Est-ce que le dossier d'Agoscan est arrivé ? lui demanda Audrey en premier lieu.

— Non, pas encore.

Audrey jura entre ses dents. Tant qu'ils n'auraient pas ce fichu dossier, ils ne seraient sûrs de rien.

— Par contre, j'ai eu quelques infos sur tes suspects. Matthieu Lasnier, dit Matt, est un type apparemment sans histoires. Il a une compagne et deux enfants, résidant à Erquy. Il était auparavant spécialiste dans les travaux sous-marins. Mec très sûr, très bon dossier.

— Ensuite ?

— Christophe Sorfrain, dit Chris. Il a un profil plus particulier. Avant d'être cuisinier, il était donc dans l'humanitaire ; il travaillait en tant que secouriste dans divers camps de réfugiés. J'ai appelé l'association pour laquelle il bossait. On m'a passé un correspondant, quelqu'un qui le connaissait bien à l'époque. Il m'a dit que Sorfrain avait fait plusieurs années de terrain, que c'était un type bien, doté de grandes qualités morales et d'un grand courage. Il a été secouriste sur des villes ou des villages anéantis par des rebelles ou des terroristes, à récupérer des gens en fuite, parfois blessés ou mutilés pour les convoyer jusqu'à des camps de réfugiés. Le correspondant de l'asso m'a dit qu'il avait vraiment morflé psychologiquement après le massacre d'un village en Syrie et qu'il avait besoin de quitter tout ça. Toutes ces années d'horreur, ça suffisait pour lui, surtout qu'il avait d'abord été dans la Légion étrangère…

— La Légion étrangère ? Un soldat ?

— Oui, le correspondant m'a dit qu'il y avait été plusieurs fois blessé et qu'il avait été rendu à la vie civile.

— Jo m'a parlé de cicatrices qu'il avait sur le corps, en plus des tatouages.

— J'ai téléphoné au Centre des archives du personnel militaire. Quand j'ai parlé d'un ancien de la Légion étrangère, ils m'ont dit qu'il fallait des autorisations spéciales pour obtenir des renseignements de ce genre.

— Oui, la Légion accueille des hommes sans vraiment se renseigner sur leur passé, il me semble. Certains viennent s'y réfugier pour fuir la justice. Les chefs ont l'art de cultiver la discrétion. OK, Sorfrain est un ancien légionnaire. Et avant, tu as quelque chose ?

— Je suis allé faire des recherches dans les journaux au moment de la disparition d'Agoscan. Sorfrain avait disparu lors d'un tour du monde dans lequel il s'était lancé. Sa disparition était relatée dans un journal de la région niortaise d'où il est originaire. L'article disait qu'il avait dû être tué par des pirates indonésiens qui avaient attaqué un bateau de touristes sur lequel il avait embarqué dans le détroit de Macassar. Il n'y a jamais eu de preuves formelles de sa présence. Quand il a réapparu presque un an plus tard, il a dû batailler ferme pour se faire reconnaître.

— Et sa famille ? Ses parents ? Ils ne l'ont pas reconnu ?

— Il n'avait plus ses parents. D'après le dossier, son père est mort alors qu'il était tout petit. La mère a sombré dans l'alcool et elle est décédée peu avant qu'il ait 18 ans. Il a trouvé un emploi en usine, a économisé et s'est lancé dans ce voyage autour du monde en se disant qu'il ferait des petits jobs ici et là pour lui procurer de quoi poursuivre sa route.

— D'accord. Donc, on a deux disparitions au même moment. Hypothèse : Agoscan, vivant mais recherché, prend l'identité de Sorfrain, réellement tué dans le détroit de Macassar.

— Mais comment Agoscan aurait-il pu se faire passer pour Sorfrain aux yeux des autorités ? demanda Boursot.

— Il a payé. Il avait l'argent du braquo. Même si c'était beaucoup moins que prévu, ça faisait quand même pas mal d'argent à l'époque. Avec Jo, on pensait qu'il avait pu se faire refaire le visage. Et il a dû acheter des complicités pour faire que ses empreintes digitales soient acceptées comme celles de Sorfrain.

— Comment ça ? demanda Boursot, dubitatif.

— Mais, je ne sais pas, moi ! Une substitution d'empreintes dans les vieux dossiers de demande de carte grise ou de passeport, par exemple !

— Et comment aurait-il réussi à faire ça ?

— Mais j'en sais rien, moi ! dit Audrey d'un ton agacé. On pose des hypothèses ! Si on le coince, on lui demandera, OK ?

— Heu… OK ! Excuse-moi. Bon, pour les autres suspects, je n'ai pas encore travaillé dessus. Je te rappelle quand j'aurai terminé.

— OK, merci, Jean-Paul. Excuse-moi de m'être énervée. Tu as fait du bon boulot.

Elle raccrocha, puis répéta dans le détail aux deux gendarmes ce que lui avait appris Boursot sur Sorfrain. Tous deux jugèrent ces nouveaux éléments très intéressants.

— C'est certain que le profil d'un ancien légionnaire correspondrait bien à notre tueur, opina Danic. Un type très entraîné, habitué à prendre des risques, à réagir dans des situations de stress, ça convient tout à fait.

— Oui, mais il ne faut quand même pas oublier que pour l'instant ses empreintes digitales ne correspondent pas à celles d'Agoscan, du moins celles envoyées par Pardo, rappela Cousin.

— C'est vrai, dit Audrey. Vivement qu'on ait ce fichu dossier. En attendant, nous n'avons plus rien à faire ici pour l'instant. Je propose qu'on aille à votre brigade de Pléneuf pour rédiger nos rapports. Et moi, il faut que je fasse le mien au juge Delecour. Il ne va pas être ravi de savoir qu'il n'y a pas de résultats positifs avec les empreintes digitales pour le moment.

— Je vais m'occuper de faire remorquer le Zodiac par mes hommes jusqu'à la gendarmerie de Saint-Brieuc. Si le sang récolté hier soir est bien celui de Gwendal Souder, ce bateau devient officiellement l'un des éléments de la scène de crime ; donc on ne peut pas le laisser ici.

— Vous avez raison, approuva Audrey.

XXIX

Jeudi 20 août, 11 heures

Les kayaks étaient partis de la plage du Guen. Ils devaient naviguer vers l'ouest en direction du Cap d'Erquy, le doubler et ensuite piquer vers le port puis la plage du Centre. Le temps était calme, un peu nuageux. Les instructeurs assuraient la sécurité des kayakistes dans leur Zodiac ; ils n'avaient pu en prendre qu'un seul puisque l'autre était aux mains des enquêteurs. L'épreuve était chronométrée. Il s'agissait d'une course d'équipe et c'était le temps du dernier qui était retenu. Autrement dit, il fallait faire une course groupée en encourageant les plus lents et en leur donnant des conseils afin d'affiner leur technique. La marée, d'un coefficient important, était descendante ; ils avaient un assez fort courant avec eux jusqu'au Cap d'Erquy, ce qui diminuait considérablement les efforts à fournir avec les pagaies.

Ils longeaient maintenant, à quelque distance, la superbe plage de sable blanc de Lourtuais. L'autre équipe avait pris une cinquantaine de mètres d'avance, mais l'écart se stabilisait, car Patrice et surtout

Lara, avaient à présent pris le rythme et avaient sensiblement accéléré l'allure par rapport au départ. Ce qui n'empêchait pas la tempétueuse Paula de pester parce « qu'on n'avançait pas ! »

Ils devaient ensuite contourner l'avancée rocheuse située à la pointe du cap. Ils surent tenir compte de l'avertissement de Jo de ne pas se laisser embarquer par le courant, puissant à cet endroit, et de risquer d'être drossés contre les récifs, au grand dam de Paula qui pensait qu'ils étaient bien trop prudents. Au moment où ils débordaient largement la pointe, ils virent deux des kayakistes concurrents en difficulté dans ce passage délicat. L'un d'eux avait peut-être été un peu trop téméraire et ne s'était pas suffisamment écarté de la roche, toujours est-il que son kayak était plaqué contre le récif par la force du courant et qu'il ne parvenait pas à le dégager. Jo reconnut le jeune Hugo. Son équipier ne pouvait pas faire grand-chose pour lui, sinon lui donner des conseils pour l'aider à se sortir de ce mauvais pas. Les instructeurs dans le Zodiac surveillaient l'évolution de la situation, prêts à intervenir si elle devenait critique. Paula, rayonnante, attendit Jo et tous deux se retrouvèrent côte à côte à peu de distance.

— Ils sont cuits ! jubila-t-elle. Si on assure tranquillement le coup, on ne peut plus perdre.

— Oui, dit Jo, moins enclin à exulter. Pas de pot pour eux.

Il avait toujours du mal à se réjouir du malheur des autres ; c'était dans sa nature.

— Tu as l'air de les plaindre ! Ils ont voulu jouer aux plus malins en passant trop près de la pointe, et voilà le résultat. Tant pis pour eux !

— C'est ça. Et « *Vae victis* ! » tant que tu y es ! grommela Jo, sourdement.

— « *Vae victis* » ! Malheur aux vaincus ? Oui, c'est exactement ça ! Ça cadre avec ce que tu disais à ton arrivée lundi, non ? C'est bizarre, on dirait que ton attitude a changé depuis.

Jo commençait à en avoir par-dessus la tête de la Paula et de son agressivité permanente. Il planta son regard dans le sien.

— Tu vois, là ! dit-il d'une voix glaciale, en lui montrant la falaise du Cap d'Erquy de sa pagaie. C'est à cet endroit précis qu'Antoine Trobert est tombé et s'est tué. Pour lui aussi, c'était « Malheur au vaincu » ?

Paula tressaillit violemment ; son visage devint d'une pâleur de spectre. Durant une fraction de seconde, Jo pensa qu'elle allait défaillir. Mais elle serra les mâchoires, lui lança un regard mauvais et s'écarta de lui à grands coups de pagaie furieux.

Ils n'avaient plus le courant avec eux à présent et ils durent fournir un ultime effort pour atteindre la plage du Centre à Erquy. Quand ils débarquèrent sur le sable blanc, Simon, Lara et Patrice se congratulèrent, heureux de leur exploit. Paula, remâchant sa fureur, se tenait à l'écart.

Leurs adversaires arrivèrent quelques minutes plus tard, accompagnés par le Zodiac. Les instructeurs avaient dû intervenir pour aider Hugo à se décoller de la roche. Ils étaient donc disqualifiés.

Puis le pique-nique arriva, livré par Chris et son aide, salués par les concurrents affamés. Chris et le jeune homme restèrent le temps du repas. Le soleil était revenu ; il faisait bon. Les hommes s'étaient mis torse nu. Les kayakistes ayant baissé leur combinaison jusqu'à la taille, y compris les femmes, tant il faisait chaud au-dessous. À un moment, Jo se rapprocha de Matt pour venir remplir son gobelet d'eau et en profita pour jeter un coup d'œil dans son dos. Le tatouage de loup était magnifiquement exécuté. Jo scruta plus particulièrement l'endroit situé sous l'omoplate gauche, mais ne vit pas de trace présentant une coloration différente, même légère, par rapport à l'ensemble du tableau.

Après avoir rempli son gobelet, il regagna sa place en s'arrangeant pour passer derrière Chris. Le dragon était saisissant de réalisme. Comme il l'avait fait pour Matt, Jo porta son observation sous l'omoplate gauche du cuisinier : l'œil brun de l'animal mythique occupait cet emplacement précis. Vu de près, l'œil paraissait avoir un contour légèrement irrégulier et une teinte qui ne devait rien à une encre brune. Bien sûr, Jo n'était pas du tout spécialiste, et ne pouvait rien affirmer, mais cet œil ressemblait tout de même à une tache de naissance. L'autre n'était pas représenté, la tête du dragon étant de profil.

Quand chacun eut englouti son repas, Chris et

son aide repartirent en emportant les sacs contenant les déchets. Liz intervint alors pour donner les consignes pour l'après-midi.

*

*   *

Jeudi 20 août, 14 h 30

Audrey, Danic et Cousin étaient tous trois à la rédaction de leurs rapports. Audrey avait des difficultés à se concentrer sur ce qu'elle écrivait. Sa discussion avec le juge Delecour lui revenait sans cesse à l'esprit. Il lui avait demandé d'entrée ce qu'avait donné la comparaison des empreintes digitales et elle avait bien été contrainte de lui faire part de l'absence de résultats. Il s'était étonné de son échec, car, disait-il, elle l'avait assuré de sa complète réussite. Vexée et se sentant fautive, Audrey avait tenté de lui dire qu'elle n'avait rien affirmé de tel, qu'elle avait seulement parlé de bonne chance de résultat. Mais le juge ne l'entendait pas de cette oreille et lui avait déclaré que si cette enquête foirait, sa tête à lui ne roulerait pas dans la sciure en même temps que sa tête à elle. Il avait ajouté que plusieurs personnes haut placées suivaient l'affaire de près et exigeaient des réponses. Il avait raccroché sans qu'elle eût pu seulement lui expliquer que la piste Agoscan n'était pas encore enterrée.

Elle sursauta lorsque son téléphone se mit à bourdonner : Boursot.

— Donne-moi de bonnes nouvelles, Jean-Paul ! le pria-t-elle. J'en ai besoin !

— Heu… Ben, pas vraiment, je crois. Désolé… Le dossier Agocan n'est pas arrivé…

Audrey jura très fort, faisant lever la tête des deux gendarmes.

— Mais pourquoi tu m'appelles alors ? s'écria-t-elle.

— Pour te parler de ce que j'ai trouvé sur les autres suspects. T'es dure, Audrey ! Je suis même allé voir à l'accueil vérifier à tout hasard que le dossier ne soit pas resté coincé dans un casier. Rien !

— Pff ! Excuse-moi, Jean-Paul. Delecour m'a passé un de ses savons, tout à l'heure, se plaignit Audrey.

— Ne t'inquiète pas trop à l'avance, Audrey ! Ça ne sert à rien ! On finira par l'avoir, ce foutu dossier.

— D'accord, mais ça bloque tout ! Et ne pas savoir, ça me rend dingue !

Elle s'en voulait : c'était la deuxième fois qu'elle rabrouait ce pauvre Boursot au téléphone. Et qu'elle devait s'excuser ensuite… Elle pensa à l'attitude de Delecour et le trouvait injuste à son égard, mais elle avait quasiment le même comportement avec son adjoint.

— Allez, il faut passer à autre chose, proposa Boursot. Patrice Guilchert, rien à signaler, sinon qu'il s'est fait souffler la place de chef de projet dans son équipe à l'entreprise Écovillpro. De quoi l'avoir mauvaise quand même ! Mais il a pour lui son inexpérience totale de la mer et des bateaux.

— Oui. Ça, on sait. On élimine.

— Hugo Samain, jeune et sportif ; a pratiqué des sports nautiques. Profil intéressant.

— Oui… mais non. Je sais par Jo qu'il a fait tous les points de contrôle de la course d'orientation. Il était à fond dans l'épreuve et n'a donc pas pu accomplir les meurtres en mer.

— Paula Sidant, 45 ans, très sportive et capable de piloter un hors-bord…

— D'accord, elle est super-sportive. Jo est béat d'admiration quand il parle d'elle… Ça m'énerve ! Mais on oublie : elle est affligée d'un vertige atroce… À moins qu'elle joue la comédie ?

— Non, je me suis renseigné. Elle a passé des examens médicaux qui ont constaté cette grave affection et des amis à elle me l'ont confirmé.

— OK, donc on élimine.

— Pourtant, pour le reste, tout colle ! insista le lieutenant. Elle était championne de demi-fond dans sa jeunesse. Elle a passé toutes ses vacances à Erquy étant jeune : elle connaît les lieux comme sa poche.

— Oui, Jo m'a dit tout ça ! balaya-t-elle en soufflant d'agacement.

— Attends la suite ! Cette femme traîne quelques casseroles dans sa vie personnelle.

— Que veux-tu dire ? C'est une cougar ? plaisanta Audrey, désireuse d'alléger la tension qui régnait. Tu devrais peut-être te mettre sur les rangs, jeune lieutenant ! Tu en parles aussi bien que Jo.

— Ha ! Ha ! fit mine de s'esclaffer Boursot. Audrey ! C'est sérieux, là ! Cette femme n'est peut-être pas une cougar, mais, puisqu'on est dans la métaphore animalière, elle est peut-être une mante religieuse…

— Bigre ! L'insecte femelle qui bouffe son mâle après l'acte sexuel ?

— Bon, on n'ira peut-être pas aussi loin, mais elle a déjà fait l'objet de deux dépôts de plainte pour harcèlement de deux anciens amants à qui elle téléphonait jour et nuit ou qu'elle suivait le soir après leur travail. Les plaintes ont été retirées quelques jours après dans les deux cas. J'ai appelé les deux hommes ; ils m'ont dit qu'ils l'avaient fait à la demande de Paula Sidant sur sa promesse de les laisser tranquilles. Promesse tenue : ils n'ont plus jamais eu affaire à elle par la suite.

— D'accord, admit Audrey. Cette femme, plaquée par Trobert, d'après Jo, a donc un passé qui peut accréditer la thèse du meurtre par vengeance. Beaucoup d'éléments sont contre elle, sauf qu'elle souffre du vertige. Jo est catégorique là-dessus : elle ne peut pas être une simulatrice. Si elle avait voulu tuer Trobert, elle aurait employé un autre moyen.

— Oui… mais imaginons qu'ils ont fait le coup à deux, proposa Boursot.

— À deux ? s'étonna Audrey qui n'avait jamais envisagé les choses sous cet angle.

— Oui. Deux du groupe Écovillpro, qui auraient eu chacun des raisons d'en vouloir à Trobert.

— Paula Sidant et Patrice Guilchert… Hum ! J'ai quand même un sérieux doute. Tu crois qu'on peut aller jusqu'à tuer parce que quelqu'un d'autre a été nommé à un poste qu'on croyait obtenir ?

— Non, peut-être pas quand même ! Tu as sans doute raison. Bon, c'est tout ce que j'ai pour le moment.

Audrey raccrocha, pensive.

XXX

Jeudi 20 août, 15 h 45

Les kayakistes s'apprêtaient à doubler la pointe du Cap d'Erquy, mais dans l'autre sens cette fois. La deuxième course de la journée se déroulait sur l'itinéraire inverse du matin. La règle était la même que celle appliquée le matin – le temps du dernier de l'équipe était comptabilisé – avec une variante de taille cependant, car il était additionné au temps du premier.

Après que Liz eut expliqué cette nouvelle règle, chaque équipe s'était réunie dans son coin pour déterminer la meilleure tactique à suivre collectivement. Il fallait effectuer des choix stratégiques : il convenait de choisir le meilleur concurrent de l'équipe pour qu'il fasse sa course sans s'occuper des autres et que le reste de l'équipe se gère pour soutenir les plus lents. Pour Jo, le choix était simple : Paula jouait la gagne et Simon et lui tâcheraient de faire progresser le mieux possible Patrice et Lara. Il n'eut pas beaucoup de mal à imposer son avis, chacun étant trop content de ne plus avoir à supporter l'humeur de Paula.

Elle était partie devant, sur un rythme élevé, à la

lutte avec Hugo, le leader de l'autre équipe. Ils étaient maintenant tous les deux hors de vue, ayant déjà viré la pointe du cap. Jo et ses équipiers talonnaient ceux de l'équipe Narval alors qu'ils contournaient les roches du bout du cap. Tout en prodiguant un nouvel encouragement à Lara qui accusait un coup de fatigue, Jo leva machinalement les yeux vers la falaise, à l'endroit où était tombé Antoine Trobert. Il y eut à ce moment-là un bref éclat de lumière vive au flanc de la paroi. Patrice qui naviguait près de lui avait aussi aperçu le phénomène, car il dit en montrant la falaise :

— Vous avez vu l'éclat lumineux, comme une lumière renvoyée par un miroir ou un truc du genre.

— Oui, je l'ai vu aussi, fit Jo.

— C'était comme un signe envoyé par Antoine pour nous, ajouta Patrice d'une voix mesurée.

Il y eut un instant de silence dans le groupe, puis Lara se mit à ironiser.

— Tu deviens mystique, Patrice ! Un signe du destin, comme dans les histoires fantastiques ? se moqua-t-elle.

— Allez, ça suffit ! coupa Jo. Attention ! Quand on va déborder la pointe, on va prendre le vent de face, et même s'il n'est pas très fort, il va falloir tirer sur les pagaies. Ce ne sera pas très long. Ensuite, on tournera encore pour longer le cap de l'autre côté. À ce moment-là, on aura le vent et les vagues de travers et le courant de marée montante dans le dos : ce sera plus facile.

Le passage avec le vent de face s'avéra être effectivement une difficulté assez importante. Ils bataillèrent sur quelques dizaines de mètres, forçant sur les pagaies. Lara s'écriait qu'elle n'en pouvait plus, qu'elle avait trop mal aux épaules et aux bras. Jo et Simon l'encourageaient, ainsi que Patrice. Après le virage, les choses s'améliorèrent d'un seul coup : ils n'avaient plus à lutter contre le vent et les vagues, et le courant les poussait. Le reste de la balade ne fut plus qu'une belle et longue glisse jusqu'à l'arrivée. Ils se battirent pour tenter de revenir sur leurs adversaires, mais ne parvinrent pas à les rattraper. Quand ils atteignirent la plage du Guen, ils n'avaient guère que deux minutes de retard.

Paula vint vers eux, visiblement déçue. Elle avait été battue elle aussi, par Hugo, mais de très peu, puisqu'elle n'avait terminé qu'à une dizaine de mètres de lui. Jo, sentant la morosité revenir au sein de son équipe, intervint vigoureusement.

— Eh bien, moi je trouve qu'on a fait une belle épreuve ! On a gagné largement la manche de ce matin et, certes on a perdu celle de cet après-midi, mais c'était une belle course malgré tout. Paula était tout près de son adversaire et elle a très bien concouru, et notre groupe a su lutter jusqu'au bout pour ne finir qu'à deux minutes de l'autre équipe. Franchement, on n'a pas à rougir de notre performance aujourd'hui.

Peu après, Liz les rassembla devant elle sur la plage pour annoncer le résultat final.

— Le jury a statué. Il y a une manche partout, mais ce matin, le temps de l'équipe Narval n'a pas été validé car elle a reçu notre aide. Même en prenant en compte ce temps, le retard pris ce matin sur l'équipe Écovillpro est beaucoup plus important que l'avance qu'elle a prise cet après-midi. De sorte que l'équipe Écovillpro est déclarée gagnante de l'épreuve de kayak.

Agréablement surpris, les équipiers de Jo se félicitèrent du résultat, mais sans grandes effusions. Puis les kayaks furent hissés sur les remorques et les fourgons reprirent la direction du centre. Quand ils arrivèrent, le parking était nettement moins encombré que la veille.

— Tiens, les flics sont repartis ? s'étonna Patrice.

— Ils ont peut-être trouvé des suspects ailleurs et décidé de nous laisser tranquilles, espéra Simon.

— Ça m'étonnerait ! soupira Paula. Ils ont dit qu'ils reviendraient nous interroger en soirée. À mon avis, ils ne vont pas tarder à débarquer. Il va falloir se dépêcher de prendre sa douche car on va tous passer sur le gril.

*

*   *

Jeudi 20 août, 18 heures

La voiture de gendarmerie et le véhicule banalisé d'Audrey s'arrêtèrent sur le parking dans un grand nuage de poussière. Audrey, Danic, Cousin et deux autres gendarmes en sortirent et se dirigèrent vers le bureau de direction.

Ils reprirent leurs places de la veille : relevés d'empreintes digitales et prélèvements buccaux pour Danic et les deux gendarmes et auditions des témoins pour Audrey et Cousin.

Ils commencèrent par Patrice Guilchert. Après être passé par Danic et ses TIC, il se présenta devant Audrey et Cousin. Suivant le même protocole que la veille, Cousin débuta l'entretien. Audrey observait le témoin, se rappelant l'hypothèse de Boursot – plutôt farfelue selon elle – à propos de deux complices unis dans la vengeance. Il fallait quand même vérifier. Et c'était pour cette raison qu'elle avait choisi d'interroger Guilchert avant la rugueuse Paula Sidant, car il ne semblait pas être de la même trempe que son altière collègue.

Quand Patrice Guilchert eut répondu aux questions de Cousin sur son parcours personnel et professionnel, Audrey prit le relais.

— Quels étaient vos rapports avec Antoine Trobert ?

— Antoine ? répéta Patrice, visiblement surpris qu'on l'interroge sur son ancien collègue. Eh bien, des rapports tout à fait habituels entre des personnes qui travaillent ensemble, je pense. On ne se fréquentait pas en dehors.

— Et au travail, vous vous entendiez bien ? Car apparemment, il avait été nommé chef d'équipe à votre place.

— Oui, chef coordonnateur. Au début, j'ai bien pensé avoir mérité ce poste plus que lui, c'est vrai. Ça ne fait pas plaisir sur le coup. Mais j'ai réfléchi par la suite et je me suis dit qu'il était plus taillé que moi pour ce rôle. Je ne l'aimais pas beaucoup, j'en conviens, mais je dois reconnaître qu'il avait des capacités que je n'ai pas : la confiance en soi, l'aptitude à synthétiser et à convaincre. Mais pourquoi ces questions sur lui et moi ?

Audrey le fixa un instant sans répondre. Cet homme manquait totalement de charisme et il le savait. Il semblait donc dire la vérité.

— Si on vous parle d'Antoine Trobert, c'est parce qu'on essaie de comprendre pourquoi l'une des personnes présentes dans ce centre se serait lancée à la poursuite de navigateurs inconnus d'elle et les aurait tués.

— Un fou sans doute ! En tout cas, moi, je n'aurais pas pu faire ça ; je ne sais même pas piloter un Zodiac !

— Nous n'avons jamais pensé à vous pour ça, assura Audrey en souriant. Voyez-vous, nous croyons qu'Antoine Trobert n'est pas tombé tout seul dans le vide. Quelqu'un l'a poussé, et les navigateurs qui passaient juste devant à ce moment-là ont vu le meurtrier commettre son crime. L'assassin ne voulant pas risquer d'être reconnu, les a ensuite poursuivis et les a tués.

Les yeux de Patrice Guilchert papillotèrent : il était complètement effaré par ce qu'il venait d'entendre.

— Antoine ? Assassiné ? Et donc, vous recherchez ceux qui avaient un mobile pour le tuer. D'où vos questions : je comprends mieux. J'avais un mobile, mais il n'y avait pas que…

Il s'était interrompu, considérant certainement qu'il était préférable de se taire.

— Pas que vous à avoir un mobile, compléta Audrey. Et qui d'autre ?

— Ce n'est pas à moi de vous dire ça !

— Paula Sidant ? insinua Audrey.

— Peut-être, éluda-t-il, soucieux de ne pas se mouiller. Mais comme Paula a le vertige, ça ne peut pas être elle.

— Non, mais à vous deux, pourquoi pas ? Vous, vous poussez Trobert dans le vide pendant qu'elle reste en retrait, incapable d'approcher. Mais, les navigateurs ont vu la scène. Elle se lance à leur poursuite et les élimine.

La stupeur frappa le témoin de plein fouet : il ouvrit la bouche comme un poisson hors de l'eau.

— C'est faux… complètement faux ! Quelle horreur ! Je n'aurais jamais pu pousser quelqu'un dans le vide.

— D'accord. Et Paula, vous la croyez capable de tuer ?

Il haussa les épaules.

— Elle a un caractère terrible. Elle est d'une jalousie maladive et elle est déterminée dans tout ce qu'elle fait, capable de renverser tous les obstacles. Je pense qu'elle aurait peut-être pu tuer Antoine, mais pas en le poussant du haut de la falaise. Elle aurait choisi un autre moyen.

On en revenait toujours à la même chose, se dit Audrey.

— Elle avait donc des raisons d'en vouloir à Antoine Trobert ? relança Cousin.

— Ils avaient eu une liaison, mais c'était terminé. C'est lui qui avait rompu. On voyait tous qu'elle avait très mal vécu cette rupture. Mais elle continuait à porter le superbe bracelet en or qu'il lui avait offert. Peut-être qu'elle espérait qu'il revienne vers elle…

Il fronça les sourcils, comme si quelque chose lui revenait.

— Oui, dites à quoi vous pensez, insista Cousin qui avait senti l'hésitation de Patrice.

— Ben, à un truc sans aucune importance, sans doute… Le bracelet, elle l'avait à son poignet à notre arrivée ici samedi dernier, mais il me semble ne plus l'avoir vue avec depuis. En même temps, elle s'est sans doute dit qu'elle pouvait le perdre pendant une de nos activités ici et elle a préféré ne plus le mettre.

— Effectivement, ça ne paraît pas très important, évacua Audrey. Savez-vous si Paula le harcelait ?

— Je n'en sais rien. Je n'étais pas suffisamment proche d'Antoine pour qu'il m'en parle.

— Bien, dit Audrey. Nous allons en rester là. Nous vous demandons de garder le silence sur ce qui vient d'être évoqué.

Ils en avaient fini avec Patrice Guilchert et le libérèrent.

— Ce type n'est pas dans le coup, en aucune façon, dit Cousin. Il n'a pas le profil d'un assassin.

XXXI

Jeudi 20 août, 19 h 10

Audrey allait faire entrer le témoin suivant, Paula Sidant en l'occurrence, lorsque son téléphone vibra. C'était Boursot. Elle décrocha.

— Audrey, j'ai trouvé le dossier Agoscan.

— Oh, super ! s'exclama la policière, soulagée. Où était-il ?

— Il était arrivé au courrier de ce matin mais il avait été envoyé dans un autre service. Une erreur idiote, quoi ! Un collègue de ce service l'a tranquillement rapporté à l'accueil à la fin de sa journée.

— Bon, maintenant, on l'a ! C'est l'essentiel. Tu as trouvé les empreintes digitales ?

— Oui, il y en a pas mal et pas triées du tout.

— Peu importe pour l'instant ! Tu prends tout en photo et tu envoies tout ça à Hamon, le TIC spécialiste en technologies numériques à la BR de Saint-Brieuc. Il va numériser les empreintes en utilisant le logiciel ad hoc et il pourra ensuite faire les comparaisons avec les ED de nos suspects. S'il y en a une qui matche, on aura enfin Agoscan.

— OK, je m'y mets tout de suite !

Audrey raccrocha, le sourire retrouvé.

— C'est encore un peu tôt pour se réjouir, ma petite dame, tempéra Cousin sur un ton amical. Tout à l'heure, on en saura davantage. Je vais informer Danic pour qu'il se mette en rapport avec Hamon, si ce n'est déjà fait. Ensuite, je ramène Paula Sidant.

Trois minutes plus tard, il était de retour avec Paula. En s'asseyant, celle-ci posa son insondable regard vert sur Audrey. La policière comprit aussitôt que cette femme devant elle ne s'en laisserait pas conter.

Selon leur protocole, Cousin ouvrit la séance, relayée par Audrey quand on en vint aux questions liées à l'enquête. Elle choisit d'entrer directement dans le vif du sujet.

— Madame Sidant, nous pensons qu'Antoine Trobert n'est pas mort accidentellement mais qu'il a été poussé dans le vide.

Paula haussa les sourcils, marquant ainsi sa surprise ; ses prunelles s'étrécirent. On était loin de la réaction de Guilchert. Elle était très maîtresse d'elle-même.

— Antoine, victime d'un meurtre ? Oh, je vois ! Vous vous dites : Paula Sidant et Antoine Trobert avaient une liaison, il l'a plaquée et elle s'est vengée. Je vous signale que je suis sujette à un vertige sévère. Je ne peux pas m'approcher du vide.

— Nous savons cela…

— Alors, pourquoi me suspecter ?

— Je vous signale que j'ai seulement dit que nous pensions que Trobert avait été poussé dans le vide. C'est vous qui avez embrayé sur notre éventuelle suspicion à votre égard.

— Pure rhétorique ! J'ai plutôt l'impression que vous pataugez, que vous recherchez désespérément un coupable et que, contre toute évidence, vous faites de moi votre suspect principal.

— Vous n'êtes pas notre suspect principal, si ça peut vous rassurer.

— Ça ne me rassure pas, parce que je n'y comprends rien ! Vous enquêtez sur un tueur de deux marins ayant utilisé le Zodiac du centre et maintenant vous nous servez le meurtre d'Antoine.

Cette femme était redoutable dans l'art de la manipulation. Elle jouait avec eux, soulignant les incohérences de leurs hypothèses, se nourrissant des lacunes de l'enquête et du manque de preuves pour étayer leur raisonnement. Elle avait pris le dessus dans cette discussion ; il fallait trouver un moyen de rétablir l'équilibre.

— On nous a rapporté que vous étiez tombée sur le Cap d'Erquy pendant la course d'orientation. Comment cela s'est-il produit ?

— Je vois que vous êtes au courant de tout ! Il y avait du vent, de la pluie et des éclairs. J'étais complètement perdue. À un moment, un éclair m'a permis de me repérer. Je me suis mise à courir vers le parking, j'ai buté sur une pierre, je suis tombée et mon front a heurté une roche. Vous voyez : il m'en reste encore la trace, dit Paula, en passant la main sur son front.

— Vous pouvez dire à quelle heure ça vous est arrivé ?

— Non, pas vraiment ! Je suis restée dans les pommes un assez long moment certainement et c'est Art' qui m'a trouvée et m'a ramenée au parking, qui était tout proche en fait.

— Nous avons interrogé Arthur Favre. Il indique vous avoir aidée à vous relever et vous avoir ramenée, mais il vous a également vu tomber… juste avant.

Prise en défaut, Paula Sidant serra les mâchoires. Son visage se fit encore plus dur.

— Je vous ai dit que je ne savais pas combien de temps j'étais restée sans connaissance. Ça m'a semblé très long, en tout cas.

— Ce qui fait qu'entre le début de l'activité et votre chute, près de deux heures se sont écoulées durant lesquelles vous étiez opérationnelle, sans aucun témoin, énonça Audrey d'une voix plate.

— Et pendant ce temps, selon vous, j'aurais poursuivi et tué ces deux pauvres marins que je ne connaissais pas ?

Audrey ne répondit pas à cette question qui n'en était pas une, posée uniquement pour la mettre en difficulté. Ses yeux se posèrent sur les bras nus de Paula.

— Vous ne portez plus le bracelet en or que vous avait offert Antoine Trobert ?

Audrey avait lancé cette question comme on lance un pavé dans une mare, pour faire un gros

« plouf ! » sans réel intérêt. Quelle ne fut pas sa surprise en voyant la réaction de Paula ! La grande femme rousse perdit totalement contenance durant un instant : son visage pâlit et se décomposa, ses yeux se voilèrent et elle fut prise d'un tremblement soudain. Elle dut faire un terrible effort sur elle-même pour reprendre pied et, comprenant que ce moment de désarroi n'était pas passé inaperçu, décida de contre-attaquer sur le ton de la femme outragée.

— Comment osez-vous évoquer en des termes si triviaux ce bijou, symbole de notre amour ? Même si nous nous sommes séparés par la suite, il est pour moi ce qui reste d'une merveilleuse période où j'ai partagé ma vie avec un homme fantastique.

« Oh ! Belle envolée ! se dit Audrey. Une vraie tirade de tragédie antique. Toi, ma belle, tu as quelque chose à cacher. »

— Et vous avez choisi de ne plus le mettre ? Juste après son décès ? Il me semble qu'au contraire, c'était le moment de le porter, afin d'honorer la mémoire du défunt.

Paula la fusillait du regard.

— Si je ne le mets pas, c'est à cause des activités que l'on pratique ici. J'ai bien trop peur de le perdre.

Eh bien, voilà ! pensa Audrey. Plutôt que de montrer un tel émoi, elle aurait logiquement dû faire cette réponse toute simple à la question initiale. Cette réaction disproportionnée était bien étrange.

— Oui, ça paraît assez évident. Ça n'était vraiment pas nécessaire de s'énerver, glissa Audrey afin de bien lui faire comprendre que son comportement agressif avait quelque chose d'anormal. Bien, nous vous remercions.

En proie à une colère difficilement contenue, Paula Sidant quitta le local sous le regard perplexe des deux enquêteurs.

— Bizarre, cette femme ! commenta Cousin.

— Vous l'avez dit !

— Quoi ?

— Bizarre.

— Elle est étrange, c'est certain !

XXXII

Jeudi 20 août, 19 h 50

À ce moment, Danic entra en trombe dans le local.

— Ça y est ! Hamon a numérisé les empreintes digitales envoyées par votre lieutenant Boursot, puis il a fait mouliner les logiciels de reconnaissance d'ED, en les comparant à celles relevées ici.

— Et alors, venez-en au fait, Danic ! s'écria Audrey, sur des charbons ardents.

— Ça a matché pour l'une d'entre elles. C'est celle de Chris Sorfrain !

— OK ! Beau boulot ! Vous féliciterez Hamon de ma part. Je préviens le juge Delecour.

Elle téléphona au juge d'instruction. Celui-ci, ravi, la complimenta et lui enjoignit de procéder à l'arrestation du suspect et à son placement en garde à vue.

— Allez, on y va ! On tape Sorfrain-Agoscan et on lui offre une jolie cellule à votre brigade, Chef.

Ils sortirent du bureau et se dirigèrent vers l'entrée de la cuisine. Il était près de 20 heures et les stagiaires convergeaient vers la salle à manger. Comme la veille, le dîner avait été retardé à la demande des forces de l'ordre. Jo s'apprêtait à entrer dans la salle lorsqu'il vit le groupe de gendarmes mené par Audrey, visiblement sous tension. Deux d'entre eux avaient la main sur leur étui de pistolet. Il comprit tout de suite qu'ils allaient arrêter Chris Sorfrain, puisqu'ils se dirigeaient vers la cuisine. Il décida d'aller voir de plus près la tête que ferait le suspect en sortant du local.

Arme à la main, Audrey et les gendarmes investirent rapidement la cuisine, deux d'entre eux se placèrent en faction de part et d'autre de la porte. Audrey s'avança vers un Sorfrain éberlué.

— Damien Agoscan, vous êtes en état d'arrestation, articula Audrey d'une voix forte. Passez-lui les bracelets !

Elle s'interrompit, en attendant que le suspect fût menotté pour énoncer la suite, à savoir son placement en garde à vue et l'heure à laquelle elle prenait effet. Ce fut à ce moment que se déclencha la réaction d'Agoscan.

Il propulsa Cousin qui allait lui passer les menottes, sur Danic juste derrière lui, puis bondit vers la porte, frappa d'un coup de poing au visage un des gendarmes de faction qui pointait son arme de service sur lui et l'autre d'un coup de genou à l'abdomen. Audrey l'avait aussitôt mis en joue, mais ne pouvait faire usage de son pistolet, car elle pouvait toucher un des gendarmes.

Jo, surpris, vit Sorfrain-Agoscan jaillir de la cuisine et débouler dans la cour comme une balle. Aussitôt, il se lança à sa poursuite.

Un ancien légionnaire ! se dit-il. Les flics l'avaient sous-estimé. Ce fumier d'assassin ne pouvait pas s'échapper. Il devait le rattraper.

Il accéléra jusqu'à atteindre sa vitesse maximum. Sorfrain courait vers le parking où il pensait sauter sur sa moto et filer. Mais il était loin d'être un sprinter et Jo fondit rapidement sur lui. D'une bourrade dans le dos, Jo le fit trébucher en avant ; le fuyard ne parvint pas à se rattraper et s'étala dans la poussière. Il se redressa d'un bond, faisant face à Jo.

— Tant pis pour toi, je t'avais prévenu ! rugit Agoscan.

Il fonça sur Jo qui esquiva l'attaque. Mais l'ancien légionnaire n'était pas né de la dernière pluie, anticipa sur la feinte et frappa au plexus. Jo amortit en partie le coup, mais une douleur aiguë irradia sous son sternum, bloquant momentanément sa respiration. Il parvint malgré tout à bloquer deux crochets, en lui parlant pour tenter de gagner un répit.

— Tu es cuit, Agoscan ! Tu auras à répondre des meurtres de mes amis navigateurs !

Son adversaire marqua un temps d'arrêt pour le fixer, pantois.

— Arrête, tu déconnes ! répliqua-t-il.

Il regarda derrière Jo, puis tourna les talons.

— Stop ! ordonna une voix d'homme derrière lui. Ne nous oblige pas à tirer !

Le fuyard arrêta sa course et se retourna, mains en l'air. Les gendarmes lui passèrent les menottes.

— Merci pour votre aide, dit Cousin à l'adresse de Jo.

Et, s'apercevant que Jo peinait à récupérer, il s'inquiéta de sa santé :

— Ça va aller ? Vous n'êtes pas blessé ?

— Non, il faut juste que je reprenne mon souffle.

Audrey se posta devant le suspect pour lui annoncer officiellement son arrestation.

— Damien Agoscan, connu ici sous le nom de Christophe Sorfrain, nous vous arrêtons sous les motifs d'accusation suivants : usurpation d'identité et homicide sur les personnes suivantes : Antoine Trobert, poussé du haut de la falaise, ainsi que Gwendal et Maïwen Souder, navigateurs, tués sauvagement en mer. Il est 20 h 15 ; votre garde à vue débute maintenant. Vous avez le droit d'avoir recours à un avocat, si vous le souhaitez.

L'accusé secouait négativement la tête, d'un air incrédule.

— Vous pouvez l'embarquer ! ajouta Audrey en se tournant vers les gendarmes. Je vous rejoindrai à la gendarmerie de Pléneuf, dès que j'aurai pris le témoignage de ce monsieur.

Pendant que les gendarmes emmenaient leur prisonnier, elle entraîna Jo vers le bureau de direction.

— Et voilà ! Je vais manger froid ! bougonna Jo en pénétrant dans le local. Ça ne pouvait pas attendre, cet interrogatoire ?

Elle lui cloua le bec en l'embrassant à pleine bouche.

— Merci, mon râleur préféré ! Tu as juste fait ce qu'il fallait pour le ralentir, le temps qu'on intervienne.

— Ouais, pas très brillamment, je dois dire ! Mon plexus s'en souvient encore !

— Tu aurais dû réfléchir à deux fois avant de t'attaquer à un ex-légionnaire ! gronda Audrey. Je dis ça sérieusement, là. Ce type aurait pu te tuer : il a été entraîné pour ça !

— Je sais, mais ça a été plus fort que moi : je ne pouvais pas laisser filer l'assassin de nos amis.

— On l'a eu, c'est ce qui compte ! Et ouf, c'est fini !

Jo ne répondit pas : il revoyait l'air de surprise totale sur le visage d'Agoscan quand il l'avait traité d'assassin. Ou ce type était un acteur de premier plan ou il avait été réellement surpris par l'accusation.

— Tu n'as pas l'air d'être content qu'on l'ait enfin coincé ! dit Audrey, déçue du manque d'enthousiasme de son mari.

— Je ne sais pas, mais j'ai comme une impression désagréable : quelque chose ne va pas. Tout à l'heure, quand je l'ai accusé d'être le meurtrier de nos amis, il avait l'air de tomber des nues.

— Mais, Jo ! Il t'a abusé ! Ce type-là, ça fait 25 ans qu'il ment, qu'il fait croire à tout le monde qu'il est un autre. On est sûrs de ça : ses empreintes digitales correspondent à une de celles du dossier Agoscan. Il a voulu nous vendre son alibi, comme quoi il effectuait de la réparation de plomberie chez sa voisine. Mais, on sait par un témoin qu'il a quitté les lieux à moto et qu'il n'y a reparu que bien plus tard et juste au moment des meurtres. Qu'est-ce qu'il te faut de plus ?

— D'accord, répondit Jo en levant les mains. D'accord, tu as raison ! Tout s'enchaîne parfaitement et on peut même ajouter à ton raisonnement que Trobert, en le reconnaissant grâce à son gyrus fusiforme hors norme, lui a fourni un excellent mobile.

– Donc, maintenant, je vais me rendre à la brigade de Pléneuf. On va l'interroger et tenter d'obtenir ses aveux. Ça va me prendre du temps : toute la soirée et sans doute une partie de la nuit. Je ne sais pas à quelle heure je serai de retour.

— D'accord, j'ai compris ! Je vais passer la nuit ici tout seul sous ma tente dans mon petit sac de couchage, dit Jo d'un ton faussement plaintif.

— Et ne t'avise pas d'aller réconforter Paula que j'ai un peu secouée tout à l'heure !

— Paula, la panthère rousse ! sourit Jo. Prête à bondir à la moindre contrariété !

— Exactement. C'est d'ailleurs ce qu'elle a fait quand je lui ai parlé d'un bracelet en or que lui avait offert Trobert ; elle ne le porte plus depuis dimanche. Je lui ai demandé pourquoi elle ne le mettait pas : elle a perdu contenance et s'est mise en colère.

— Elle a fini par te dire pourquoi ?

— Oui. Parce qu'elle risquait de le perdre au cours de toutes vos activités.

— Oui, c'est effectivement faire preuve de bon sens.

— Exactement ! Alors, il suffisait de le dire tout de suite. Pourquoi s'énerver comme elle l'a fait ?

Jo haussa les épaules.

Audrey regarda sa montre et lui dit qu'elle devait partir.

*

*   *

Jo entra dans la salle à manger et alla rejoindre sa place. À la table des instructeurs, c'était le silence total ; ils étaient tous sous le choc de l'arrestation de Chris, leur cuisinier et ami. Il fallait se mettre à leur place. Aux deux autres tables, l'ambiance était plus détendue : l'assassin avait été arrêté et le malaise, qui pesait comme une chape depuis deux jours, s'était dissipé. On entendait même des rires étouffés.

À la table Écovillpro, ses équipiers donnaient libre cours à leur bonne humeur. Simon interpella Jo, alors qu'il venait juste de s'asseoir.

— Alors, la belle policière t'a bien récompensé pour ton acte de bravoure ? dit-il finement, tandis que Jo se servait le reste du plat d'entrée et commençait à dévorer.

— C'est vrai que c'est un chouette petit lot, la capitaine ! renchérit Lara. Belle silhouette, superbe chevelure auburn, visage fin, yeux d'ambre de fauve aux aguets : elle ne passe pas inaperçue, cette nana !

Jo, qui ne songeait guère à répondre à ces blagues bon enfant, mais plutôt à se remplir l'estomac, fut surpris de ne pas entendre une remarque cinglante de Paula à l'adresse de Lara, comme c'était généralement le cas dès que la jeune femme ouvrait la bouche. Il jeta un coup d'œil en direction de la femme rousse qui picorait distraitement dans son assiette, le regard absent.

— Bon, ça suffit maintenant, les jeunots ! intervint Patrice. Qu'est-ce qu'elle t'a dit, cette policière ?

— Elle m'a remercié et elle m'a filé un savon parce que j'avais poursuivi Chris, que j'avais eu de la chance de ne pas avoir été blessé. Et elle m'a donné quelques infos sur l'assassin.

— Moi, j'aurais jamais fait ça : courir après un tueur ! s'exclama Simon. Alors, t'as eu quelles infos ? Raconte ! On a compris qu'il vivait sous une fausse identité, mais à part ça…

— Oui, il avait fait partie d'une bande de braqueurs à Nice dans le temps. Lors d'un braquage, il y a eu des morts. Il a réussi à s'enfuir, s'est fait passer pour mort, puis il a pris l'identité d'un homme porté disparu. Apparemment, il a ensuite intégré la Légion étrangère, a été blessé, a ensuite travaillé dans l'humanitaire. Il est revenu en France, est devenu cuisinier et il est arrivé ici. Voilà.

— Un légionnaire ! dit Patrice. Je comprends mieux pourquoi la policière t'a dit que tu avais eu de la chance.

— Mais pourquoi avoir tué Antoine et les marins ? Il était fou ? demanda Simon.

— Non, dit Jo qui attaquait le plat de résistance. Il a entendu Antoine l'appeler par son vrai nom, Damien Agoscan, samedi dernier. Il a compris qu'il était découvert. Profitant de l'orage, il a éliminé Antoine en le poussant dans le vide.

— Pourquoi les deux navigateurs alors ? questionna Simon.

— Ils ont été témoins de la scène de leur bateau, en passant tout près du Cap d'Erquy.

— Et donc, il les a rattrapés avec le Zodiac du centre et les a tués, conclut Patrice.

— C'est atroce, soupira Paula. Quel monstre abominable ! Heureusement qu'il ne pourra plus nuire.

Ses yeux verts se posèrent un instant sur Lara qui avait pâli, visiblement sous le choc des explications de Jo. Son regard était d'une effroyable dureté.

XXXIII

Jeudi 20 août, 21 heures

Ayant rapidement dîné d'un sandwich, Audrey et Cousin allaient procéder à la première audition de Damien Agoscan, alias Christophe Sorfrain. Ils firent entrer le prévenu dans la petite salle d'audition et actionnèrent la vidéo. Après l'introduction habituelle, Audrey entra dans le vif du sujet.

— Monsieur Agoscan, vous avez vécu depuis plus de vingt ans sous une identité d'emprunt, celle de Christophe Sorfrain. Reconnaissez-vous ces faits ?

Le suspect hésita, semblant peser le pour et le contre.

— Je vais vous éclairer dans votre choix. Vos empreintes digitales ont été identifiées dans le dossier vous concernant à la suite du braquage de Nice. Depuis cette époque, les identifications grâce à l'ADN sont de plus en plus performantes. Nous avons prélevé le vôtre hier. Aux greffes des archives de Nice, se trouvent des objets vous ayant appartenu, sur lesquels on trouvera votre ADN. Alors ?

— D'accord, je reconnais les faits. Je suis Damien Agoscan. J'ai participé autrefois à ce braquo abominable en tant que chauffeur. Je l'ai regretté toute ma vie. Je n'ai jamais cru que ça se passerait comme ça. Je n'ai pas voulu ça.

— Bien. Je dois vous informer que cette affaire de Nice a été rouverte et qu'elle sera instruite là-bas. Nous, c'est la suite qui nous intéresse, à savoir l'enquête que nous menons sur trois homicides perpétrés dimanche après-midi sur les personnes d'Antoine Trobert, de Gwendal et Maïwen Souder.

— Je n'ai rien à voir avec ça. Il vous faut un coupable pour ces meurtres, alors vous voulez me coller ça sur le dos.

Audrey et Cousin se regardèrent d'un air entendu. Ils étaient devant le coup classique du coupable qui avoue ce qu'il ne peut pas nier mais qui refuse de reconnaître les faits les plus graves.

— Nous avons un témoin qui assure avoir entendu Antoine Trobert vous interpeller samedi soir, en vous appelant par votre surnom : Dag.

Agoscan écarquilla les yeux.

— Votre surnom est bien Dag ?

Le suspect acquiesça d'un signe de tête.

— Et donc, Antoine Trobert vous a appelé ainsi, mais vous lui avez dit qu'il faisait erreur.

— Oui, on peut dire que ça m'a fait un choc : quelqu'un me reconnaissait sous mon ancienne identité. Ça faisait plus de 25 ans qu'on ne m'avait pas appelé comme ça. J'ai reconnu Antoine, le frère de

Vanessa, ma copine de l'époque. Mais moi, il n'aurait pas dû me reconnaître ! J'ai changé de tête depuis : chirurgie esthétique. J'ai paniqué : je lui ai dit qu'il se trompait, qu'il me prenait pour un autre et je me suis tiré pour ne plus avoir à subir son regard. Je me suis rappelé plus tard que Vanessa m'avait parlé de son frère qui était capable de reconnaître des gens qu'il n'avait vus qu'une seule fois au milieu d'une foule et qu'une fois, il avait même battu un logiciel de reconnaissance faciale pendant une expérience scientifique. Je n'en revenais pas, ce mec m'avait reconnu !

— Et donc, vous l'avez tué pour qu'il ne vous dénonce pas, affirma Cousin.

— Mais non, pas du tout ! J'ai réfléchi et je me suis dit que la meilleure chose à faire était de le rencontrer dans un endroit tranquille, parler avec lui, lui expliquer ce qui m'était arrivé, lui faire comprendre que j'avais essayé de réparer mes torts en m'engageant dans l'humanitaire, en essayant d'apporter mon aide à des malheureux.

Audrey hocha la tête : ses propos rejoignaient ce que Boursot avait appris par l'association pour laquelle il travaillait.

— Vous avez voulu lui parler ; vous êtes allé sur le Cap d'Erquy où vous saviez que les stagiaires se trouvaient. Vous avez parlé ensemble sous l'orage au bout du cap ; mais il n'a pas voulu vous écouter. Vous l'avez bousculé et, peut-être sans que vous en ayez eu l'intention, il est tombé dans le vide.

Elle lui tendait une perche.

Si elle parvenait à lui faire dire que Trobert et lui étaient ensemble sur le cap à ce moment-là, les aveux suivraient.

Il la regarda comme si elle était une extraterrestre.

— Non, s'écria-t-il avec véhémence. Je ne l'ai jamais rencontré sur le Cap d'Erquy. Je pensais lui parler dans la soirée, après mon service.

— Arrêtez de mentir ! rétorqua Audrey. Vous nous avez dit hier que vous étiez chez madame Allibert à faire une réparation qui vous avait pris l'après-midi…

— C'est vrai ! Demandez-lui !

— Nous lui avons demandé ; elle confirme…

— Ah !

— Sauf que des voisins vous ont vu quitter sa maison à moto vers 15 h 30 et ne revenir que vers 18 heures. Votre alibi ne tient pas.

— D'accord, finit-il par lâcher. Je suis sorti dimanche après-midi. Mais pas pour aller sur le Cap d'Erquy !

— Qu'est-ce que vous allez nous dire maintenant ? gronda Cousin. Que vous êtes allé vous balader tout seul et que vous n'avez vu personne ?

— Non, je suis allée voir une femme… une femme mariée.

— Son nom ? exigea Cousin.

— Je ne peux pas vous le dire car je ne voudrais pas que son mari apprenne qu'elle le trompe.

— Nous sommes capables de discrétion, assura Audrey. Nous la contacterons en faisant en sorte d'éviter le mari.

— Elle m'a téléphoné un quart d'heure après le départ de madame Allibert. Son mari venait de partir en urgence à cause du mauvais temps. Il a un poste important à la DIR-Ouest et vu les quantités d'eau qui tombaient et le vent, beaucoup de routes étaient coupées. Il ne devait pas rentrer avant le soir, peut-être même plus tard. J'ai réparé la fuite grossièrement et je suis parti chez elle.

— Son nom ?

— Cindy Talmont. Elle habite dans le centre d'Erquy, rue des Myrtilles.

Audrey quitta la pièce alors qu'un gendarme y entrait durant son absence.

Elle alla au bureau du chef de brigade, consulta l'annuaire électronique sur l'ordinateur et appela le numéro sur le téléphone fixe.

Une voix d'homme répondit :

— Laurent Talmont. Qui est à l'appareil ?

— Je suis une amie de votre épouse, Monsieur. Excusez-moi du dérangement. Pourrais-je parler à Cindy, s'il vous plaît ?

— Je vous la passe.

Audrey l'entendit héler sa femme. Puis une voix féminine se fit entendre dans l'appareil :

— Oui ? C'est Cindy ! Qui est à l'appareil ?

— Capitaine Audrey Fauvel, SRPJ de Rennes.

— Co… Comment ? bégaya la femme.

— J'enquête sur une affaire de meurtre…

— Ce n'est pas une mauvaise blague ? coupa Cindy Talmont, soupçonneuse. J'appelle mon mari.

— Madame Talmont, j'appelle de la gendarmerie de Pléneuf-Val-André à propos de votre emploi du temps de dimanche après-midi. Si vous pensez devoir prévenir votre mari, c'est vous que ça regarde. Je n'ai pas de temps à perdre. Alors vous raccrochez et vous me rappelez en faisant le 17, demandez le capitaine Fauvel. À tout de suite.

Audrey raccrocha et patienta. Quelques instants plus tard, le téléphone sonna.

— Capitaine Fauvel, ici Cindy Talmont, dit la femme d'une voix anxieuse. Que me voulez-vous ?

— Savoir avec qui vous étiez dimanche après-midi dernier ainsi que la plage horaire. C'est très important pour mon enquête.

— Mon mari ne doit rien savoir, je vous en prie…

— Je n'ai pas l'intention de lui en parler. Alors ?

— J'étais avec un homme. Il s'appelle Christophe Sorfrain. Il est arrivé vers 15 h 45 et il est reparti vers 17 h 45.

— D'accord. dit Audrey, désappointée. Passez demain faire votre déposition à la gendarmerie.

— C'est vraiment nécessaire ?

— Absolument.

— Mon mari ne sera pas convoqué ? Mon nom n'apparaîtra pas dans les journaux ?

— Non, vous pouvez dormir tranquille.

— Et pour Chris ? Qu'est-ce qui se passe ?

— Il devra répondre devant la justice de certains faits anciens, mais grâce à votre témoignage, vous lui évitez la prison à perpétuité. À demain.

Audrey raccrocha et prit sa tête à deux mains. La piste Agoscan s'arrêtait là.

Elle retourna à la salle des auditions. Cousin comprit du premier coup d'œil que l'alibi fourni par le prévenu le mettait hors de cause.

Audrey s'assit et déclara :

— Monsieur Agoscan, le témoignage de Cindy Talmont vous innocente des homicides d'Antoine Trobert, de Gwendal et de Maïwen Souder. Cependant, vous n'êtes pas libre, la Justice vous réclamant pour vous entendre sur une ancienne affaire.

— Merci, Capitaine. À un moment, j'ai cru que j'étais bon pour perpète !

Audrey hocha la tête, se leva et quitta la pièce, tandis que Cousin concluait :

— Il est 22 h 37 ; l'audition du prévenu Damien Agoscan, alias Christophe Sorfrain, est terminée.

XXXIV

Jeudi 20 août, 22 h 45

Jo était allongé sur son sac de couchage dans sa tente. Il ressentait une sorte de gêne à l'estomac. Il reconnaissait ce symptôme de léger malaise : il accompagnait l'obscur pressentiment qu'il était en train de passer à côté de quelque chose. Mais quoi ? Qu'est-ce qui pouvait le tracasser ainsi ? L'affaire était bouclée, l'assassin sous les verrous.

Son téléphone émit son signal indiquant la réception d'un SMS. C'était d'Audrey. Il le consulta : « *Rappelle-moi !* »

Il se leva aussitôt, prit sa lampe de poche et sortit de sa tente. Il s'enfonça dans le sous-bois, s'arrêta et rappela Audrey.

— Jo ! Ce n'est pas lui ! Agoscan n'est pas le meurtrier !

Le cœur de Jo se serra. Audrey n'était pas bien : sa voix avait un vibrato plus aigu que d'habitude, comme une fêlure… Toute la détresse de sa femme résonnait en lui.

— Audrey ! Mon cher amour ! Ça n'est pas grave ! On va trouver. Ne t'inquiète pas.

Il savait que des larmes coulaient sur ses joues. Il aurait tant voulu la serrer dans ses bras.

— Jo, j'ai trop voulu y croire ! Je me sens si nulle ; je me suis plantée sur toute la ligne. En plus, Agoscan, c'est un type bien. Il a toujours ressenti de la culpabilité pour ce qu'il avait fait ; il a essayé de réparer, de se consacrer aux autres.

— Justement, tu l'as écouté ! Tu dois être fière de ce que tu as fait. Grâce à toi, cet homme a vu son innocence reconnue pour ces assassinats.

— Merci, Jo ! Je t'aime… Tu sais toujours trouver les mots. M'aider quand je suis au fond du trou… Mais Delecour ne va pas être tendre, lui. Il va considérer que j'ai foiré cette enquête…

— Non, il ne peut pas dire ça. Tu as exploré une piste qui était prometteuse, mais qui n'a pas abouti. Tu n'as fait que ton travail ; il ne peut pas te reprocher de ne pas l'avoir fait. S'il te charge, c'est parce qu'il subit la pression de sa hiérarchie. Ça doit s'agiter en haut lieu et certains doivent exiger de lui des résultats rapides. J'espère seulement qu'il n'a pas annoncé trop vite que le coupable était identifié.

— Tu crois que je dois l'appeler maintenant pour le mettre au courant ?

Jo réfléchit quelques secondes. Si Delecour s'était empressé de dire qu'ils tenaient l'assassin, le mal était déjà fait. S'il n'avait rien communiqué encore, autant attendre demain matin pour l'avertir. Qu'Audrey n'aille pas lui gâcher sa nuit…

— Attends demain matin, plutôt. S'il se montre trop désagréable, tu lui diras que si tu n'avais pas signalé à ta hiérarchie qu'il s'agissait de possibles homicides et non pas de simples accidents, la Justice aurait déjà classé l'affaire et le meurtrier aurait réalisé des crimes parfaits.

— D'accord, Jo. Je vais suivre ton conseil.

— Viens me chercher. Si je comprends bien, tu en as fini pour ce soir. Alors, viens !

— J'arrive !

Il entendait son plaisir dans sa voix, visualisait son sourire revenu sur ses lèvres.

*

* *

Jeudi 20 octobre, 23 h 45

Ils s'étaient laissé emporter sur une longue vague de tendre passion. Maintenant, la tête d'Audrey reposant sur l'épaule de Jo, ils savouraient le doux moment du calme revenu, quand les corps s'apaisent et les esprits s'embrument, flottant à la lisière du sommeil.

Audrey rompit le silence en murmurant :

— Qu'est-ce qu'on va faire, Jo ? Je n'ai aucune piste.

Jo sortit de sa torpeur en soupirant. Le repos serait pour plus tard ; il fallait parler.

— OK, allons-y ! Qu'est-ce qui attire le plus notre attention ? demanda-t-il.

— Paula Sidant. Elle fait une suspecte très convaincante, sauf qu'elle souffre de vertige.

— D'accord. Faisons abstraction de ce point pour l'instant. On se dit que c'est elle, l'assassin. Qu'est-ce qu'on peut faire pour prouver son implication ?

— Il faudrait des preuves matérielles contre elle.

— OK, lesquelles ?

— Sur le Zodiac, il y a l'aviron, mais l'assassin portait des gants qui ont disparu. On n'a pas encore eu les résultats du labo, mais je doute qu'on apprenne grand-chose sur l'assassin. De plus, beaucoup de personnes ont embarqué sur ce Zodiac depuis, donc, même si on a prélevé des échantillons pour des analyses, on n'aura rien de significatif.

— Oui, le Zodiac ne nous mènera pas à l'assassin ; je suis d'accord.

— Il y a le vieux ciré vert, mais on a fouillé tout le centre depuis deux jours et on n'a rien retrouvé. On a les fibres du ciré retrouvées dans le hauban, mais on n'a pas encore reçu les résultats des analyses ADN et, de toute manière, je doute qu'on y trouve l'ADN de l'assassin.

— Ah bon, je ne savais pas que vous aviez fouillé le centre, dit Jo.

— Je n'ai pas pensé te le dire, puisqu'on a fait chou blanc.

— Pourtant ce fichu ciré est bien quelque part ! Réfléchissons : après les meurtres, l'assassin remonte du port par l'escalier, récupère son vélo, puis suit le sentier jusqu'à la route du Four à boulets. Il pédale à fond et, vers le Four à boulets, quitte la route, puis cache plus ou moins bien le VTT au milieu des ajoncs et la bruyère.

— Il a abandonné le VTT ; il a dû aussi laisser le ciré vert quelque part dans le même coin, supposa Audrey.

— Un ciré plein de sang ! Même si avec la pluie, il avait été rincé, il en restait sans doute suffisamment pour qu'on puisse l'analyser et savoir qu'il s'agissait du sang de Gwendal. Et l'assassin l'a donc certainement très bien caché, mais relativement près du VTT, je pense.

— Il faut chercher sur le Cap d'Erquy, fouiller partout. Je vais mettre du monde là-dessus dès demain matin. Il faut trouver ce ciré : l'assassin a certainement laissé son ADN dessus.

— Commencez près du four à boulets, puis élargissez la zone… Oh ! Les enfants ! J'avais oublié !

— Quels enfants ? demanda Audrey.

— Deux garçons d'une dizaine d'années qui ont retrouvé le VTT et l'ont rapporté au centre. Interrogez-les. Ils vous montreront l'endroit où ils ont retrouvé le vélo ; le ciré n'est sans doute pas loin.

— Je m'en veux, Jo, de ne pas avoir suffisamment exploré cette piste ! On aurait dû faire ces recherches bien plus tôt ; on manque tellement de preuves matérielles dans cette affaire.

— Allez, arrête de ressasser tout ça. Ça ne sert à rien. Il faut dormir maintenant.

*

*   *

Quelques heures plus tard, au cœur de la nuit, Jo se retourna plusieurs fois dans son sommeil. À la limite du rêve et de la réalité, une scène s'incrustait dans son esprit. Patrice qui disait : « C'était comme un signe envoyé par Antoine pour nous ! » et Lara qui le raillait : « Tu crois aux signes du destin, Patrice ! »

Soudain, Jo fut totalement en éveil. L'éclat lumineux sur la falaise ! La réaction de Paula à cause de son bracelet ! Paula n'avait pas choisi de ne pas porter son bracelet en or : elle l'avait perdu ! Et pas n'importe où : il était tombé là où Antoine Trobert avait chuté. En même temps que lui !

C'était pour cette raison qu'elle s'était montrée si nerveuse : parce que la perte du bijou était liée au meurtre.

Jo faillit réveiller Audrey, mais elle dormait profondément. Et puis, c'était encore une théorie de plus, basée sur un simple éclat de lumière. Il devait d'abord la vérifier ; il lui en parlerait après.

XXXV

Vendredi 21 août, 5 h 45

Jo se leva, passa sous la douche et revint réveiller Audrey. Elle émit un grognement quand Jo la secoua doucement. Elle émergea péniblement, puis se mit à pester lorsqu'elle vit l'heure.

— C'est encore plus tôt qu'hier ! Pourquoi tu veux partir si tôt ?

— Je me tiens prêt pour le décrassage. Hier, je suis arrivé en retard, éluda-t-il. Tu pourras te remettre au lit au retour.

Elle se leva enfin, s'habilla à la hâte et ils sortirent de la maison.

Quelques minutes plus tard, Jo entrait dans sa tente. Il se prépara ; il enfila une tenue de sport pratique, prit son sac à dos et sortit. Il faisait encore nuit, mais les premières lueurs de l'aube éclaircissaient le ciel à l'est. Il se dirigea vers le local escalade, décrocha une corde d'alpinisme, un baudrier et une dégaine avec son matériel et fourra le tout dans son sac. Il se rendit ensuite au local VTT. Il ouvrit un petit placard dans lequel étaient stockés les cartes IGN et les plans de circuits, choisit un des plans de la course d'orientation sur le Cap d'Erquy, puis prit un des VTT et sortit discrètement du local. Personne en vue. Il enfourcha le vélo et quitta le centre.

Il faisait un peu plus clair. Le ciel rosissait au levant. Il fonça en direction du Cap d'Erquy, dépassa le parking, s'engagea dans un des sentiers menant à la pointe du cap. Quand il l'eut atteinte, il coucha son VTT sur une touffe de bruyère. Plan en main, il marcha jusqu'au bord de la falaise pour juger de l'emplacement précis de la balise n° 5. Il se posta bien à l'aplomb, dégagea son sac à dos de ses épaules pour en extirper tout le matériel. Il enfila le baudrier d'escalade, attacha solidement la corde en plusieurs points à des troncs d'ajoncs, testa la solidité de la fixation. Ça tenait. Il passa le filin dans son “huit”, tira pour le mettre en tension et déploya le reste dans le vide. Puis il entama sa descente en rappel, face à la paroi. Quelques mètres plus bas, il commença à examiner le flanc de la falaise avec beaucoup d'attention. Arrivé à mi-hauteur, il redoubla de vigilance, se déplaçant en latéral par palier, scrutant la moindre faille dans la roche ou la moindre touffe de végétation s'accrochant à la paroi. Avec prudence, il descendit encore. Soudain sur sa droite, une tache plus claire attira son regard. Et il vit ce qu'il avait espéré trouver : l'éclat doré du bracelet se détachait dans l'ombre parmi le vert d'un ajonc chétif.

Le cœur battant, Jo s'approcha avec précaution du bijou retenu par une branche ; il ne s'agissait pas de le faire tomber ! Il sortit son téléphone de sa poche, sélectionna le mode « photo », puis prit quelques clichés du bracelet. Il ne voulait surtout pas le prendre. C'était à la police d'en faire la découverte afin que cet objet puisse être reçu officiellement comme pièce à conviction.

Il s'écarta prudemment, puis escalada la paroi. La remontée fut relativement aisée et rapide, la falaise n'étant pas très abrupte.

Après avoir repris pied au sommet, il reprit son souffle tout en détachant la corde et se déharnachant. Il rangea le matériel dans son sac à dos, l'assujettit sur ses épaules et sortit son téléphone. Il envoya à Audrey deux photos du bracelet par MMS accompagnées d'un très court texte : « *Surprise !* »

Il relevait son VTT lorsque son téléphone vibra. Audrey évidemment !

— Tu es un amour ! Tu l'as trouvé ! Là où est tombé Antoine Trobert, c'est ça ? s'exclama-t-elle.

— Hé ! Ne te méprends pas : ça n'est pas un cadeau que je t'offre, hein ? plaisanta Jo, heureux d'entendre la joie et le soulagement dans la voix de sa femme.

— C'est le plus beau des cadeaux que tu pouvais me faire ! Merci, Jo.

— Je l'ai trouvé un peu plus bas qu'à mi-pente, sous l'endroit où se trouvait la balise n° 5 lors de la course d'orientation. Je n'y ai pas touché pour que toi et les gendarmes, vous puissiez le recueillir comme preuve.

— Oui, tu as fait comme il fallait. On aura une preuve de première importance contre Paula Sidant… Ainsi, c'est donc elle, la coupable ! Quand elle a poussé Antoine Trobert dans le vide, son bracelet a dû se détacher de son poignet, peut-être à cause de la victime qui l'a arraché en essayant de s'accrocher à elle.

— Oui, ça a dû se passer à peu près comme ça. Mais ce que je ne comprends pas, c'est comment elle a pu s'approcher si près du bord de la falaise, étant donné le vertige dont elle souffre.

— On verra ça lors de son audition. Avec cette preuve matérielle contre elle, elle va être placée en garde à vue. Il faudra qu'elle s'explique. Dès qu'on aura récupéré le bracelet, je préviendrai le juge d'instruction. Ouf ! Je pourrai lui dire qu'on tient un suspect solide ; il risque d'être surpris du changement, mais il devrait être satisfait du résultat. Et ceci, grâce à toi qui me sauves la mise ! Au fait, qu'est-ce qui t'a fait penser que ce bracelet pouvait être là ?

— Une association d'idées qui m'est venue cette nuit : un bref éclat très lumineux à cet endroit de la falaise qu'on a aperçu hier de nos kayaks et toi me disant que Paula Sidant avait eu un comportement bizarre à propos de son bracelet. Cet éclat pouvait provenir de ce bijou qu'elle aurait donc perdu ici, sur le cap. Je voulais vérifier cette hypothèse, mais je n'ai pas voulu t'en parler pour éviter de te mettre trop d'espoir en tête, au cas où on ne trouverait rien.

— OK, merci Jo ! Je vais rassembler les troupes pour explorer la falaise et récupérer le bijou. En attendant, tu te tiens à l'écart de Paula Sidant. Il ne faut pas lui donner l'alerte. On la cueillera dès que possible.

Ils raccrochèrent sur quelques douces paroles. Jo monta sur son VTT et prit le chemin du retour. Arrivé au centre, il remisa le matériel qu'il avait emprunté. Il ressortait du local escalade, lorsque Michel apparut devant lui.

— Je t'ai vu arriver ! Qu'est-ce que tu fabriques, bordel ? Ed m'a dit que tu n'étais pas au décrassage tout à l'heure. Viens dans mon bureau !

Il décida d'obéir et suivit Michel. Ed était déjà dans le bureau ; il lança à Jo un regard venimeux.

— Tu joues à quoi ? interrogea à nouveau Michel.

Jo haussa les épaules.

— J'avais besoin d'être seul. J'en ai marre de vivre en groupe ; ça me pèse.

— Il y a des règles ici ! Tous les stagiaires doivent s'y soumettre. Je vais te virer et je vais faire sur toi un rapport de stage soigné que j'enverrai à ta boîte.

Jo comprit que Michel parlait sérieusement. Le directeur du centre se sentait bafoué ; il avait l'impression que Jo se moquait complètement de son autorité. Si Jo ne voulait pas partir sur un malentendu, il fallait lâcher quelques informations. D'autant que la principale suspecte n'était pas encore appréhendée. Son rôle ici n'était peut-être pas encore terminé.

Il se décida à parler :

— OK, je vais vous expliquer. Je suis venu ici pour trouver celui qui a assassiné mes amis Gwendal et Maïwen Souder.

— Les marins tués près des Comtesses ? demanda Michel, ébahi.

— Oui. Dès le début, j'ai su qu'ils ne pouvaient avoir été les victimes d'un simple naufrage. Puis, j'ai fait le lien avec Antoine Trobert, tombé de la falaise à peu près au même moment. J'ai refusé de laisser ces crimes impunis et j'ai décidé de me faire accepter chez vous pour mener l'enquête.

— T'es flic ? questionna Ed, d'un ton rogue.

— Non, mais je travaille avec eux. Prenez-le comme vous voulez, traitez-moi d'informateur ou d'indic, mais moi, ça me rendait malade de penser que l'assassin allait pouvoir s'en tirer.

— Et tu l'as trouvé : c'était Chris ! dit Ed sourdement. Qui se planquait ici sous une fausse identité.

— Oui, mais c'est tout ce qu'il a fait. Ce n'est pas lui l'assassin. Chris est plutôt un type bien qui a commis une erreur de jeunesse, mais qui a essayé ensuite de se racheter…

Les deux hommes étaient sidérés.

— Pas lui ? réagit Michel au bout de quelques secondes. Mais qui alors ?

— Nous avons un suspect de premier plan ; c'est tout ce que je peux dire pour le moment.

— OK, accepta Michel. Mais qu'est-ce qui va se passer pour Chris puisque ce n'est pas lui le coupable ?

— Il doit quand même répondre d'usurpation d'identité et de cette affaire de braquage vieille de plus de 25 ans. Mais son rôle y fut mineur et son comportement exemplaire par la suite, plaidera en sa faveur ; il ne devrait pas être trop lourdement condamné.

— Espérons-le, dit Michel. Quant à toi, tu peux rester ici pour finir ce que tu as commencé, jusqu'à ce que les flics et toi, vous trouviez le criminel.

Jo hocha la tête.

— Merci, dit-il. Je vous demande de ne révéler à personne que l'assassin court toujours.

— Nous ne dirons rien à personne, promit Michel, aussitôt approuvé par Ed.

— Au fait, comment allez-vous faire pour les repas ? demanda Jo.

— Chris avait prévu ses commandes et déjà préparé le dîner de ce soir. Pour ce midi et demain midi, ce sont des pique-niques, et le stage se termine demain après-midi. Donc, ça va aller. Tu devrais d'ailleurs aller prendre ton petit déjeuner car les autres vont avoir fini.

Jo sortit du bureau et prit la direction de la salle à manger. Une voix le héla dans son dos. Il se retourna. Ed vint à lui, l'air fermé. Jo se tint sur ses gardes. L'instructeur s'aperçut qu'il se méfiait et sourit.

— Non, détends-toi ! dit Ed. Je voulais seulement te dire que si tu as besoin d'un coup de main pour coincer ce salopard de tueur, tu peux compter sur moi.

— D'accord, je te remercie… Mais, il me revient un truc. Pourrais-tu me donner les noms et adresses des garçons qui avaient rapporté le VTT ?

— Je connais le nom de leurs grands-parents : Jean-Baptiste et Marie-Paule Maurier, à Tu-ès-Roc, au 3 rue des Primevères. Pourquoi tu me demandes ça ?

— Ce vélo a certainement servi au meurtrier qui l'a abandonné avant de vous rejoindre au parking. Peut-être qu'il s'est débarrassé du ciré vert de Michel à proximité. Il faudrait que les enfants puissent indiquer l'endroit précis, des fois qu'on retrouverait le ciré caché là. Merci pour le renseignement.

Jo traversa la cour et entra dans la salle à manger. Il alla se servir un bol de café, prit du pain et vint s'asseoir à la table avec ses coéquipiers. Il dut faire un réel effort sur lui-même pour masquer l'aversion qu'il ressentait pour Paula Sidant.

Simon lui demanda aussitôt :

— Alors, t'as voulu échapper à notre décrassage matinal ?

— Non, j'avais seulement envie d'être seul, répondit Jo, le nez dans son bol pour ne pas croiser le regard de Paula. Je suis allé me promener sur le cap.

— Et tu t'es fait sermonner par Michel et Ed, dit Lara. On a vu que tu avais été convoqué.

— C'est réglé.

— Oh là là ! Monsieur est mal luné, ce matin ! s'exclama Simon. On peut savoir ce qui ne va pas ? Après tout, la police a arrêté le coupable. On devrait être tous soulagés, et toi tu fais la tête !

Jo haussa les épaules. Sans répondre, il continua à boire son café et à mastiquer son pain. Il savait que Paula l'observait du coin de l'œil et se posait des questions sur son attitude. Continuer à cacher ses sentiments allait être vraiment pénible !

Les stagiaires de l'autre équipe quittaient leur table. Paula se leva, imitée par Patrice, puis par Simon et Lara. Jo resta seul à finir son café.

Puis il retourna à sa tente pour se préparer. Quelques instants plus tard, il ressortit et s'éloigna dans le sous-bois. Il appela Audrey.

— Oui ? dit-elle en décrochant. Tu as du nouveau ?

Jo lui communiqua les renseignements fournis par Ed au sujet des deux enfants qui avaient rapporté le VTT.

— OK, c'est noté. Merci, Jo. Ce serait vraiment bien qu'on puisse mettre la main sur ce ciré vert. J'ai appelé Delecour tout à l'heure. Il a été nettement moins enthousiaste que je le pensais. Pour lui, le bracelet constitue une preuve matérielle contre Paula Sidant, mais pas incontestable. Il estime qu'un bon avocat démontera cette preuve en évoquant son vertige qui la paralyse totalement et lui empêche toute approche de la falaise, et que ça ne peut donc absolument pas être elle qui l'a fait tomber dans le vide. Il dit que c'est peut-être Trobert qui le lui avait repris et qui l'avait sur lui.

— Eh bien ! dit Jo, déçu. Il n'est pas vite satisfait, Delecour. Donc, il nous faut le ciré. Ce serait bien aussi de savoir ce qui a pu se passer exactement au bord de la falaise, mais à part Paula Sidant, nul ne le sait.

— Quand on aura Sidant en garde à vue, il faudra qu'on obtienne ses aveux, mais si elle sent qu'on n'a pas grand-chose contre elle au final, elle se taira.

— Il faudrait parvenir à faire sortir le loup du bois, murmura Jo.

— C'est-à-dire ?

— La forcer à se découvrir en créant une situation qui la mette en alerte et qui l'oblige à agir.

XXXVI

Vendredi 21 août, 8 h 45

Audrey arrivait sur le Cap d'Erquy. Elle avait demandé tôt le matin l'intervention d'une équipe spécialisée en escalade. Une équipe de quatre spécialistes du GIGN basée à Nantes fut déposée par hélicoptère à proximité et escortée jusqu'au Cap d'Erquy par des gendarmes de Pléneuf. Quand les présentations furent faites et la mission précisée par Audrey aux hommes du GIGN, ceux-ci s'équipèrent, puis suivirent Audrey, Cousin et Danic jusqu'à la pointe du cap. Ils avaient situé la position exacte qu'avait occupée la balise n° 5.

Comme Jo l'avait fait plus tôt, deux d'entre eux descendirent en rappel. Audrey leur avait expliqué ce qu'ils devaient rechercher et ils procédaient lentement en explorant du regard chaque recoin de la paroi. Soudain, l'un des deux signala de la voix et du geste qu'il avait trouvé quelque chose. L'autre se rapprocha de son collègue, prit des photos et lui tendit un sac à scellés dans lequel le premier déposa délicatement le bracelet. Ayant bien refermé le sachet puis l'ayant glissé dans sa poche, il entama la remontée, suivi de son équipier. Une fois en haut, le gendarme d'élite remit le paquet à Audrey. Elle contempla pendant quelques instants la pièce à conviction, non que le bijou exerçât un quelconque attrait sur elle, mais parce qu'il lui faisait revenir en tête les paroles décourageantes du juge Delecour sur l'importance limitée de cette preuve matérielle. Elle savait qu'elle n'avait plus le droit à l'erreur ; le juge le lui avait bien fait sentir.

Elle confia le bracelet à Danic et lui commanda d'effectuer tous les examens utiles à l'enquête. Il fallait maintenant s'occuper d'essayer de dénicher ce ciré vert. À vrai dire, elle n'avait que peu d'espoir de le retrouver. Elle se culpabilisa encore un peu plus en se disant qu'elle aurait dû insister lorsque ses équipes avaient effectué les recherches dans le Centre Altaméga ; il aurait fallu élargir la zone d'investigations jusqu'au Cap d'Erquy tout de suite après.

Avec Cousin, elle se rendit à Tu-ès-Roc, rue des primevères, pour rencontrer les petits-enfants des Maurier. Au numéro 3 de la rue se trouvait leur jolie maison de pêcheur en grès rose d'Erquy. Ils sonnèrent. Une dame à cheveux gris et aux bonnes joues rebondies vint leur ouvrir. Elle fut quelque peu interloquée quand elle vit l'uniforme de Cousin.

— Nous voulons voir vos petits-fils, exigea le gendarme.

— Ils ont fait une bêtise ? balbutia la pauvre dame, en portant la main à sa bouche.

— Rassurez-vous, l'apaisa Audrey. Ils n'ont rien fait de mal. Nous voulons seulement leur parler du VTT qu'ils ont trouvé et rapporté au Centre Altaméga il y a quelques jours.

Madame Maurier les convia à entrer. Après avoir déjeuné et fait leur toilette, les deux garçons s'apprêtaient à aller jouer à l'extérieur. La crainte apparut dans leur regard lorsqu'ils comprirent que les enquêteurs étaient là pour eux. Audrey les tranquillisa aussitôt :

— N'ayez pas peur. Nous n'avons rien contre vous. Nous voulons simplement vous poser une question ou deux. Comment vous appelez-vous et quel est votre âge ?

— Je m'appelle Titouan et j'ai 12 ans, dit le plus grand.

— Moi, je suis Louis ; j'ai 11 ans.

— Vous êtes frères ?

— Cousins.

— Lundi, vous avez trouvé un VTT sur le Cap d'Erquy et vous avez eu la gentillesse de le rapporter au Centre Altaméga qui en est le propriétaire. C'est bien ça ?

— Oui. Il était par terre au bord du sentier qu'on suivait. Il y avait une plaque avec « *Centre Altaméga* » écrit dessus, alors on l'a ramené, dit Titouan.

— Vous pourriez nous montrer l'endroit exact où vous l'avez retrouvé ?

Les deux garçons échangèrent un regard.

— Oui, répondit Titouan, alors que Louis acquiesçait de la tête.

— Alors, on y va. Madame Maurier, pourriez-vous nous accompagner ?

Les deux enfants et leur grand-mère montèrent à l'arrière du véhicule de gendarmerie. Cousin prit la rue du Four à boulets en direction du cap. Les garçons indiquèrent qu'il fallait dépasser les Lacs Bleus et tourner à droite juste après dans le sentier aménagé en voie piétonnière et cycliste. Cousin gara la voiture devant la barrière à l'entrée ; tous descendirent et se mirent à marcher sur le chemin bordé de quelques pins maritimes, les adultes suivant les enfants qui trottinaient devant eux. Une centaine de mètres plus loin, ils tournèrent à gauche dans un sentier secondaire. Ils avancèrent sur une soixantaine de mètres. Puis ils s'arrêtèrent et se tournèrent vers les policiers.

— C'est là, affirma l'aîné des garçons.

— Oui, confirma le plus jeune timidement. Vous voyez, là, les arbres. Ben, le VTT était par terre, juste entre les deux derniers.

Ils se trouvaient à la sortie du bosquet. Les derniers pins étaient situés sur leur gauche. L'endroit était assez repérable ; les enfants n'avaient pas pu commettre d'erreur.

— Merci, les enfants, dit Audrey en leur souriant. Vous nous avez bien aidés.

Elle se tourna vers Cousin qui, radio en main, prévenait ses subordonnés de rappliquer rapidement.

— Vous pourrez les faire raccompagner chez eux ? demanda-t-elle au gendarme.

Il hocha la tête et passa le message à la radio. Puis il dit aux garçons et à leur grand-mère :

— Une voiture va vous ramener ; elle vous attend à la barrière à l'entrée de la voie aménagée.

Audrey et Cousin remercièrent une nouvelle fois madame Maurier et ses petits-fils pour leur aide et ceux-ci les quittèrent, ravis et fiers d'avoir pu participer à une enquête de police.

Quelques minutes plus tard, tous les effectifs de la brigade de Pléneuf, y compris les auxiliaires d'été, étaient à l'ouvrage dans cette zone, passant le bosquet de pins au peigne fin et explorant chaque touffe de bruyère et chaque buisson d'ajonc.

Une heure plus tard, ils n'avaient toujours rien trouvé. Le périmètre des recherches était élargi à une zone plus vaste, allant des plages au nord du cap, celle du Lourtuais puis du Portuais, jusqu'aux Lacs Bleus et au sentier côtier au sud, en incluant l'escalier descendant au port, notamment l'espace sous les marches. Audrey sentait l'inquiétude l'envahir. Elle redoutait maintenant sérieusement que toutes les recherches entreprises ne mènent à rien.

Son téléphone sonna soudain : c'était Danic.

— On a reçu les résultats du labo sur les échantillons prélevés sur le Zodiac et les avirons, lui apprit le chef des TIC.

— Allez-y, dites-moi ! J'ai besoin de bonnes nouvelles.

— Le sang prélevé sur le Zodiac est celui de Gwendal Souder, révéla Danic.

— Ce qui prouve totalement l'implication du Zodiac dans le naufrage du voilier.

— Et les analyses d'échantillons prélevés sur un des avirons en bois du Zodiac montrent qu'il s'agit de résidus de tissus cellulaires, de cheveux et de traces de sang appartenant à Maïwen Souder.

— Ce qui confirme qu'elle a bien été tuée au moyen de cet aviron qui lui a fracassé le crâne.

— Oui. L'analyse ADN des fibres de toile cirée verte recueillies dans les torons du hauban sectionné n'a rien donné, le seul ADN identifié étant celui de Michel David, à qui appartenait le ciré.

— Oui, soupira Audrey. Fallait quand même pas rêver !

— C'est le ciré complet qu'il nous faudrait. De ce côté-là, vous n'avez toujours rien ?

— Rien. On fouille, mais on ne trouve pas !

— Je ne voudrais pas paraître pessimiste, mais ça ne m'étonne pas vraiment, glissa Danic.

— Qu'est-ce qui vous fait dire ça ? Ça paraît quand même logique que l'assassin s'en soit débarrassé avant de réapparaître auprès des autres ! réagit Audrey, un peu agacée.

— Oui, c'est ce qu'il a dû faire, s'empressa de dire Danic. Mais cela fait plusieurs jours de ça. Il y a des bêtes à vivre dans ces landes dont certaines ont un odorat très développé. L'une d'elles, genre renard ou blaireau, peut avoir été attirée par l'odeur du sang qui devait imprégner le tissu, avoir tiré le ciré de sa cachette, et le vent qui soufflait ce soir-là a pu entraîner le ciré jusqu'à la mer.

— Eh bien ! souffla Audrey, dépitée. On peut dire que vous savez remonter le moral des troupes, vous ! Donc, vous pensez que ça ne sert à rien de continuer les recherches ?

— Non, je ne dis pas ça. Juste que je ne pense pas que vous le trouviez bien roulé en boule sous une touffe d'ajoncs.

— D'accord, je vois. En tout cas, merci pour m'avoir donné les résultats du labo. On aura au moins ça pour attester de la réalité des assassinats.

XXXVII

Vendredi 21 août, 8 h 45

Après le petit déjeuner, les stagiaires se retrouvèrent dans la cour pour recevoir les habituelles informations sur le déroulement de la journée. L'équipe des instructeurs était regroupée autour de Michel qui prit la parole.

— Cette journée est la dernière journée complète de votre stage qui se termine demain après-midi. Le programme est en partie changé en ce qui concerne les épreuves du jour. Pour ce matin, nous avions prévu de remettre au programme la course d'orientation annulée dimanche, mais nous nous voyons obligés de la déprogrammer, car les gendarmes effectuent des recherches sur toute la zone du Cap d'Erquy et ont bouclé l'accès. On verra si on pourra la faire cet après-midi. Donc, pour ce matin, nous avons prévu une sorte de triathlon, mais, rassurez-vous, sur un parcours relativement court. Une première partie de natation sur un parcours allant de la partie gauche de la plage des Sables-d'Or jusqu'au port des Hôpitaux, soit environ 600 mètres. La mer est haute vers 10 heures ce matin. Ensuite, vous sortirez de l'eau au niveau du port et prendrez la route qui le dessert jusqu'au parking un peu plus haut. Les instructeurs vous attendront là avec les VTT. De là, vous suivrez l'itinéraire du GR 34 pour rejoindre la lagune. Ensuite vous prendrez la voie verte en direction d'Erquy. Vous continuerez jusqu'au dolmen, puis irez jusqu'à la Ville Hamon où les instructeurs récupéreront les vélos, soit environ une distance de 4 kilomètres. Ensuite, vous finirez en course à pied par la Ville Gour, le chemin de Liorbé, jusqu'au croisement avec la rue de Pleine-Garenne et vous arriverez ici, après une course d'environ 2,5 kilomètres. Donc, vous voyez : ça n'a rien d'extraordinaire. Vous aurez une copie de la carte IGN au cas où vous hésiteriez. Je précise que le temps de chaque équipe est le cumul des temps du premier et du dernier équipier à l'arrivée, ce qui vous oblige à des choix stratégiques. Vous avez les combinaisons légères en néoprène à votre disposition si vous le voulez ; vous pourrez mettre dans les fourgons un équipement de rechange pour après la natation. Allez, on se prépare !

Jo alla chercher une combinaison de type shorty en néoprène au local des activités nautiques, puis retourna à sa tente. Il enfila rapidement son maillot de bain et le shorty, mit dans son sac à dos un short et un T-shirt de sport, sans oublier son téléphone, puis ressortit. Il rejoignit ses équipiers au fourgon de Liz qui les emmenait à la plage des Sables-d'Or, alors que les adversaires montaient dans celui d'Ed. Chaque véhicule tractait une remorque avec les vélos de l'équipe.

Quand ils arrivèrent à la vaste et superbe plage des Sables-d'Or, la mer battait son plein. Les véhicules tournèrent vers la gauche et longèrent le front de mer. Après s'être garés, leurs occupants en descendirent, ôtèrent leurs chaussures et les mirent dans leurs sacs. Ils accédèrent ensuite à la plage par la passerelle de bois enjambant le fragile cordon dunaire.

Ed les fit s'aligner face à la mer et donna l'ordre de départ. Les concurrents coururent vers l'eau et y plongèrent dans de grandes éclaboussures, puis se mirent à frapper l'eau en cadence de leurs bras et de leurs jambes. Jo adopta un rythme pas trop élevé, soufflant dans l'eau et respirant sur le côté en prenant garde de ne pas s'asphyxier. Il se considérait comme un nageur plus que moyen. De plus, il manquait d'entraînement à ce sport et savait qu'il se fatiguerait rapidement. Déjà devant, Paula avançait comme un hors-bord, au coude à coude avec Hugo, le jeune de l'équipe Narval au style à la fois élégant et efficace. Jo tourna la tête pour regarder autour de lui. À sa droite, Lara nageait bien, avec à son côté son poisson-pilote, le jeune Simon qui aurait certainement pu accélérer le tempo, mais voulait rester à proximité de la jeune femme. Juste derrière, Patrice s'accrochait, dans un style plutôt coulé qui laissait penser qu'il pratiquait régulièrement ce sport. Alors qu'ils en arrivaient aux deux tiers du parcours, Patrice était revenu à sa hauteur. Jo serra les dents car il commençait à avoir les bras lourds. Il regarda derrière lui : deux nageurs de Narval étaient bien à la traîne. Jo parvint à maintenir son tempo jusqu'au bout alors qu'ils dépassaient les bateaux au mouillage. Tous quatre atteignirent le rivage à peu près en même temps et se mirent à courir vers la route et le parking. Les instructeurs, après le départ de l'épreuve de natation, avaient repris leurs véhicules et étaient arrivés au port des Hôpitaux avec leurs remorques chargées de VTT.

Paula y était déjà depuis trois bonnes minutes ; elle avait quitté sa combinaison de natation et enfilé short et T-shirt. Elle finissait de lacer ses chaussures. Elle les houspilla pour qu'ils se changent sans perdre de temps. Fatigués de l'entendre les harceler sans cesse, tous lui dirent de profiter de son avance pour repartir sans attendre puisqu'elle était prête. Elle bondit sur son VTT et s'élança dans la côte, bientôt suivie par Hugo. Jo et ses trois coéquipiers finirent à leur tour de se changer. Ils avaient un peu d'avance sur leurs autres adversaires. Ils enfourchèrent leurs vélos, puis attaquèrent la difficile côte qui les menait sur la hauteur. Alors qu'ils roulaient bien groupés, Patrice lança :

— Je ne supporte plus Paula : elle est toujours d'une humeur massacrante. Je ne sais pas ce qu'elle a.

— C'est même de pire en pire, ajouta Simon.

— Elle est toujours comme ça, haleta Lara, debout sur les pédales. Elle est mauvaise… Prête à laisser un pauvre type être accusé pour quelque chose qu'il n'a pas…

Elle s'était interrompue avant de trop en dire, mais pour Jo, c'était limpide ! Lara savait ! Elle savait ce qu'elle n'était pas censée connaître, sauf si elle avait appris de Michel ou Ed que Chris n'était pas l'assassin, ce qui paraissait fort improbable. Mais comment savait-elle ?

Constatant que, pour une fois, Simon avait pris de l'avance sur elle, Jo vint à sa hauteur.

— Tu dis ça pour Chris ? C'est de lui que tu parles quand tu dis qu'elle laisse quelqu'un être accusé pour quelque chose qu'il n'a pas fait ?

— Je sais pas… J'ai rien dit…

— Lara ! Tu ne peux pas garder ça pour toi ! Si tu sais que l'assassin n'est pas Chris, il faut le dire !

Lara pleurait à chaudes larmes maintenant. Incapable d'avancer dans la côte, elle mit pied à terre. Jo jura tout bas : Simon s'était aperçu qu'elle était en difficulté et redescendait vers eux. Jo décida de brusquer les choses.

— Fous le camp, Simon ! Dégage, je m'occupe d'elle !

— Mais, c'est ma copine ! s'insurgea le jeune homme.

— Simon, fous le camp ! J'insiste ! Ça ne te concerne pas ! Avec Patrice, vous faites votre course. Je m'occupe de Lara. Ne t'inquiète pas ; je ne vais pas te la piquer !

Le jeune homme sentit qu'il valait mieux ne pas tenter de s'imposer.

— OK, j'y vais.

Simon repartit dans la côte. Pendant ce temps, l'autre groupe les avait rattrapés et les dépassait maintenant en lançant quelques remarques ironiques. Jo les laissa passer sans rien dire, puis revint à Lara.

— Lara, il faut que tu me parles. Je sais que tu caches quelque chose.

— Je ne cache rien du tout ! répliqua la jeune femme, mais son regard fuyant indiquait le contraire.

— Viens, on va monter la côte à pied, on parlera en même temps.

Ils se mirent en marche, en poussant leur vélo.

Jo reprit le cours de la discussion. Comme il n'avait pas le temps d'opérer en douceur, il décida d'être direct.

— Lara, es-tu comme Paula ? Es-tu prête à laisser accuser Chris, si tu penses qu'il est innocent ?

Les mains de la jeune femme se mirent à trembler violemment sur le guidon du VTT. Elle suffoquait.

— Non, bien sûr que non ! finit-elle par balbutier.

— Tu peux être accusée de complicité de meurtres, Lara. Si tu ne parles pas, tu te rends complice de l'assassin.

— Chris n'est pas coupable. Ce n'est pas lui, l'assassin. La police s'est trompée.

— D'accord. Maintenant, la question banco : c'est Paula qui est la meurtrière ?

Elle regarda Jo à travers ses larmes.

— Et toi, tu la soupçonnes ? Pourquoi ? demanda-t-elle.

Jo songea à lui dévoiler une partie de la vérité le concernant :

— Lara, je vais te parler sans détour et je souhaite que tu fasses de même en retour. Donnant-donnant : OK ?

La jeune femme acquiesça d'un mouvement de tête.

— OK, dit-elle. Donnant-donnant.

Jo scruta son visage pour tenter d'y déceler une trace de duplicité. Ne lisant que de la crainte et de la tristesse, il se décida :

— Si je suis ici, dit-il, c'est pour trouver l'assassin de mes amis, les marins Gwendal et Maïwen Souder. Je suis en relation avec la police. Nous savons que l'assassin est Paula ; on a trouvé son bracelet à l'endroit de la chute d'Antoine ce matin. Mais il y a encore des zones d'ombre, et surtout, on manque de preuves directes. Si tu ne m'aides pas, elle peut s'en sortir sans être inquiétée. Si tu parles, on aura enfin quelque chose de solide contre elle.

Elle regarda Jo à travers un brouillard de larmes, hésita quelques instants, puis se lança à voix si basse que Jo dut tendre l'oreille :

— Elle me fait peur ! Elle est complètement folle ! J'ai assisté à ce qui s'est passé avec Antoine au bout du Cap d'Erquy. Je suis arrivée juste au moment où il la tirait par le poignet vers la balise. Elle s'était laissé tomber par terre et elle essayait de lui résister, complètement paniquée. Lui, il riait. Je l'ai entendu qui criait : « Viens, espèce de trouillarde ! Je vais t'aider à approcher de cette foutue balise pour que tu puisses marquer ta fiche ! » Elle hurlait, paniquée par le vide devant elle. Mais il continuait à la traîner méchamment. J'ai appelé Antoine et lui ai crié d'arrêter. Quand il m'a vue, il s'est figé. Il y a eu à ce moment-là un gigantesque éclair qui a tout illuminé. Paula, allongée par terre, a frappé de ses deux pieds en avant le ventre d'Antoine. Il a été déséquilibré en arrière. Sa main a glissé ; il a lâché le poignet de Paula en lui arrachant le bracelet et il a basculé dans le vide. Je me suis approchée : l'éclair suivant m'a permis de voir son corps désarticulé plus bas dans les rochers. Il n'y avait rien à faire. Je me suis retournée et j'ai vu que Paula regardait en direction d'un voilier qui passait au-dessous de nous. Sa chevelure rousse, son regard fou, son visage grimaçant, tout me faisait peur en elle. Je l'ai aidée à remonter jusqu'au sentier.

— Donc, tu as assisté à la scène du meurtre ; tu vas pouvoir témoigner.

— Attends, je t'explique la suite ; tu vas comprendre pourquoi je n'ai rien dit. Une fois sur le sentier, elle a attrapé mon bras et elle a hurlé : « Écoute bien, c'était un malheureux accident ! Alors, ne va surtout pas raconter autre chose ! D'ailleurs, ne dis rien du tout quand tu rejoindras les autres. Je te préviens : si tu parles, je dirai que c'est toi qui as poussé Antoine parce que tu as voulu te venger de l'agression qu'il t'a fait subir hier soir, et c'est moi qu'on croira parce que je suis sujette au vertige et que ça me fait un bon alibi. » Puis elle est partie en courant. J'étais complètement anéantie ; j'avais peur. Et j'ai décidé de ne rien dire.

— Antoine t'avait vraiment agressée ? questionna Jo.

— N… non, pas vraiment… Enfin, il s'est montré très entreprenant au moment où je sortais de la douche. C'est Paula qui m'a sortie de ses pattes en lui disant de me laisser tranquille.

— D'accord. Merci, Lara. Ça n'a pas dû être facile pour toi. Maintenant, tu fais bien de t'exprimer. Dis-moi : quand Paula est partie en courant, tu savais qu'elle se lançait à la poursuite des marins ?

— Non, Jo ! Je ne savais pas. J'ai appris les meurtres sur le voilier en même temps que les autres stagiaires, quand la policière les a annoncés. J'ai alors compris qu'elle avait tué les gens du voilier. J'avais déjà peur avant, mais là, j'étais terrifiée. Étant donné qu'elle avait déjà tué trois personnes, elle n'hésiterait certainement pas à m'assassiner aussi, si elle l'estimait nécessaire.

— Oui, c'est possible, admit Jo. Bon, on va remonter sur nos vélos. Voilà, la route à gauche que suit aussi le GR.

Ils se remirent en selle et se laissèrent bientôt entraîner à toute allure dans une forte pente. Ils tournèrent ensuite à droite en longeant le fond de la lagune. Atteignant le pont qui enjambe l'Islet, ils descendirent de vélo pour grimper le raidillon permettant d'accéder à l'ouvrage. Ils enfourchèrent à nouveau leur VTT pour partir à droite vers le centre d'Erquy sur la voie verte. Ils durent appuyer sur les pédales car le chemin montait régulièrement jusqu'à croiser la route des Hôpitaux. Ils repartirent à fond de train de l'autre côté, puis prirent à droite vers le Dolmen, traversèrent le hameau de la Ville Hamon et, au croisement avec la route des Hôpitaux, retrouvèrent Ed et Art' qui les attendaient. Ils descendirent de leurs VTT et les laissèrent aux deux instructeurs.

— Vous êtes à la traîne, leur dit Ed. Les deux derniers de l'autre groupe ont environ 3 minutes d'avance sur vous. Ça va être dur à rattraper.

— J'ai eu des difficultés dans la côte en partant du port des Hôpitaux, dit Lara.

Ils se mirent à courir, adoptant un bon rythme dès le début. Lara donnait le tempo ; Jo la laissait faire, supposant qu'elle ne surestimait pas ses possibilités malgré l'allure soutenue. Ils empruntèrent un sentier les menant par la Ville Gour, coupèrent la rue des Moulins, suivirent le chemin du Liorbé jusqu'à déboucher sur la rue de Plaine-Garenne. Ils prirent à gauche dans cette voie et lancèrent l'emballage final. Ils avaient les deux adversaires en point de mire dans cette longue ligne droite et revenaient sur eux sensiblement. Alors qu'ils n'étaient plus qu'à une centaine de mètres d'eux, ceux-ci durent s'apercevoir qu'ils risquaient d'être rattrapés, car ils accélérèrent nettement l'allure. L'écart se stabilisa et, lorsqu'ils débouchèrent dans le Centre Altaméga, ils n'avaient pu combler leur retard.

Pour Jo et Lara, cela n'avait aucune importance, évidemment. Mais Paula ne l'entendait pas de cette oreille. Elle leur tomba dessus comme une furie.

— Vous êtes lamentables, tous les deux ! J'ai réussi à franchir la ligne d'arrivée en première position, mais d'à peine plus de dix mètres seulement. Et vous, vous arrivez tous les deux derniers avec plus de cinquante mètres de retard. Il n'y a pas besoin du chronométrage pour se rendre compte qu'on a perdu.

— J'ai calé dans la côte, expliqua Lara, avec un air de biche aux abois. Les autres nous ont doublés. On n'a jamais pu les rattraper après, même si on a réussi à réduire une partie de notre retard.

Jo se tut, n'ayant nulle envie de répondre afin de continuer à contrôler sa colère.

Cinq minutes plus tard, Ed confirmait la victoire de l'équipe Narval d'une vingtaine de secondes seulement.

Jo profita du regroupement provoqué par la proclamation du résultat de la course pour s'éclipser discrètement. Il dépassa les tentes et s'enfonça dans le sous-bois pour téléphoner à Audrey. Mais elle ne décrocha pas et la communication bascula sur sa messagerie. Il lui laissa un message : « J'ai un témoin pour le meurtre d'Antoine Trobert. C'est Lara. Je te rappelle plus tard. »

*

*   *

Vendredi 21 août, 11 h 45

Cachée derrière un arbre, Paula Sidant vit Jo remettre son téléphone dans sa poche. Ce salopard de mouchard des flics ! Personne n'avait droit au téléphone sur le camp, mais lui en avait un. À quoi lui servait-il, sinon à renseigner les flics ?

Elle l'avait discrètement suivi lorsqu'elle s'était aperçue qu'il quittait le regroupement en catimini. Elle s'était engagée à sa suite dans le sous-bois, en se demandant ce qu'il allait y faire. Elle se méfiait de lui depuis plusieurs jours déjà, depuis qu'il avait parlé à Liz du témoin qui avait vu sortir le Zodiac pendant l'orage. Et puis, il y avait cette petite pute de Lara qui l'avait accaparé tout à l'heure pendant la course. Qu'est-ce qu'elle avait pu lui raconter, cette petite garce ? Lara avait peur d'elle, c'était certain, et elle avait tenu sa langue jusqu'à présent. Mais ce Jo inspirait la confiance : il dégageait une telle impression de solidité qu'elle allait peut-être se laisser aller à quelques confidences, notamment pour soulager sa conscience malmenée par l'arrestation de Chris.

Paula Sidant se dit que ça devenait trop dangereux pour elle. Tôt ou tard, Lara finirait par craquer. Il n'y avait qu'une seule chose à faire : éliminer la menace. En faisant croire à un accident.

XXXVIII

Vendredi 21 août, 11 h 30

Audrey se faisait du souci. Elle savait maintenant que les recherches menées pour retrouver le ciré vert n'aboutiraient pas. Elle passait en revue ce qu'ils avaient pour le moment.

Pour le meurtre d'Antoine Trobert, le bracelet de Paula Sidant trouvé sur le lieu du drame était un lien avec sa propriétaire, mais aucunement une arme de crime ; en réalité, un avocat de la défense se ferait un plaisir d'affirmer que rien ne permettait de conclure à un homicide, le bracelet ayant pu être repris par Trobert parce que Paula n'en voulait plus. Quant aux assassinats de Gwendal et Maïwen, les preuves du double crime existaient, mais pas une seule d'entre elles ne pouvait incriminer un suspect.

Cousin s'approcha d'elle, son téléphone à la main.

— C'était l'équipe envoyée à la déchetterie. Ils n'ont rien trouvé. Je leur ai dit de revenir ici pour aider aux recherches sur le secteur élargi.

Audrey opina de la tête, sans rien ajouter. Ils avaient tous deux décidé d'envoyer une équipe de gendarmes à la déchetterie d'Erquy fouiller les bennes "d'encombrants" ou de "tout-venant". Visiblement sans résultat…

Cela l'amena à penser que si le ciré n'était pas sur la lande du Cap d'Erquy et pas non plus à la déchetterie, c'était peut-être parce qu'il était chez un particulier : une personne qui aurait trouvé ce vieux vêtement sale et déchiré et l'aurait ramassé pour ne pas le laisser traîner.

Elle héla Cousin qui s'était écarté pour parler à deux de ses hommes. Elle lui exposa son idée.

— Il faut rappeler tous les gendarmes encore à fouiller le périmètre, conclut-elle. Ça ne sert plus à rien d'explorer le terrain. Il faut lancer une enquête de voisinage auprès des habitants les plus proches du cap.

Aussitôt, Cousin se mit à parler dans sa radio pour rameuter ses troupes. Le téléphone d'Audrey se mit à sonner : c'était Jo, mais elle n'avait pas le temps de répondre. Les patrouilles rappliquaient vers le parking du cap les unes après les autres et il fallait leur donner des instructions. Après avoir étudié la carte du secteur et lancé une recherche d'adresses des riverains sur leur téléphone, Cousin et Audrey attribuèrent à chaque équipe de deux hommes, quelques visites à effectuer. Les gendarmes repartirent.

Audrey reprit son téléphone, vit que Jo avait laissé un message. Écouta.

Le soulagement qu'elle ressentit lui fit un bien immense. C'était vraiment fantastique que Jo ait pu dénicher un témoin. Presque trop beau pour être vrai ! Elle mesura encore une fois à quel point ses informations étaient cruciales pour l'enquête. Elle fut sur le point d'en parler à Cousin, mais il eut alors fallu lui expliquer le rôle joué par Jo à Altaméga, et ce n'était pas le moment.

Dix minutes plus tard, Cousin était rappelé par l'un de ses gendarmes.

— Chef ! dit le gendarme sur un ton animé. On tient quelque chose ! On est chez monsieur et madame Châtelmorin, rue du Lourtuais. Leur chien a rapporté chez eux lundi matin un « vieux vêtement de pêcheur vert tout déchiré » – c'est ce qu'ils me disent.

— Ils l'ont toujours ? questionna Cousin.

— Apparemment oui. Je ne l'ai pas encore vu. Je vous ai appelé tout de suite, dès que monsieur Châtelmorin m'a expliqué ça. On le suit : il va nous le montrer.

— Surtout, qu'ils n'y touchent pas, alerta Audrey qui avait tout entendu. Ces gens ont certainement manipulé le ciré, mais autant limiter les contacts. J'appelle Danic.

Pendant que Cousin relayait son ordre, elle sortit son téléphone et appela le chef des TIC.

— On a retrouvé le ciré vert chez un particulier. Voici l'adresse, annonça-t-elle en donnant les noms et coordonnées du lieu. Vous venez avec votre équipe. Il faudra bien sûr traiter avec le maximum d'attention cette pièce à conviction, d'autant qu'elle est loin d'être en bon état. Elle est notre seul moyen d'obtenir des indices matériels qui nous permettront de confondre l'assassin.

— D'accord, on arrive, répondit Danic, empressé. C'est vraiment le coup de pouce qu'il nous fallait, ce ciré vert.

Audrey raccrocha, puis rechercha dans son répertoire le numéro du Centre Altaméga.

— Monsieur David ? Capitaine Fauvel. Pouvez-vous vous rendre à une adresse près de votre centre, s'il vous plaît ? Nous avons retrouvé ce qui ressemble à votre vieux ciré vert. Il faudrait une confirmation de votre part.

— Je m'y rends tout de suite, Capitaine, répondit Michel David après avoir noté l'adresse. Je sais par Jordan Toutain que vous avez innocenté Chris pour les meurtres commis, alors je peux bien vous aider à coincer l'assassin.

— Qui vous a dit pour Chris ? demanda Audrey, plongée dans l'incompréhension.

— Euh ! Eh bien, Jordan Toutain, un de nos stagiaires, hésita Michel qui se demandait s'il n'avait pas commis une bévue en parlant de Jo à la policière. Jo travaille bien avec vous, non ?

— Oh, Jo ! Oui, bien sûr. Il vous a parlé de Chris et de l'enquête ? dit Audrey d'un ton réprobateur.

— Euh ! À vrai dire, je ne lui ai pas laissé le choix. J'étais prêt à le virer du stage ce matin parce qu'il n'avait pas participé à la séance de décrassage. Alors, il m'a expliqué pour Chris, et qu'il avait besoin de rester pour aider à arrêter ce salopard d'assassin.

— D'accord. Vous ne l'avez pas viré, alors ?

— Non, il m'a dit que les marins tués étaient des amis. J'avais franchement des doutes au début, mais maintenant, je pense que c'est un type bien.

— Oui, il l'est. À tout de suite.

Elle se tourna vers Cousin.

— Allons-y !

Cousin les conduisit à l'adresse des Châtelmorin. Ils sonnèrent à la porte d'une petite maison proprette en grès d'Erquy. Une dame âgée vint leur ouvrir.

— Mon mari est avec les gendarmes derrière la maison. Vous me suivez ?

Ils firent le tour de l'habitation pour aller jusqu'à un cabanon au fond du jardin. Un setter irlandais galopa vers elle et lui fit des joies, tandis qu'elle le repoussait affectueusement ; elle leur présenta Sultan, qui leur avait rapporté le ciré en guise de trophée de chasse. Elle poussa la porte et les fit entrer. Un homme âgé parlait avec animation aux deux gendarmes.

Les présentations faites, le vieillard désigna une grande et vieille malle en osier.

— C'est là-dedans qu'est le vêtement vert que mon chien Sultan a rapporté lundi.

Audrey s'approcha. Cousin commanda à ses hommes de sortir, car ils y étaient trop à l'étroit.

Le vieil homme raconta à nouveau ce qu'il avait déjà expliqué aux gendarmes : son chien Sultan avait fugué dimanche, affolé par l'orage. Il était revenu lundi matin avec sa prise qu'il considérait comme son bien et ne voulait pas lâcher. Non sans mal, sa femme et lui avaient fini par réussir à l'attraper et à lui prendre le vêtement lacéré et taché. Vu l'état, ils l'avaient mis au rebut dans la malle, car c'était dans ce vieux coffre qu'ils stockaient les objets usagés dont ils voulaient se débarrasser. Quand la malle était remplie, ils faisaient un voyage à la déchetterie.

Audrey et Cousin s'en approchèrent et examinèrent le vêtement, évidemment sans y toucher. C'était bien de la toile verte cirée, caractéristique des vêtements cirés vert olive d'autrefois. On distinguait dans cette charpie ce qui restait des manches et du col, preuve qu'il s'agissait bien d'une veste.

Une voix se fit entendre à l'entrée du cabanon annonçant l'arrivée de Michel David. Audrey l'invita à entrer et à venir observer le vêtement de près. Il se pencha au-dessus du coffre.

Il ne lui fallut que quelques secondes seulement pour livrer son verdict.

— C'est bien la vieille veste de ciré de mon grand-père. J'en suis sûr. Vous voyez cette tache de peinture blanche sur le haut de la manche, au niveau de l'épaule ? Elle y était depuis l'an passé, quand Liz et Matt ont refait la peinture des caravelles ; l'un des deux avait dû la mettre pour protéger ses vêtements. Ces peintures sont très résistantes ; les taches ne partent plus, une fois que ça a séché.

Audrey souffla de soulagement. Enfin quelque chose de solide ! Même si le vêtement était lacéré, éraflé, troué, elle ne doutait pas que les différents examens apportent les réponses suffisantes pour porter une accusation définitive.

L'austère Cousin se permit un petit sourire en regardant la policière.

— Il semble bien que cette fois on puisse avoir une preuve indiscutable.

Audrey lui rendit son sourire.

— Oui, je pense. Mais il faudra attendre plusieurs jours avant d'avoir les résultats des analyses.

— Bien sûr, mais on trouvera l'ADN de l'assassin là-dessus, j'en fais le pari. Vous devriez contacter le juge d'instruction pour lui annoncer la bonne nouvelle.

— Oui, je vais l'appeler.

Des bruits de voix se firent entendre à l'extérieur. Les agents des TIC de Danic, ayant revêtu leur tenue de protection blanche, étaient devant le cabanon. Danic y entra, s'avança pour juger de l'emplacement de la pièce à conviction. Il fit ensuite sortir Audrey et Cousin et fit entrer deux de ses hommes. L'un des deux hommes prit des photos sous différents angles. L'autre déploya une bâche plastifiée sur l'établi. À deux, ils saisirent délicatement le vêtement de leurs mains gantées de latex, l'étendirent sur la bâche et commencèrent à prélever les premiers échantillons, ceux qui pouvaient se détacher de la veste et être perdus ensuite, comme les cheveux notamment ou encore des résidus de terre ou de végétaux. Ils les glissaient dans des tubes ou des flacons qu'ils rebouchaient et étiquetaient.

À la demande de Danic, deux autres TIC avaient aveuglé la fenêtre du cabanon. Ils refermèrent la porte, allumèrent la Crime-Lite, éteignirent toute autre source de lumière. L'obscurité n'était pas totale, mais quand un des techniciens éclaira le ciré, de nombreuses taches apparurent, révélées par la lumière si particulière de cette lampe.

Danic sortit et confirma à Audrey et Danic la présence de sang en grandes quantités sur le devant du ciré. La policière visualisa la scène du crime sur les bateaux : l'assassin sectionnant le hauban avec la pince coupante, le câble rompu venant frapper tel un serpent mortel et trancher la gorge de l'infortuné Gwendal, le flot de sang jaillissant de la blessure béante et aspergeant la face et le ciré du tueur.

Danic fit redonner de la lumière dans le cabanon. L'un des TIC ouvrit et étala la capuche le plus largement possible sur l'établi. Il en inspecta l'intérieur à l'aide d'une lumière vive, préleva des cheveux, visiblement de plusieurs sortes, ce qui était normal puisque ce vêtement avait été porté par plusieurs personnes. Mais son attention redoubla lorsqu'il en repéra certains d'un aspect très particulier. Il appela Danic et lui montra sa découverte. Danic se pencha, examina l'échantillon et lui donna une tape amicale sur l'épaule. Il sortit du cabanon pour rejoindre Audrey et Cousin.

— C'est bon ! dit-il avec ferveur. On a trouvé un élément déterminant : des cheveux longs et roux, collés à l'intérieur de la capuche.

— Paula Sidant ! Cette fois, on la tient ! déduisit Audrey, ravie.

— Il faudra quand même que les analyses confirment que ce sont bien ses cheveux.

— Oui, bien sûr ! approuva Audrey. J'appelle Delecour.

Elle sortit son téléphone. Le juge d'instruction décrocha aussitôt.

— J'espère que vous avez du nouveau, Capitaine Fauvel, dit-il sur un ton sec.

— On a trouvé le ciré vert. Les techniciens de la gendarmerie procèdent actuellement au premier examen sur place de la pièce à conviction. Le vêtement porte de nombreuses taches de sang et ils y ont trouvé des cheveux longs et roux, vraisemblablement ceux de Paula Sidant mais cela devra être confirmé par l'analyse, évidemment.

— Bien ! Enfin, des résultats ! Bon travail, Capitaine ! Je savais que je pouvais vous faire confiance.

Audrey serra les dents. Il y avait peu de temps, la chanson n'était pas vraiment la même.

— Vu les charges qui pèsent sur elle, je vous signe immédiatement une commission rogatoire afin de placer Paula Sidant en garde à vue pour suspicion d'homicide sur Antoine Trobert, ainsi que Gwendal et Maïwen Souder.

Audrey raccrocha. Elle regarda sa montre :

13 h 30. Danic attendait qu'elle ait terminé sa conversation. Il lui dit :

— Ça n'est pas utile que vous restiez ici. D'ailleurs, on a presque fini. On va mettre le ciré dans un sac stérilisé et on poursuivra l'analyse dans notre labo à Saint-Brieuc.

— D'accord. Beau boulot, merci ! À plus tard.

Danic retourna vers le cabanon. Audrey se tourna vers Cousin.

— On a le feu vert du juge d'instruction. Vous pouvez rassembler vos hommes sur le parking du Cap d'Erquy et nous irons procéder à l'interpellation de Paula Sidant. Tant pis pour le déjeuner, on mangera une fois qu'elle sera sous les verrous.

XXXIX

Vendredi 21 août, 13 h 15

Les sandwiches avaient été rapidement expédiés. Après le repas, Michel avait annoncé que la course d'orientation prévue l'après-midi ne débuterait pas avant 15 heures, car l'accès au Cap d'Erquy était encore fermé.

Cela laissait du temps aux stagiaires qui profitèrent de ce temps libre pour se détendre après les efforts de la matinée. Simon proposa à Lara d'aller faire une petite sieste sous sa tente avec un petit sourire non dénué d'arrière-pensée, mais la jeune femme lui répondit en riant qu'elle voulait d'abord faire une petite lessive. Le jeune homme la quitta sur sa promesse de le rejoindre au plus vite.

De l'entrée de sa tente, Paula Sidant guettait les deux tourtereaux. Lorsqu'elle vit Lara se diriger vers les sanitaires, elle décida de passer à l'action. Elle saisit le couteau de plongée qu'elle avait dérobé un peu plus tôt dans le local des activités nautiques. Elle avait remarqué que Matt y laissait une partie de son équipement personnel ; ce poignard qu'il utilisait pour la plongée lui appartenait. Elle attacha l'étui à sa jambe droite et rabattit par-dessus le bas évasé de son pantalon de sport. Puis elle sortit de sa tente et alla rejoindre Lara.

La jeune femme avait les mains dans la bassine de lessive. Quand elle vit arriver Paula, un tremblement la saisit, ce qui n'échappa pas à l'œil exercé de la prédatrice.

— Lara, il faut que je te parle.

— Eh bien, vas-y, je t'écoute, répondit Lara, très tendue.

— Détends-toi. J'aimerais qu'on aille un peu à l'écart du camp, puisqu'on a un peu de temps.

— J'ai mon lavage à finir. Je ne peux pas.

— Écoute ! insista Paula en baissant la voix. J'ai à te parler de Chris. Je sais que tu ne supportes pas de le voir accusé d'un acte qu'il n'a pas commis. Moi aussi, j'ai des remords ; je voudrais faire en sorte qu'il soit innocenté.

Lara releva la tête et la regarda, intriguée par cette déclaration qu'elle jugeait surprenante venant de Paula. Pourtant, un air de totale sincérité s'inscrivait dans le regard vert de la grande femme rousse.

— Très bien ! Alors, allons voir la police et disons qu'il est innocent.

— Lara ! soupira Paula. Je pensais plutôt à un témoignage anonyme, comme une lettre ou quelque chose dans le genre. Je te rappelle que si nous parlons, nous serons toutes les deux impliquées dans le malheureux accident d'Antoine.

— « Accident » ?

— Pour tout le monde, ça doit rester un accident !

— Tant pis, je parlerai ! Je ne peux plus supporter ma lâcheté ! Jo m'a convaincue de témoigner, cracha Lara en colère.

Elle tourna le dos à Paula et reprit sa lessive, afin de montrer que la discussion s'arrêtait là. Paula, ivre de colère, se baissa, souleva sa jambe de pantalon, saisit le couteau de plongée. Puis elle bondit sur Lara, plaqua sa main gauche sur sa bouche et appliqua la lame sous sa gorge.

— Écoute-moi bien, petite garce ! On traverse le sous-bois jusqu'au fond du centre. On rejoint la route qui mène à la plage du Portuais et on descend jusque-là. Un cri, un appel et je te saigne comme un poulet !

Quelques instants plus tard, elles atteignaient le bout du bois, puis suivirent un étroit sentier qui les amena à la route du Portuais. Elles descendirent d'un pas rapide vers la plage, bras dessus bras dessous. Paula Sidant cachait sa main tenant le couteau sous son sweat-shirt ; Lara ne pouvait rien faire. Elles ne croisèrent qu'une famille sur cette voie habituellement assez fréquentée, mais la tueuse lui avait dit qu'au moindre cri, elle serait morte, et elle se tut, paralysée par la peur.

Deux cents mètres plus loin, elles empruntèrent l'escalier qui descendait à la plage, puis foulèrent le fin sable blanc. Il y avait peu de gens ; l'anse était exposée au nord et le temps n'était pas spécialement chaud aujourd'hui.

— On va sur la gauche de la plage, ordonna Paula. Ce sera plus tranquille.

Elles trouvèrent un coin derrière les rochers à l'abri des regards.

— Posons-nous là, dit Paula. Allez, on va se préparer pour le bain.

— Pourquoi veux-tu aller te baigner ? Je n'ai même pas de maillot ! protesta Lara faiblement.

Paula sourit méchamment.

— Aucune importance ! En culotte et soutif, tu seras très bien !

Paula ôta ses vêtements ; elle portait un maillot de bain au-dessous.

Elle coiffa un bonnet de bain qu'elle avait pris soin d'emporter afin de cacher ses cheveux plutôt voyants.

Le couteau en main, elle s'assit à côté de Lara qui était maintenant en culotte et soutien-gorge.

— Parle-moi un peu de Jo. Qu'est-ce que tu lui as dit ?

— Jo, il sait tout. Je lui ai tout dit… Que c'est pas Chris qui a poussé Antoine dans le vide, que tu voulais m'obliger à me taire… Les marins que tu as tués étaient ses amis. C'est pour trouver leur assassin qu'il est là. Il est en relation avec la police. C'est fichu, Paula ! Laisse-moi tranquille !

Les yeux de Paula Sidant s'étaient réduits à deux fentes, laissant filtrer une dangereuse lueur verte.

— Pauvre idiote ! rugit-elle. Qu'est-ce que tu as fait ? Si tu avais continué à te taire, personne n'aurait pu prouver qu'Antoine n'était pas mort accidentellement et pas davantage fournir de preuves pour m'accuser de la mort des marins. Au lieu de ça, je vais être obligée de te tuer pour me couvrir, et puis Jo après toi.

Elle brandit son poignard sous le nez de Lara, terrifiée.

— Allez, lève-toi ! On va se baigner !

XL

Vendredi 21 août, 14 heures

Jo courait de toute la vitesse dont il était capable vers la plage du Portuais.

Quelques minutes plus tôt, un Simon inquiet était venu à sa tente lui demander s'il avait vu Lara. Il était allé aux sanitaires pour retrouver la jeune fille qui y faisait de la lessive, avait-il expliqué, mais elle n'y était plus. Elle avait bizarrement laissé en plan sa bassine avec ses vêtements trempant dedans. Jo était allé aussitôt voir si Paula Sidant était dans sa tente. Personne… Il avait alors commencé à se douter de ce qui avait pu se passer. Il avait couru jusqu'au parking du centre : toutes les voitures étaient là, y compris celle de Paula. Il s'était ensuite précipité vers la route du Portuais, se demandant ce qu'avait pu décider la tueuse. Elle voulait certainement éliminer Lara. Elle n'avait pas pu choisir d'aller vers les habitations ; elles étaient donc allées vers la mer. Il avait repris sa course dans cette direction. Une famille remontait tranquillement en sens inverse. Le père poussait un landau tandis que la mère exhortait son bambin récalcitrant à reprendre la marche.

Jo s'arrêta à leur hauteur, rejoint par Simon.

— Excusez-moi, dit-il. Vous n'auriez pas vu deux femmes descendre vers la plage ?

— Oui, répondit le père aussitôt. Il y a à peu près dix minutes. Une grande dame rousse qui soutenait une autre, une brune, qui avait l'air malade.

— C'est bien ça, je vous remercie !

Jo avait recommencé à courir, mû par un sentiment d'urgence absolue.

Maintenant, il atteignait l'escalier, suivi de Simon à quelque distance. Il dévala les marches quatre à quatre, et déboula sur la plage. Il s'arrêta pour observer les gens qui s'y trouvaient. Peu de monde, en fait, installé dans la partie droite de la plage, la plus abritée des vents de nordet. Il ne voyait pas parmi eux la crinière rousse de Paula Sidant. Il hésita quelques secondes. Simon arriva à côté de lui, exténué par sa course.

Jo jura à voix basse.

— Où sont-elles ? Elles ne sont pas parmi les gens là-bas, dit-il.

Il enleva ses chaussures, imité par Simon. Ils avancèrent vers la mer sur le sable mouillé du jusant, scrutant la mer pour tenter de repérer les deux femmes. Ayant atteint le bord de l'eau, le regard de Jo fut attiré par un mouvement sur sa gauche. Deux femmes étaient entrées dans l'eau et dépassaient maintenant le rocher qui les cachait l'instant d'avant. Le soleil renvoya un éclat métallique de la main de l'une d'elles. Cette femme, plus grande que l'autre, était coiffée d'un bonnet.

— C'est elles. N'appelle-pas ! Ne crie pas ! Paula a un couteau ! On recule avant qu'elle nous voie !

Ils se retirèrent vivement, puis se mirent à courir vers la zone rocheuse qui masquait leur approche. Ils la contournèrent, atteignirent une étroite zone sablonneuse se prolongeant vers le large. Les deux femmes étaient de nouveau visibles, donc eux pour elles également. Mais Paula Sidant n'était pas occupée à surveiller ses arrières. Elle avait empoigné Lara par les cheveux et pesait sur sa tête pour l'immerger avec l'intention visible de la noyer.

Il fallait faire vite, tout en restant prudent, car si la tueuse s'apercevait de leur présence, elle n'hésiterait certainement pas à trancher la gorge de sa victime. Jo intima au jeune homme l'ordre de ne plus bouger et de ne pas se faire voir. Il lui confia son téléphone en lui disant d'appeler la police, au nom d'Audrey, le seul numéro de son répertoire. Il ôta ses chaussures et prudemment, entra dans l'eau fraîche, s'y plongea sans bruit, puis progressa vers elles. Le bruit du clapot couvrait son approche. Lara se débattait ; mais l'athlétique Paula était nettement plus forte. Dans un sursaut, Lara parvint à sortir sa tête de l'eau, à inspirer brièvement, avant d'être à nouveau immergée. Paula avait perdu son bonnet, sa longue chevelure flamboyant au soleil.

Soudain, ayant détecté une autre présence non loin d'elle, elle tourna la tête. Ses yeux s'écarquillèrent de surprise en découvrant Jo à deux mètres d'elle.

— Non ! hurla-t-elle de violence et de haine. Je vais la crever, cette salope !

Elle leva son bras armé. Jo se propulsa vers l'avant dans un dernier effort et parvint à saisir le poignet de la tueuse. Il le lui tira violemment en arrière pour que Lara ne risquât pas d'être atteinte. Paula bascula sur le côté, libérant Lara dont la tête réapparut à la surface.

— Lara, écarte-toi ! cria Jo, qui tenait toujours le poignet de Paula.

Mais la tueuse avait saisi le couteau de son autre main. Elle le brandit au-dessus de la tête de Jo. Celui-ci para le coup de son avant-bras droit, passa sa main gauche derrière le coude de son adversaire. Il tira sur l'articulation fortement, tout en maintenant son blocage avec son bras droit. Le mouvement antagoniste arracha un cri de douleur à Paula. Jo accentua sa pression et elle fut contrainte de lâcher son arme qui coula. Mais la furie lui porta un coup de son poing libre derrière la tête. Dans l'eau et sans élan, l'impact manquait heureusement de puissance, mais il ressentit tout de même à l'arrière de son crâne une vive douleur qui le fit réagir. Il réussit à contrer le coup suivant, puis, se disant qu'il en avait vraiment marre de ce fauve qui avait tué sauvagement ses amis, lui balança un magistral coup de poing à la mâchoire. Les yeux verts de la tueuse roulèrent dans leurs orbites et elle s'évanouit.

Il la chargea comme un sac sur son épaule et revint vers le rivage. Lara, toute tremblante, était réconfortée par Simon qui la serrait dans ses bras. À ce moment, Jo entendit le mugissement des sirènes des véhicules de gendarmerie. Il déposa Paula Sidant sur le sable.

Audrey et les gendarmes firent irruption sur la plage. Jo leva le bras pour attirer leur attention. Ils coururent pour le rejoindre. Ils virent Paula étendue sur le sable, se penchèrent pour constater qu'elle était vivante et lui passèrent les menottes. Audrey se précipita dans les bras de Jo, sous les regards médusés des gendarmes, ainsi que de Simon et Lara.

— Je vous présente mon mari, dit Audrey à l'assistance bouche bée. Sans qui les homicides commis par cette femme auraient été considérés comme de simples et tragiques accidents.

— Eh bien, vous arrivez comme les carabiniers, vous ! Tu n'avais pas reçu mon message ?

— Si, mais nous avions à récolter des preuves sur le terrain. Quand nous sommes arrivés au centre pour arrêter Paula Sidant, nous avons inspecté vos tentes, la tienne, celles de Simon et Lara, sans vous trouver, évidemment. Personne dans le centre ne savait où vous étiez passés, puis Simon a appelé sur ton téléphone. Voilà.

Paula Sidant avait repris connaissance, mais peinait visiblement à récupérer. Néanmoins, elle avait parfaitement compris que les jeux étaient faits. Elle dardait un regard assassin sur Jo.

Audrey s'avança vers elle. Deux gendarmes la firent se relever.

— Paula Sidant, déclara Audrey d'une voix forte. Selon les termes de la commission rogatoire émise par le juge Delecour, nous vous arrêtons pour les homicides d'Antoine Trobert, de Gwendal Souder et de Maïwen Souder. Il est 14 h 28 : vous êtes placée en garde à vue à compter de ce moment. Vous pouvez, si vous le désirez, vous faire assister par un avocat.

Elle se tourna vers Cousin et lui dit qu'il pouvait l'emmener. Jo lui demanda un instant pour lui dire deux mots.

— Paula Sidant, dit-il d'une voix emplie de fureur, vous avez poursuivi et tué mes amis sans aucune pitié. Pourquoi ? La mort d'Antoine n'était pas accidentelle, mais avec un bon avocat, vous pouviez vous en tirer sans une peine trop lourde ; Lara m'a dit que c'était Trobert qui vous avait traînée de force vers la balise.

Jo vouvoyait la tueuse pour bien marquer sa profonde aversion à son égard. Elle le fixait farouchement.

— Ils nous avaient vus, énonça-t-elle comme si sa réponse coulait de source. Le vent avait enlevé ma capuche : ils avaient vu mes cheveux. Ils pouvaient m'identifier. J'ai vu l'homme se précipiter dans sa cabine, réapparaître en parlant dans un micro de radio. Mais il l'a secoué et l'a lâché presque aussitôt avec un geste de colère : j'ai compris que la radio était en panne. C'était un signe ! Je devais les rattraper.

Jo s'écarta de ce monstre froid, terrifié de ne déceler dans ses propos la moindre trace de regret ou d'empathie à l'égard de ses victimes.

— Mais je ne veux pas être la seule à payer, reprit-elle d'un ton sinistre et menaçant. La traîtresse doit assumer sa part, elle aussi.

Jo se retourna d'un bloc.

— Je sais que vous allez accuser Lara d'avoir poussé Antoine, dit-il. Vous l'avez menacée de porter cette accusation contre elle, si elle ne se taisait pas.

— Non, c'est la vérité. La douce et délicate Lara a poussé Antoine dans le vide.

— Et voilà ! Ne l'écoute pas, Jo ! cria Lara. Elle ment !

Il y avait comme une fêlure dans la voix de la jeune femme.

— Moi, j'étais bien incapable de me défendre contre Antoine qui me traînait par terre, reprit Paula Sidant. Vous ne pouvez pas imaginer ce qu'on ressent lorsqu'on est pris par le vertige à ce degré-là. On est paralysé par la terreur, mais en même temps attiré par le vide ; notre esprit se bloque complètement, on est incapable de la moindre réflexion, de prendre la moindre décision. Tout ce que je pouvais faire, c'était de m'accrocher à la terre, aux touffes de végétation.

Audrey écoutait Paula Sidant avec une extrême attention. La voix de la meurtrière avait perdu toute agressivité ; maintenant qu'elle savait qu'elle ne s'en tirerait pas, elle tenait des propos exempts de toute passion. La policière en vint à penser que Paula pouvait dire la vérité. Elle se remémora les avis des spécialistes collectés par Boursot qui affirmaient qu'elle souffrait d'une forme particulièrement aiguë de ce syndrome. Elle se rappela qu'avec les autres enquêteurs, ils avaient un moment conclu que Paula ne pouvait pas avoir poussé Trobert dans le vide, et qu'ils avaient envisagé deux meurtriers se complétant l'un l'autre.

La policière décida d'intervenir afin de montrer à tous qu'il y avait peut-être du vrai dans les propos de la meurtrière.

— Les experts médicaux nous ont effectivement décrit ce que vous ressentez dans cette situation. Ils seront d'ailleurs amenés à clarifier tout cela devant les tribunaux. Comment s'est déroulée la chute d'Antoine Trobert, selon vous ?

— J'ai vu soudain une silhouette encapuchonnée surgir à côté de moi, reprit Paula. Elle s'est précipitée pour s'interposer, a poussé comme une furie de ses deux mains sur la poitrine d'Antoine. Il a basculé dans le vide en m'arrachant mon bracelet au passage. Mon sauveur, c'était Lara. Elle a hurlé : « Salaud ! Ça, c'est pour ce que tu nous as fait ! »

Lara était hagarde ; elle faisait non de la tête, rejetant l'accusation. Paula Sidant s'adressa à elle d'un ton presque tendre :

— Tu vois, Lara : à cet instant, dans le brouillard du vertige, tu étais mon ange-gardien arrivé juste à temps pour me sauver. Quand j'ai vu les marins sur leur voilier et que j'ai compris qu'ils avaient tout vu, j'ai pensé qu'il fallait que j'agisse à mon tour. On n'avait pas le choix : mes cheveux roux auraient été obligatoirement cités dans leur témoignage, ce qui aurait conduit la police jusqu'à moi, donc jusqu'à nous deux. J'ai considéré que la mort d'Antoine était notre œuvre commune ; d'ailleurs, si j'avais eu la force de le pousser moi-même, c'est moi qui l'aurais tué. Lara, tu as été mon bras armé. J'avais aimé cet homme au-delà de toute raison ; il m'a abandonnée et s'est comporté en monstre avec toi. Je le haïssais pour ce qu'il nous avait fait à toutes les deux. Jamais, je ne t'aurais laissée seule porter la responsabilité de sa mort. Alors je t'ai dit de rejoindre rapidement le parking et que j'allais tout arranger. Ce que j'ai fait après, je l'ai fait pour toi, Lara…

Puis elle se tut et se mura dans le silence. Comprenant qu'il ne servait plus à rien de nier l'évidence, Lara regarda tristement Jo, envahi soudain d'un froid glacial.

— Ce salaud d'Antoine voulait que je couche avec lui, avoua-t-elle. Paula l'avait entendu – elle me l'a dit après. Le samedi soir, il m'avait attendue à la sortie de la douche et m'avait affirmé qu'il viendrait le soir dans ma tente. Si je refusais de lui céder, il s'arrangerait pour me faire virer de la boîte, maintenant qu'il était chef du projet ; il aurait trouvé un prétexte. J'étais en CDD et par les temps qui courent, c'est tellement difficile de trouver un poste intéressant et stable. J'ai cédé… Ça a été horrible. Après coup, je m'en suis voulu. Je me dégoûtais. Alors, quand j'ai vu au bout du cap ce salaud maltraiter Paula, j'ai vu rouge. Comme une folle, je me suis jetée sur lui et je l'ai poussé de toutes mes forces, c'est vrai… Mais pas pour le faire tomber de la falaise, juste pour l'écarter de Paula !

— Paula Sidant vous a pourtant entendu crier : « Salaud ! Ça, c'est pour ce que tu nous as fait ! », objecta Audrey.

— Elle était prostrée, répliqua Lara. Je ne sais pas ce qu'elle a cru entendre. Et puis, en plus, il y avait le bruit du vent et de la pluie… Alors…

— Mais, malheureusement, ça ne s'est pas arrêté là ! la relança Audrey.

— Ça aurait dû s'arrêter là… En quelque sorte, pour moi, mon rôle s'est vraiment arrêté là, plaida Lara. Mais on a vu les marins. J'étais hébétée, sous le choc de ce que j'avais fait, incapable de réfléchir. Paula m'a dit d'aller au plus vite rejoindre les autres, qu'elle allait tout arranger. Elle est aussitôt partie en courant à toute vitesse. Je n'ai pas compris ce qu'elle voulait dire par « tout arranger ». Si elle m'avait parlé de son intention, je l'aurais dissuadée de faire ça. On aurait pu faire face toutes les deux aux accusations et j'aurais pu bénéficier de circonstances atténuantes, je pense.

— Avec un bon avocat certainement, acquiesça Audrey. Ça dépend si le chef d'accusation retenu est l'homicide involontaire ou le meurtre. Est-ce que vous avez voulu simplement aider Paula en repoussant Trobert, comme vous le disiez tout de suite, ou est-ce que vous avez eu l'intention de le tuer pour vous venger, comme semblait le supposer Paula Sidant ? Mais ça, c'est à la Justice d'en décider. Quand Paula Sidant est revenue, que s'est-il passé ?

— À son retour, elle était dans un état pitoyable : elle saignait d'une belle entaille au front et avait l'air épuisée. Elle m'a dit que tout était réglé, mais n'a rien voulu ajouter de plus, sinon qu'il fallait que les autres pensent qu'on se détestait mutuellement. Je n'ai vraiment pas pensé une seule seconde qu'elle avait poursuivi les marins pour les tuer. Au Centre Altaméga, nous sommes coupés du monde : pas d'infos, pas de téléphones ; ce n'est que lorsque la police a commencé son enquête au centre que j'ai compris ce qu'elle avait fait. J'étais horrifiée par ce qu'elle avait pensé devoir faire pour moi, et alors j'ai vraiment pris peur.

— À partir de cet instant, tu as cherché à te protéger, intervint Jo, glacial. Tu t'es rapprochée de Simon, car tu t'es dit que si Paula Sidant avait été capable de massacrer des innocents en prenant des risques insensés, elle pouvait tout aussi bien te faire taire définitivement si tu flanchais. Et puis, quand la police a arrêté Chris pour les trois meurtres, ta conscience est venue te titiller ; mais tu ne voulais quand même pas t'accuser du meurtre de Trobert, alors tu t'es dit qu'en la jouant fine avec moi, tu pouvais dédouaner Chris en chargeant Paula Sidant et en préparant le terrain pour qu'on pense que ses menaces d'accusations contre toi n'étaient qu'un vilain chantage de sa part afin de te contraindre au silence. Mais tu n'avais pas prévu cette confrontation que nous avons maintenant entre nous tous, à chaud, et qui t'a amenée à te découvrir.

Jo ressentit une sorte de vertige qui l'attirait vers le trou noir d'une profonde tristesse. Au fond de lui, il maudissait le répugnant Trobert qui avait déclenché l'enchaînement fatal de circonstances absurdes qui avait mené à l'assassinat de ses amis. Le destin avait manipulé ces deux femmes bafouées, comme des pantins. La folie meurtrière de Paula avait répondu au coup de sang de Lara. Et la tragédie s'était achevée par le massacre de deux victimes de hasard.

Audrey déclara à Lara qu'elle était aussi en état d'arrestation. Puis elle fit signe à Cousin que, cette fois, il pouvait y aller.

Elle lui glissa qu'elle arriverait un peu plus tard à la brigade de Pléneuf-Val-André. Il hocha la tête et ordonna à ses hommes de partir avec la meurtrière. Il s'avança vers Jo.

— Ainsi, le mystérieux informateur de la Capitaine Fauvel était son mari, dit-il, le sourire en coin.

Englué dans sa gangue de tristesse, Jo dut faire un gros effort sur lui-même pour s'arracher à ses pensées.

— Oui, je suis Jonathan Fauvel, en effet.

— Eh bien, il semblerait que vous ayez eu un rôle important dans cette enquête.

— Je devais trouver qui avait tué mes amis…

Il haussa les épaules et ajouta en jetant un dernier regard aux deux femmes qui s'éloignaient entre deux gendarmes :

— N'empêche qu'elles ont bien failli réaliser trois crimes parfaits !

Cousin approuva, serra la main de Jo malgré les consignes de protection sanitaire, puis s'en fut rejoindre ses hommes.

Rien qu'en observant la posture et l'expression du visage de Jo, Audrey avait compris le désarroi de son mari. Elle se plaqua contre lui et l'entoura de ses bras.

— C'est fini, dit-elle. On les a trouvées.

— C'est vrai… Tu vois : je devrais me sentir soulagé et satisfait. Dans un sens, c'est le cas. Mais je ressens surtout de la tristesse et de l'amertume.

— C'est le contrecoup. Tu es déçu par la petite Lara, c'est ça ? Tu avais un faible pour elle et tu as le sentiment qu'elle t'a trahi ?

— Disons que je n'avais pas envisagé la possibilité qu'elle pouvait être impliquée. Je ne m'y attendais pas et ça me fiche un coup. Elle a tué Trobert qui l'avait soumise à sa volonté ; je peux comprendre ça, même si je condamne son acte. Mais qu'elle essaie ensuite de coller tout sur le dos de Paula Sidant, en se servant des uns et des autres, ça, je ne l'admets pas.

— Jo, elle a quand même eu l'intention de sauver Christophe Sorfrain des accusations d'homicides. Rappelle-toi que personne au Centre Altaméga n'était au courant de l'innocence de Chris, à part toi. Elle a donc eu un certain courage en te signalant qu'il ne pouvait pas être coupable des meurtres, puisque cela revenait à accuser Paula Sidant, et elle-même par voie de conséquence.

— D'accord, tu as raison, reconnut Jo. Et puis, c'est ce monstre de Paula Sidant qui a décidé seule la mort de nos amis et les a tués.

— Sur le moment, elle était en proie à la terreur du vertige, pensant peut-être qu'elle allait mourir. Elle a vu surgir Lara en ange protecteur et vengeur – elle l'a dit –, et cette vision magnifiée dans son esprit vacillant l'a conduite à la décision effroyable de folie de supprimer tout obstacle se dressant contre celle qui l'avait sauvée.

— Tu lui trouves des excuses ? dit Jo avec humeur. Cette histoire d'ange protecteur, c'est elle qui le dit ! Peut-être pour passer pour folle à ce moment-là ! En admettant qu'elle ait pris cette décision sur un coup de folie passagère juste après la chute de Trobert, elle a ensuite eu largement le temps d'y réfléchir pendant tout le temps passé à les poursuivre, tu ne crois pas ?

— Non, Jo, elle n'a aucune excuse. J'essaie seulement de comprendre comment elle a pu en arriver là. Ce qu'elle a fait est absolument atroce, et le fait qu'elle n'ait pas renoncé à passer à l'acte pendant la poursuite, l'incrimine encore davantage. Elle avait fait une promesse à Lara de tout arranger. Je pense qu'elle n'a pas voulu s'y soustraire. Elle avait ce comportement jusqu'au-boutiste ; par le passé, plusieurs personnes se sont plaintes de harcèlement de sa part, des hommes qui avaient rompu avec elle et auxquels elle refusait le choix de les laisser la quitter. C'est peut-être dans cet aspect de sa personnalité qu'il faut chercher les raisons de ses actes.

— Peut-être oui, admit Jo. Pour moi qui l'ai côtoyée de près, c'est quelqu'un de terriblement dur et froid, n'admettant pas les faiblesses, ni les siennes, ni celles des autres. Son vertige en était une ; Lara l'a aidée, en commettant un acte fort qu'elle n'avait pu accomplir elle-même. Alors il fallait qu'elle reprenne une position dominante. Elle devait rembourser cette dette immédiatement, en commettant elle aussi un acte fort.

Audrey soupira.

— Les experts en psychologie criminelle vont avoir du boulot pour établir son profil et comprendre ses motivations à tuer. En tout cas, nous aurons des preuves matérielles irréfutables pour étayer son inculpation lorsque nous aurons reçu du labo les résultats d'analyses du ciré vert. À part ça, qu'as-tu prévu de faire maintenant ?

— Je vais faire mon sac et me tirer du Centre Altaméga, répondit Jo. Je ne sais pas ce que vont faire les autres membres de l'équipe, mais deux d'entre eux sont sous les verrous, un autre, Simon, doit être au trente-sixième dessous d'avoir perdu sa copine et le dernier n'est pas vraiment un boute-en-train. Quand je pense que ça devait être un stage pour amener de la cohésion, de la solidarité et de la confiance dans le groupe, on ne peut dire que tous les objectifs sont atteints ! Moi, en tout cas, j'ai fini mon rôle.

— Moi, j'ai du travail cet après-midi avec la garde à vue des accusées, mais avec Cousin, on va s'organiser pour effectuer des rotations pour la soirée et la nuit. On pourrait se retrouver ce soir et passer une bonne soirée au restau. On va quand même fêter la fin de cette affaire ! Et puis, tu as bien besoin de te remonter un peu le moral, je crois ! En attendant, tu peux t'installer et profiter de mon joli petit nid d'amour !

— OK, je réserve le restau, proposa Jo, le sourire en partie retrouvé. Des fruits de mer, ça te dit ?

— Sûr que ça me dit ! dit-elle en sautant au cou de son mari et en l'étreignant tendrement.

FIN

125, Vieille Route de Rosporden - 29000 Quimper
E-mail : contact@editionsalainbargain.fr
Site Internet : www.editionsalainbargain.fr

ÉDITEURS DE BRETAGNE

Dépôt légal n°2 - 3e trimestre 2021
ISBN 978-2-35550-815-8 - ISSN 1281-7813
N° d'impression : 106515
Imprimé en France